江湖不远

《水浒》中的那些人
（增订本）

鲍鹏山 著

商务印书馆
The Commercial Press

图书在版编目（CIP）数据

江湖不远：《水浒》中的那些人 / 鲍鹏山著. — 增订本. — 北京：商务印书馆，2023（2024.11重印）
ISBN 978－7－100－21472－8

Ⅰ. ①江⋯　Ⅱ. ①鲍⋯　Ⅲ. ①《水浒》研究　Ⅳ. ①I207.412

中国版本图书馆CIP数据核字（2022）第127583号

权利保留，侵权必究。

江 湖 不 远
《水浒》中的那些人
（增订本）

鲍鹏山　著

商 务 印 书 馆 出 版
（北京王府井大街36号　邮政编码 100710）
商 务 印 书 馆 发 行
苏州市越洋印刷有限公司印刷
ISBN 978－7－100－21472－8

2023年2月第1版　　　开本 640×960　1/16
2024年11月第2次印刷　印张 24¼

定价：96.00元

鲍鹏山，文学博士、作家、学者。中国孔子基金会学术委员会委员，上海文史馆馆员，央视《百家讲坛》《典籍里的中国》、上海电视台《东方大讲坛》、山东卫视《新杏坛》等栏目的主讲嘉宾。浦江学堂、花时间读书社、学商书院创办人。出版有《寂寞圣哲》《中国人的心灵——三千年理智与情感》《风流去》《孔子传》、"水浒系列"（《鲍鹏山品水浒》《鲍鹏山新批水浒传》《江湖不远》）、"孔子三来"（《孔子如来》《孔子归来》《孔子原来》）、"经典导读系列"（《〈论语〉导读》《〈道德经〉导读》《〈大学〉〈中庸〉导读》《〈孟子〉导读》《〈孟子〉开讲》）等著作三十多部。《光明日报》《中国周刊》《美文》《寻根》《走进孔子》《中学生阅读》（高中版）等多家报纸杂志的专栏作者。

颐和园长廊彩绘：倒拔垂杨柳

自　序

2008年，正好十年前，也是这个季节，我在央视"百家讲坛"录《鲍鹏山新说水浒》。一天，苗老说带我去看慕田峪长城，其实，我不爱旅游，游山玩水对我没有什么吸引力，但与苗老一起，很有吸引力。我们认识三十多年了，他总给我出其不意的知识，展示给我意料之外的技能。我们就去了。他开着他的千里马，他说这是特别好的车，我不懂车，但苗老说好，基本上都是那种哲学意义上的好，哲学意义上的好，没法在技术工艺层面上反对，我就当它好。我们看了大半天的慕田峪长城，回来时下山，我腿打颤，但苗老身体特别棒，他比我大十岁，精力体力都比我好，一路侃侃而谈，健步如飞。到了下午，四点多钟，我们往回赶，他开着车，我打着瞌睡。他打开伴音带，开始唱京戏，我醒了。他唱得好。京戏的好在于有沧桑感，苗老艺术感觉好，唱出了那种味道。他见我感兴趣，说，你讲水浒，我给你唱一段《林冲夜奔》（当时口误，实为《野猪林》）？我说好，他开始唱。此刻，夕阳西下，我们车子对着夕阳的方向开。他开始唱，我眼泪流出来了。他一直唱，我眼泪一直流。他沙沙哑哑地唱，我手握一个矿泉水瓶，打着节拍，眼泪不停地流。

江湖不远

> 大雪飘扑人面,
> 朔风阵阵透骨寒。
> 彤云低锁山河暗,
> 疏林冷落尽凋残。
> 往事萦怀难排遣,
> 荒村沽酒慰愁烦。
> ……
> 叹英雄生死离别遭危难,
> 满怀激愤问苍天:
> 问苍天,万里关山何日返?
> 问苍天,缺月儿何时再团圆?
> 问苍天,何日里重挥三尺剑?
> 诛尽奸贼庙堂宽!
> 壮怀得舒展,贼头祭龙泉。
> 却为何天颜遍堆愁和怨……
> 天啊天!莫非你也怕权奸,有口难言?

这词我还真没觉得多么好,在《水浒传》原著里,林冲也没有诛尽奸贼廓清庙堂的雄心和愿心。苗老感动得我哭的,是他那嗓音里呈现出来的京剧唱腔里的人生沧桑感,那种不仅受够了自己生命中的苦,还受够了漫长历史所有人的苦的沧桑感,是京剧腔调的底蕴。那不是百感交集,是百苦交集,是自有人类以来所有人的人生及其苦痛的交集。京剧唱腔正是饱含了这些人类苦痛,才那么弥天弥地地伤感。

苗老见我如此感动,就说李少春唱得好。回去找来带子寄到我家,我听,觉得没有苗老唱得好。那种感觉,不是技术的,也不是艺术的,是历史的,是哲学的。

顺带说说《水浒》。

《水浒》里最美丽的文字，是写林冲的雪。林冲的雪，"纷纷扬扬，卷下一天大雪来"。林冲的雪，"雪地里踏着碎琼乱玉，迤逦背着北风而行。那雪正下得紧"。林冲的雪，"看那雪到晚越下得紧了"，"那雪越下得猛"。林冲的雪，"彤云密布，朔风紧起，又见纷纷扬扬下着满天大雪"。林冲的雪，"远远望见枕溪靠湖一个酒店，被雪漫漫地压着"。

林冲的世界一直在下雪。林冲的雪，让我们觉得，这世界这么苦，可是，唉！这世界还这么美。我们的心里，装了那么多苦，哪里还能装得下这么多美？于是，读林冲，唱林冲，我们都会心碎，不是被苦碎的，是被美碎的。

很想穿越到朱贵那开在湖边的店里，从春等到冬，等到林冲的大雪飞扬，厚厚的雪漫漫地压着，然后，在寒冷的傍晚，等到一个戴着毡笠子的人，卷着一团雪进来。默默接过他的花枪和花枪上挑着的酒葫芦，放在墙角，这里一壶酒已经从春天温热到现在，倾满老粗碗，轻轻一碰，不交一言，只是闷喝。

门外，那雪越下得紧了。

昨天和苗老一起坐飞机，和他说到那次慕田峪经历，我说，是秋天吧。他说错了，就是这个季节，五月份。他举出几个证据，终于让我明白那确实是2008年春天的事。但是，为什么我就记成是秋天呢？也许是，夕阳西下时，一声大雪飘，山河变色，白杨萧萧……

2018.5.12于偏安斋

| 目录 |

第一辑

高俅升迁的阶梯 / 3

绝对权力的下场方式 / 7

官腔与事变 / 12

《水浒》的集体发泄 / 16

康乾盛世,康熙乾隆的盛世 / 20

读《水浒》,看人生气 / 23

宋江与女人 / 27

谁谋害了一丈青扈三娘? / 31

潘金莲的砒霜，武松的刀　　/ 35

武松的流氓气　　/ 39

武松的下流话　　/ 43

性爱保护道德　　/ 47

林冲怕着我们的怕　　/ 50

李逵的杀气和社会的戾气　　/ 54

鲁达的慈悲　　/ 58

李忠的境界　　/ 62

李忠的自赎　　/ 66

逼下梁山的林冲　　/ 70

五两银子林冲命　　/ 74

小人的成败　　/ 78

林冲的两个兄弟　　/ 81

陆虞候为什么如此卑鄙　　/ 85

我们为什么要兄弟　　/ 89

鲁智深与孟子　　/ 94

做官与做贼　/ 97

宋江降低了梁山的道德境界　/ 100

朱仝的屈服　/ 103

这个世界独缺莽撞人　/ 107

鲁智深的高贵　/ 110

《水浒》的语义学　/ 113

《水浒》中的《西游记》　/ 116

好汉们的双重人格　/ 120

武二终究是武大　/ 124

通往奴役之路　/ 128

林冲的斯德哥尔摩综合征　/ 132

林冲的位子　/ 136

谁打翻了洪教头　/ 140

洪教头嫉恨林冲什么　/ 144

寡情的柴进　/ 148

有关宋江的两种真相　/ 152

施耐庵的狗 / 156

孙二娘的幻视与张青的幻觉 / 160

施耐庵为何不怕重复 / 164

犯罪成本核算 / 168

沉默的大多数 / 172

主持正义的成本核算 / 176

谁的快活林，谁快活 / 180

李逵撒娇 / 183

心腹人 / 187

吴用反水 / 191

宋江搞怪 / 195

宋江：半生轨迹两封信（上） / 199

宋江：半生轨迹两封信（下） / 203

《水浒》的义与不义 / 208

《水浒》中的懂事 / 212

戴宗教李逵文明用语 / 216

鲁达智深 / 221

一百零八人之外的大英雄 / 225

第二辑

《水浒》的解读困境及其可能性　/ 231

安身立命与等待戈多　/ 243

伥鬼与平庸之恶　/ 252

奴隶与奴才　/ 262

天　杀　/ 274

权力社会及其话语句式　/ 284

权力选择题　/ 295

自由意志与圣贤选择题　/ 307

"权力选择题"副卷　/ 317

无家别　/ 330

林冲的"门"　/ 343

林冲的钥匙　/ 355

原版后记　/ 367

增订本后记　/ 368

第一辑

高俅升迁的阶梯

高俅原是一个浮浪破落户子弟，姓高，排行第二，自小不成家业，只好刺枪使棒，最是踢得两脚好气毬，于是，京师人也就不叫他高二，只叫他高毬，发迹后，他把毛旁的"毬"改为人旁的"俅"。这个人旁的"俅"，在汉语里几乎没有什么意思，不能单独用，大概高俅以此表示，他从此摆脱了毛乎乎的东西，算是一个人了吧。

那么，在发迹之前，高俅是个什么样的人呢？

《水浒》是这样写的：吹弹歌舞，刺枪使棒，相扑顽耍，样样在行，而且还胡乱写诗书词赋，却偏偏有一样不会，那就是："仁义礼智，信行忠良。"

他的职业，就是在东京城里城外帮闲。

如果就这样了，他高俅此生的最高境界就是做一个豪门清客，最低境界是地主的狗腿子或财主的奴才，不会有太大的出息。

但是，正如大家都知道的，他后来还真是玩大了，大了去了。

这是一个曲折而有意味的过程。

高俅最初也只是帮一个生铁王员外的儿子使钱。王员外看着自己的儿子被高俅这个破落户泼皮带着到处吃喝嫖赌，一纸状子告到开封府，开封府把高俅断了二十脊杖，押送出东京，注销东京户籍。

《水浒》写到这里，还有一句："东京城里人民不许容他在家宿食。"可见东京人对这个小流氓无赖的厌恶。

高俅在东京无处落脚，便去了淮西，投靠一个开赌坊的闲汉柳大郎柳世权。

作者轻轻点出两个字——"世权"，不动声色。

我们也轻忽过去了。

但是，当我们读完下面的章节，再回过头来，想起作者轻轻放在这里的这两个字，心中不免一惊。

世权，世权，一个权宜的世界，一个苟且的世界，一群权宜苟且的人物！

正是这样的生态环境，才让高俅这样的人茁壮疯长！

三年以后，宋哲宗心血来潮，大赦天下。高俅要回东京来了！

柳世权给了他一些盘缠，还给他写了一封推荐信，让他投奔自己的亲戚：开生药铺的董将仕。

董将仕见了柳世权的来书，心中寻思：这样的人留不得。

但又撇不过柳大郎的面皮，于是便假装欢天喜地留他在家歇宿，每日酒食管待，住了十余天，想出一个两全之策：拿出一套衣服，又写了一封信，打发高俅到小苏学士处去。话还说得好听："小人家下萤火之光，照人不亮，恐后误了足下。我转荐足下与小苏学士处，久后也得个出身。"

这小苏学士，接待了高俅后，心里也在盘算："我这里如何安得着他？不如做个人情，荐他去驸马王晋卿府里做个亲随。人都唤他做小王都太尉。他便喜欢这样的人。"于是又写了一封信，把他荐给王晋卿了。

这驸马爷王诜还真喜欢高俅这类人，一见就喜。随即就收留高俅在府内做个亲随，出入如同家人一般。

至此，这高俅终于进入了上层社会。并最终通过驸马，又去了"小舅端王"那里。"小舅端王"做了皇帝，他就成了太尉！

这王晋卿王诜，《水浒》称为"小王都太尉"，苏学士《水浒》称为"小苏学士"，"端王"《水浒》称为"小舅端王"，施耐庵大爷都给他们扣上一个"小"的帽子。

金圣叹看得明白，说："小苏学士，小王太尉，小舅端王，嗟乎！既已群小相聚矣，高俅即欲不得志，亦岂可得哉！"

这些人其实都还本分啊，怎么就成了小人了呢？

董将仕并不是善恶不分的人物，恰恰相反，他的精明足以让他区分善恶。

但他的精明让他更能区分利害。在判断了自身利害之后，他把高俅推荐给了小苏学士。

小苏学士也一样，其学问见识足以让他辨明忠奸。但是，又是自身的一己小利害的考虑，就让他放弃了大原则。于是，他又把高俅推荐给了小王都太尉。

他们或是本分的小生意人，或是朝廷里体面的官僚，他们知道高俅是个瘟神，但他们不但没有阻断他的上升之路，而是恰恰相反，他们都害怕得罪这个小人，再加上一个"撇不过面皮"，一个要"做个人情"，于是，他们都自愿地成了高俅上升的台阶。

做善恶是非判断的是君子，做利害判断并把利害置于是非之上，就是小人了。

利害考虑压倒了是非判断，个人的小算盘压倒了做人的大原则。

人，也就从打个人小算盘开始，从大人变成小人的！

子曰："乡愿，德之贼也！"

当好人一步一步变成胆小怕事无原则的"小人"，坏人也就一步一步踏着这帮打小算盘的"小人"铺就的台阶，最终走到了权力的顶峰，坏国、坏家、坏民！

绝对权力的下场方式

高唐州新来了一位知府,高廉。高廉是东京高太尉的叔伯兄弟,《水浒》上接着说:高廉倚仗他哥哥的权势,在这里无所不为。

随着花花太岁高廉,高唐州又来了一个高廉的妻舅殷天锡。《水浒》又说:这殷天锡年纪虽小,却倚仗他姐夫高廉的权势,在此间横行害人。

《水浒》热烈处热烈,冷峻处冷峻。你看它幽幽几句,就道出了大宋"头顶长疮脚底冒脓——坏透了"的现实:

太尉作恶于朝廷。

知府作恶于州府。

衙内作恶于市井。

自上而下。——是什么在作恶?是权力。

花花太岁听说柴皇城家宅后有个花园水亭,盖造得好。就带着许多奸诈不及的三二十人,径入家里来宅子后看。看了,果然好。便喝令柴皇城一家老小出去，他要来住。

这真是岂有此理。但是我们千万不要大惊小怪。

绝对权力的基本特征就是：我的是我的，你的也是我的。

不管是富人的别墅，还是穷人的茅屋，只要我要，都是我的。

绝对权力存在的地方，没有法律，没有道德，当然也就没有道理。

权力一讲道理，上帝就笑了。

但这柴皇城可不是弱势群体，他是有倚仗的，他有先朝的丹书铁券：这丹书铁券甚至赋予他免受朝廷责罚的权力，更何况一般的小混混。

但是，年纪小小的富二代殷天锡也是有倚仗的，他的倚仗就是他的姐夫，高唐州的知府高廉。

而高廉又是有倚仗的，他的倚仗就是东京的高太尉。

柴皇城当然不搬，苦苦和他理论；殷天锡果然不容，手下的流氓开打。柴皇城很受伤：身体的和心灵的。一卧不起，早晚性命不保。

侄子柴进得信，赶紧和李逵一起赶到高唐州来看视，他安慰叔叔：我们有丹书铁券，便告到官府今上御前，也不怕他！

柴进有丹书铁券，他不怕。

李逵跳将起来说道："这厮好无道理！我有大斧在这里，教他吃我几斧，却再商量！"

李逵有大斧，也不怕。

而且，我们细揣李逵的话，还能挺感慨地发现：即使李逵这样没文化的人，心中也还是有道理的。

区别仅仅在于：他发现你不讲道理，他就不再和你讲道理。

好了,现在形成了两条路线:

柴进不怕,要告。

李逵不怕,要打。

柴进和李逵讲道理:他虽是倚势欺人,我家放着有护持圣旨,这里和他理论不得,须是京师也有大似他的,放着明明的条例,和他打官司。

他要到更有权力者那里,讲讲道理。

你和权力讲道理,李逵就笑了。

李逵这样的人,从来目无王法,更不信王法。

目无王法,是个人问题。

不信王法,一定是社会问题。

一听柴进说什么"明明的条例",李逵叫道:"条例,条例,若还依得,天下不乱了!"

这倒是一部《水浒》暗含的最大道理!

条例为什么依不得了?

因为条例之上有权力。

只要权力大于条例,条例等等,就永远是一纸空文。

是什么乱了天下?

是权力。不受约束的权力是一切动乱的根源。

既然条例已经不能约束,那就只好上板斧了。

至第三日,殷天锡骑着一匹撺行的马,将引闲汉三二十人,带五七分酒,佯醉假颠,径来到柴皇城宅前,要赶他们搬出去。

柴进又拿什么丹书铁券来讲道理。

殷天锡大怒道：便有誓书铁券，我也不怕！左右与我打这厮！

前面柴进说他有丹书铁券，所以不怕。

现在，殷天锡说你纵有誓书铁券，我也不怕。

谁才是真的不怕呢？

殷天锡手下的人，马上上来暴揍柴进。

这打的不是柴进，是人民对这个国家残存的信任。

柴进是被殷天锡打上梁山的。

终于惹恼了一个杀星。李逵躲在门缝里张望，本来就气得冒烟，听得喝打柴进，便拽开房门，大吼一声，直抢到马边，把殷天锡揪下马来，一拳打翻。拳头脚尖一发上，殷天锡手下救不得，柴进拦不得。眨眼工夫，殷天锡呜呼哀哉，伏惟尚飨。

就这样一副经不起三拳两脚的臭皮囊，一旦背靠权力，竟然可以不可一世，欺压天下人。

可是，就这样不可一世的癫狂小儿，李逵的三拳两脚，就把他打成了一堆烂肉。

不受约束的权力，最后招来的，一定是暴力。

殷天锡为什么死了？

李逵打死的。

但是，他本来可以有其他的选择，比如，柴皇城的方式，最不济也还有柴进的方式。

要知道，一开始，出场和他周旋的，是柴皇城，接下来又是柴进，而不是李逵。

但是，他否定了柴皇城和柴进的方式，选择了李逵的方式。

绝对权力的下场方式

因此，他是李逵打死的，也是他自己把自己弄死的。

权力在面对柴进这样还相信道理的人时，一定要想到，柴进后面，门缝里，一定有一双甚至更多的已经对道理绝望了的眼睛，正在喷着怒火。

而柴进是最后一道缓冲和屏障。应当好好保护，而不是摧毁这道缓冲和屏障。

可惜的是，绝对权力是绝对非理性的。它不可理喻，只认暴力。

因此，绝对权力绝对会选择暴力作为自己下场的方式。

李逵这样的人，就这样被选择出来，带着两把板斧，排头砍来。

这是全社会的悲剧，是人类的警示录。

官腔与事变

武松被阳谷县县令差遣往东京谋升转，潘金莲、西门庆暗害了武大郎，要做长久夫妻。快活倒是快活，算盘也还如意，只是怕着一个人，就是在县里做刑警大队长的武松。

不过，话又说回来，西门庆也不是一个凡角。他开着药材铺，砒霜可以药杀武大，钱财可以交通官府。《水浒》说他："从小也是一个奸诈的人，使得些好拳棒。近来暴发迹，专在县里管些公事，与人放刁把滥，说事过钱，排陷官吏。因此，满县人都饶让他些个。"不是这样的人，也做不出如此伤天害理之事，且有恃无恐。

但武松毕竟是要回来的，回来后不见了哥哥，也是要查问清楚的。两边众邻舍看见武松回了，都吃一惊。大家捏两把汗，暗暗地说道："这番萧墙祸起了！这个太岁归来，怎肯干休！必然弄出事来！"

武松的刑警大队长干的时间不长，除去帮县长办私事的两个月，也就是五十来天，但是，他好像天生会查案。他凭直觉找到何九叔，证实了自己的怀疑：武大是被害死的。又从何九叔那里找到一个叫郓哥的半大孩子，郓哥告知武松，奸夫乃是西门庆。不到半天时间，除了具体的作案细节，案情基本清楚。

武松年轻时气盛，曾一拳把人打得昏沉，逃走异乡一年有余。现在他做了县刑警大队长，有了觉悟，他不会"私力维权"，他要依法维权。于是，他把何九叔、郓哥一直带到县厅上。对知县说："小人亲兄武大，被西门庆与嫂通奸，下毒药谋杀性命。这两个便是证见。要相公做主则个。"

知县与县吏商议。两人共同下了结论："这件事难以理问。"知县和县吏都是和西门庆有关系的。知县说："武松，你也是个本县都头，不省得法度？自古道：'捉奸见双，捉贼见赃，杀人见伤。'你那哥哥的尸首又没了，你又不曾捉得他奸；如今只凭这两个言语，便问他杀人公事，莫非忒偏向么？你不可造次。"

也就是说，立案依据不足，不能立案。

武松怀里去取出两块酥黑骨头，十两银子，一张纸，告道："覆告相公：这个须不是小人捏合出来的。"

这下总有依据了吧？

知县看了道："你且起来，待我从长商议。可行时，便与你拿问。"何九叔、郓哥都被武松留在房里。

有证人，有证物，剩下的，就是拘捕嫌疑人了。

至少是立案侦查。

但是，没想到，第二天一早，知县却回出骨殖和银子来，说道："这件事不明白，难以对理。圣人云：'经目之事，犹恐未真；背后之言，岂能全信？'不可一时造次。"

狱吏马上帮腔道："都头，但凡人命之事，须要尸、伤、病、物、踪，五件俱全，方可推问得。"

原来，当日西门庆得知武松告他，早已使心腹人来县里送官吏银两了！

我们看，知县和狱吏所说，完全是官腔。

官腔的可怕处，在于它句句在理，你无法反驳。

而且，这二人所说的话，恰恰成为两种最有代表性的官腔：政治官腔和专业官腔。可以成为我们官腔研究的典型案例，我们不妨来看看。

官腔第一种：政治官腔。

使用者一般为有一定权力和地位的官僚。其用途在于确立自己的政治优势，显示自己的政治正确。知县不仅口称"法度"，甚至抬出圣人的话以证明自己的政治正确。虽然他所说的什么圣人之言完全是他的捏造，但是，从某种意义上说，什么叫圣人？就是常常被权势者利用的人，圣人说过什么话，圣人的话是什么意思，解释权一般都在权势者那里。这是圣人的悲哀，是凡人的悲剧。

圣人是正确的，而圣人又是站在权势者一边的，所以，权势者当然也是正确的。

人家既然是正确的，你再纠缠就属于闹事了。

官腔第二种：专业官腔。

使用者一般为权势者或某些利益集团的御用学者和专家。其用途在于确立自己的专业知识优势。狱吏说出一大堆专业术语，令人摸不着头脑，既然你摸不着头脑，也就无法反驳他，他马上就占有了有利的专业知识优势。

他既然有了专业的优势，你再纠缠就属于不懂事了。

简单地说，官腔既是一种说话方式，更是一种话语权。有话语权者才有资格打官腔。

像我们上面分析的，县令掌握的，是政治话语权。

县吏掌握的，是技术话语权。

老百姓，没有话语权。只能忍气吞声。否则，就是不懂事和闹事。不懂事有时叫不明真相，闹事有时叫危害稳定，都是可怕的罪名。

但是，武松哪里会被官腔吓住呢？他倒不是不怕官腔，或者有什么办法对付官腔。他是——根本没有耐心听官腔。

他，第一，不管什么政治正确，不管什么圣贤之言，他只有良知。所以，金圣叹在知县的"圣人言"三字下批曰："三字骗得进士，骗不得武二。"他只知道杀人偿命，欠债还钱。

第二，他也不懂什么专业术语，他只要常识。他只知道，哥哥被人谋害了，弟弟必须为他讨还公道。

是的，对付官腔的最好武器，就是良知和常识。

不跟着官腔绕弯弯，跟着官腔绕，会把你绕得一点道理都没有，一点脾气都没有，一点头脑都没有。

所以，最好的办法是，随你官腔说千道万，我就坚持一点：良知和常识。

最简单的思路，有时恰恰是最正确的思路，最不被别人的官腔愚弄和牵着鼻子走的思路。

武松就是这样的个性，这样的思路。

所以，面对知县的官腔，武松几乎一点也不要听，也不给知县找麻烦，马上就打了退堂鼓。

现在，我们要考察一下官腔的后果。

武松道："既然相公不准所告，且却又理会。"毫不纠缠。

他是如何"理会"的呢？

杀嫂，杀西门庆，血溅鸳鸯楼，反上二龙山，啸聚梁山泊——这，就是官腔的后果。

《水浒》的集体发泄

很多很理性的学者很理性地批评《水浒》中的暴力和血腥。但是,有一个问题似乎更需要我们的理性思考:为什么《水浒》的作者——几百年间的书会才人和施耐庵这样的文人——要这样写,且写得津津乐道热血沸腾;几百年间城乡书场边的无数听众以及《水浒》成书以后的无数读者又读得津津有味攘臂欲斗;更令人吃惊的是,包括李贽这样的顶尖思想家和金圣叹这样的顶尖文学鉴赏家,又同样对《水浒》中的暴力描写摩挲再三、玩味不已、称赏不休………

结论是:我们集体需要发泄。

鲁智深拳打镇关西,第一拳,打在鼻子上,"打得鲜血迸流,鼻子歪在半边"。至此本来已经写足。可偏要再写出"却便似开了个油酱铺,咸的,酸的,辣的,一发都滚出来"。

第二拳,打在眼眶际眉梢,"打得眼棱缝裂,乌珠迸出",也已经写足,偏要再写出"也似开了个彩帛铺的,红的,黑的,紫的,都绽将出来"。

第三拳,打在太阳穴上,施大爷又是眉飞色舞:"却似做了一全堂水陆的道场：磬儿，钹儿，铙儿一齐响。"

为什么要这样写？

我的回答是：施大爷自己很享受这个打人的过程。他心中郁积的东西太多，需要痛快淋漓地释放！

我在读这段文字时，内心里也在不停地喊：打他！打他！

手心里全是汗。我竟然如此暴力，如此嗜血！

可是，金圣叹在回前总评上说此段文字，也是"一片热血直喷出来"。既然如此，我岂能无动于衷？

而我素所敬仰的李贽在这段文字的后面，连声赞叹："好文章！好文章！直令人手舞足蹈！"

李贽的手心里，汗不比我少；甚至他的脚心里，都是汗。

而他对三拳打死镇关西的鲁达，更是下了这样一连串的评语："仁人、智人、勇人、圣人、神人、菩萨、罗汉、佛！！！"

我的感觉是：鲁达的拳头，打出了我们心中的恨、心中的怨、心中的冤、心中的仇。

《水浒》，是一个民族集体仇恨的结晶。

我多年前读李贽，读鲁迅，就感觉出一个现象：在中国这样的文化传统和现实中，敏感而有良知的人一定会有精神上的创伤和变态。

《水浒》的作者，就是这样的一些有精神创伤和精神变态的人。

《水浒》的读者中，又有多少这样的人？

请看下面的文字，多么令人恐惧：何涛奉上司之命带人来石碣村缉捕晁盖等人。阮小二提着锄头，跳上做公的船上来，"一锄头一个，排头打下去，脑浆也打出来"。

这些做公的，到石碣村来，是上司差遣，是职务行为，与阮小二等人素不相识，无冤无仇，阮小二对他们哪里来的如此仇恨？

百十来条船上的官兵，被晁盖等人一把火烧得逃到烂泥地里，公孙胜手里明晃晃地拿着一口宝剑，口里喝道："休教走了一个！"于是，明晃晃的刀枪和鱼钩，排头儿搠将来，无移时，都搠死在烂泥地里。

是什么样的仇恨，让他们如此残忍？

金圣叹还在旁边说风凉话，他说："乡间百姓锄头，千推不足供公人一饭也，岂意今日一锄头已足。"

医学上有一个词，叫"带瘤生存"。同样，假如一个社会，总是处于一种无序的状态，总是强者暴弱，众者欺寡，总是强者制定规则，弱者被动接受，强者通吃，弱者无告；那么，弱者也就只能压抑着怒火，带着满腔的怨气，很压抑地生存。

我把它称作："带气生存"。

问题是，从个人角度讲，气积压在心头，年长日久，越积越多，人的心理也就不正常了。从社会角度讲，大面积地"带气生存"，大面积地存在有心理问题的人，全社会也就充满火气，充满一股可怕的暴戾之气。

这种火气，曾经烧掉过阿房宫，曾经让"内库烧为锦绣灰"。

这暴戾之气，曾经在"天街踏尽公卿骨"。

多年前，我读十六国历史，看到石勒凡俘获二千石以上晋官，除去极少确实不贪污的，一律就地处决；攻入城池，肆意破坏劫杀。我就知道，这不是一个"残暴"的道德标签就可以说清的问题。

殷天锡殴死柴皇城。柴进说："我家放着有护持圣旨，……放着明明的条例，和他打官司。"

李逵说："条例，条例，若还依得，天下不乱了！我只是前打后商量。那厮若还去告，和那鸟官一发都砍了！"

结果李逵还真是把那殷天锡和鸟官高廉一起砍了。

这倒真的怪不得李逵。因为他已经给出了警告：只要条例还依得，就不砍你。

可惜条例依不得了。

一个社会，假如不能做到完全不让人生气，那就要尽量能让人消气，给人消气的渠道。比如，有一些条例，而且，这些条例还能依得。不然，这天下，就充斥着石勒、李逵这样动不动就"排头砍去"，大叫"吃我杀得快活"的杀星了。

康乾盛世，康熙乾隆的盛世

《水浒》中写宋江被刺配江州，路过梁山泊时吴用给他一封信，说是他有一个至爱相交、仗义疏财的朋友，名叫戴宗，做着江州两院押牢节级，宋江此去，可以有个照应。

宋江到了江州，十来天后，这个仗义疏财的戴宗来了。

来了，怒不可遏。在点视厅上大发作，对着宋江骂道："你这黑矮杀才，倚仗谁的势要，不送常例钱来与我？"

宋江手里有吴用的信，心中有底，不怕他，倒有心捉弄捉弄他，便说："'人情人情，在人情愿。'你如何逼取人财？好小哉相！"

戴宗大怒，拿起讯棍，便奔来打宋江。

宋江说道："节级，你要打我，我得何罪？"

戴宗大喝道："你这贼配军，是我手里行货，轻咳嗽便是罪过。"

宋江道："你便寻我过失，也不到得该死。"

戴宗怒道："你说不该死，我要结果你也不难，只似打杀一个苍蝇。"

原来，生活在大宋王朝的子民，不过都是权势者手里的行货，轻咳嗽便是罪，弄死也不过似弄死一只苍蝇。

这是小说，虚构的，有人会这样说。

那我们看一篇非虚构而写实的作品——方苞的《狱中杂记》，那写的是康熙年间监狱的黑暗。

方苞在戴名世案中被牵连，于康熙五十年（1711年）被逮捕。开始下江宁狱，不久解往京师，下刑部狱。《狱中杂记》记的就是他在刑部监狱的所见所闻。

刑部十四司正副司长以及掌理文书的小吏、狱官、小卒，都把犯人看作他们手里的行货，越多越好。于是，稍有牵连的人，一定千方百计拘捕到。投入监狱后，不问有罪无罪，一定先戴上手铐脚镣，关进老监，使他们痛苦不堪，死者相枕藉。然后劝诱他们拿钱，放他迁出狱外。中产以上的家庭，往往破家取保；次一等的人家，祈求脱掉镣铐，住到监狱外的板屋，也得花费数十两银子；实在拿不出钱的，就被铐得很紧，关在老监里挣命，以作为不合作的样板来警告其余的犯人。

这是对活人。对死人他们竟然也要敲诈。如果犯人被处以凌迟，刽子手就说："满足我的条件，就先刺心；否则，就先砍去你的四肢，心还不死。"对处以绞刑的，就说："满足我的条件，一绞就死；否则，三绞三放再加上别的刑具，然后才让你死。"斩首的无法要挟，也要把砍下的人头作抵押品，逼家属交钱。因此，有钱的用数十两、上百两银子作贿赂，贫穷的也要卖光衣物；穷得一点钱都没有的，就按以上所说的处置。

掌管捆绑犯人的差役也有生钱之道。如果犯人不给他们贿赂，捆绑时就先折断犯人的筋骨。即使幸而不死，也得病上几个月才痊愈，有的竟成了终身残疾。

甚至，奸诈之徒入狱久了，与狱吏勾结，也能赚大钱。有个姓李的，因杀人下狱，在狱中竟然每年可以弄到数百两银子。康熙四十八年，因大赦出狱，在外住了几个月，寂寞无聊。他有个同乡杀了人，他赶紧替此人承担了罪名，再到监狱中来过他的幸福生活。康熙五十一年,又遇大赦,李某叹息说:"我再也不能进这监狱了!"

现在,很多人动辄"康乾盛世"什么的。

不但有作家连篇累牍地写《康熙大帝》《雍正皇帝》《乾隆皇帝》,大有肝脑涂地死而后已的味道,而且还有学者考证出了康乾时代我们的GDP占世界多少等等,他们为什么就不看看小民在那个时代如何被人踩躏?

我一直就不相信在中国帝王时代,有什么时代是小民的盛世。

说是康乾盛世也对,是康熙皇帝、乾隆皇帝的盛世,是康乾官僚体制中各级官吏以及奸诈不法之徒的盛世,不是小民的盛世。

小民在那样的时代,只不过是权势者手里的"行货"罢了。

为什么我们今天有这么多缺少基本良知的作家和学者呢?

他们还羡慕那种太平,鼓吹那种太平,他们不知道的是,那种太平,不过是康乾们放心地宴会、咀嚼,乘醉听箫鼓。而行货们在极度的痛苦和凌辱中沉默着。

再看看一个域外人眼中的康乾盛世:

"遍地都是惊人的贫困","人们衣衫褴褛甚至裸体","像叫花子一样破破烂烂的军队","我们扔掉的垃圾都被人抢着吃"!

这是马戛尔尼眼中的康乾盛世。

这样的盛世,其"太平"的诀窍就是:

"清政府……只知道防止人民智力进步。……当我们每天都在艺术和科学领域前进时,他们实际上正在变成半野蛮人。"

没有合理的制度,没有对于普通民众基本权利和权力的保障体系,没有对于政府及其各级代理人权力的有效约束,所谓的太平,所谓的强盛,都与人民无关。

读《水浒》，看人生气

鲁达在渭州大街上碰到史进，非常高兴，便拉史进去潘家酒楼吃酒，却在酒楼上听到一件不平事：操刀屠夫郑屠强骗金翠莲，不仅占有了人家的身子又加以抛弃，还讹诈人家三千贯彩礼钱，逼迫金翠莲父女每日上街卖唱赚银子还他。

鲁达本来喝酒高兴，这下不高兴了；不但不高兴，而且怒火万丈，当即就要去结果了郑屠。被史进等拉住后，他和史进掏出银子加起来十五两，给了金翠莲父女，并且告诉他们：明天一早他会去他们的住处安排他们离开，逃出苦海。

这时，鲁达早已没有了喝酒的兴致，回到下处，到房里，晚饭也不吃，气愤愤地睡了。连主人家都不敢问他。

鲁达生气了。

鲁达一生气，后果很严重：金翠莲父女逃出生天，镇关西恶霸命丧九泉。

不亦快哉！

山东登州城外有一座山，山上多有豺狼虎豹出来伤人，因此登州知府拘集猎户，当厅委了杖限文书，限三日内捉捕登州山上大虫，迟时须受责罚。

登州山下有一家猎户兄弟，解珍、解宝，父母俱亡，相依为命。弟兄两个当官受了文书，很是心焦，接连三日昼夜在山上捕捉大虫。到了第三日，一只大虫还真的让他们的窝弓药箭射着了，却又滚到山下毛太公庄后园里去了。

结果，不但毛太公赖了他们的大虫，还把他俩个强扭作贼，告他们抢掳家财，解入州里来。又上上下下使了钱物，早晚间要教包节级牢里做翻他俩个，结果了性命。

乐和路见不平，却又独力难救。只好去给解珍、解宝的表姐顾大嫂送信。顾大嫂听罢，一片声叫起苦来。

顾大嫂生气了。

顾大嫂一生气，后果很严重：杀了包节级，劫了牢，杀了毛太公一门老小，还反了提辖孙立。

不亦快哉！

高唐州知府高廉的妻弟殷天锡听说柴皇城家宅后有个花园水亭，盖造得好。就喝令赶柴皇城一家老小出去，他要来住。柴皇城不搬，殷天锡就开打。

柴进听说叔叔被打伤，就带上李逵赶去。李逵很生气。柴进劝李逵："李大哥，你且息怒，没来由，和他粗卤做甚么？"

但李逵息不了怒。这怒也有来由。不和他粗卤又能做什么？

结果，后果又是很严重：殷天锡被李逵揍成一堆烂肉。

不亦快哉！

还有。

李逵大闹东京后，和燕青回梁山，路上经过刘太公庄上，刘太公告诉他们，梁山上的宋江抢走了自己的女儿。

李逵、燕青径望梁山泊来，直到忠义堂上。宋江见了李逵、燕青回来，还在嘘寒问暖，李逵早已睁圆怪眼，拔出大斧，砍倒了杏黄旗，把"替天行道"四个字扯作粉碎。宋江喝斥，李逵拿了双斧，抢上堂来，径奔宋江。幸好关胜、林冲、秦明、呼延灼、董平五虎将，慌忙拦住，夺了大斧。

这边宋江大怒，喝道："这厮又来作怪！你且说我的过失。"李逵气作一团，哪里说得出。还是燕青向前说明了原委。

宋江委屈自辩，李逵哪里肯听，对宋江道："你若不把女儿还他时，我早做早杀了你，晚做晚杀了你！"

李逵又生气了，甚至气得说不出话来。后果么，当然很严重：差点砍掉了自己的脑袋。

但是，刘太公的女儿获救了，那两个冒充宋江强抢民女的歹徒，受到了应有的惩罚。

不亦快哉！

我在《鲍鹏山新说水浒》中，有一段有关"生气"的议论，大意是，能生气的人，才有良知；能生气的民族，才有生气。网友欣赏的，把这段话挂在网上。竟然有一位网友，留言道：我劝鲍老师还是不要生气的好，气大伤身！

为什么总是有人自以为那些不公和邪恶只会伤到别人，而不会伤及自己？

我在讲《水浒》时，引用了美国波士顿犹太人大屠杀纪念碑上铭刻的一位叫马丁·尼莫拉的德国新教牧师撰写的一段碑文："当初他们（纳粹）杀共产党，我没有作声，因为我不是共产党；后来他们杀犹太人，我没有作声，因为我不是犹太人；再接下来他们杀天主教徒，我仍然保持沉默，因为我不是天主教徒；最后，当他们开始对付我时，已经没有人为我讲话了……"

这样痛彻肺腑的反省，我们为什么总有人不愿领会，甚至反对别人去领会？

读《水浒》，一大半的快意，来自看好汉们生气。
而且，我们还能发现，正是因为他们生气了，他们才成为好汉。

宋江与女人

宋江平生唯一的女人，就是阎婆惜。

此时宋江三十五六岁，阎婆惜十八九岁，水也似的，宋江一开始也是猫儿馋腥，夜夜一处歇宿。后来，估计是不会风流，功夫欠缺，渐渐就不中了婆惜的意，以至于最后双方恩断义绝，你死我活，宋江杀了阎婆惜，逃走江湖。

在清风山上，王矮虎要抢来的清风寨知寨刘高的妻子做压寨夫人。宋江正要去清风寨投奔副知寨花荣，寻思她丈夫既是和花荣同僚，不救时，明日到那里，须不好看。就说服王矮虎放了这个女人下山。

他对王矮虎开出的条件是：日后拣一个停当好的，自己纳财进礼，娶一个伏侍他。

没想到，这个被宋江救下的女人，竟然恩将仇报，反而诬陷宋江是清风山的强盗头子。由此就惹出花荣大闹清风寨、黄信大闹青州道、秦明夜走瓦砾场等一系列大戏。

为了逼反秦明，宋江在捉住秦明后，设计灌醉秦明，然后派人穿上秦明的衣甲，冒充秦明，引着人马去佯攻青州城，把城外一个数百人家的村落一把火烧个精光，杀死村民男女老幼不计其数。

而秦明一无所知，第二天，秦明赶到青州城，慕容知府在城墙上怒斥秦明背叛朝廷，杀死无辜良民。秦明一头雾水。慕容知府告诉秦明："你的妻子，今早已都杀了。你若不信，与你头看。"

军士用枪将秦明妻子首级挑起在枪上，给秦明看。

秦明既惊且怒，又走投无路，被早就等在路口的宋江等人又一次诓上山来。

宋江说："总管息怒，既然没了夫人，不妨，小人自当与总管做媒。"

对别人的灭门惨祸，你看宋江是如何轻描淡写！

妻子被杀，悬头城门，竟然是"不妨"！

为何不妨？

对秦明而言，再娶一个就是。再生几个就是。

对我宋江而言，再做一次媒而已！

不独秦明夫妻之情不在考虑之中，就是秦明的妻子，也不过就是毫无自我生命价值的符号，她的生死，唯一的意义就是秦明有无老婆，只要秦明再找到一个老婆，抹去她，不就是涂改一下婚书上的名称么！

而且，宋江早就想好对象："宋江恰知得花知寨有一妹，甚是贤慧，宋江情愿主婚，陪备财礼，与总管为室如何？"

接下来，大吹大擂饮酒，这一帮全无心肝的家伙，还要商议打清风寨。

秦明道："黄信那人，……和我过的最好。明日我便先去叫开栅门，一席话，说他入伙投降，就取了花知寨宝眷，拿了刘高的泼妇，与仁兄报仇雪恨，作进见之礼如何？"

说白了，打清风寨，就是为了两个女人：

一是花荣的妹妹,给秦明填房;

二是刘高的老婆,给宋江报仇。

第二天,秦明单枪匹马去清风寨劝降黄信。黄信果然归顺,连犹豫都没有。

黄信归顺的直接成果,就是三个女人的命运:

一个女人被杀,一个女人被卖,一个女人死不瞑目。

被杀的是刘高的老婆。宋江恨她入骨,当然是死路一条,好色成性的王英还想收用,却早被燕顺一刀挥为两截。

被卖的是花荣的妹妹。打下清风寨的次日,宋江和黄信主婚,燕顺、王矮虎、郑天寿做媒说合,这个妹子就嫁与秦明了!

也就是说,这个小姑娘,从告知她要嫁给秦明,到出阁成新娘,只有一天的时间,而且是在经历了如此大的变故惊魂未定之时!

更糟糕的是,她嫁的人,不仅脾气暴躁,以"霹雳火"的绰号闻名,而且,是一个全无心肝的家伙!

从秦明的原配夫人被杀,到秦明吹吹打打再入洞房,中间不到三天!

此时,秦明原配夫人的头颅还挂在青州城门上!

她,实际上也是宋江杀死的,而且,还死不瞑目。

秦明在洞房中搂着新媳妇的时候,晚上会不会做噩梦?

秦明没头脑,秦明更没心肝!

一个人,没头脑,还可以原谅;没心肝,简直是畜生。与这等没心肝的男人为妻,秦明的原配是可怜的;秦明的继室,花荣的妹妹是委屈的。并且,更加可怜!

宋江甫出江湖,真是出手不凡,接连做了几件大事,几件缺德的大事。

宋江，因为杀了一个女人而流落江湖，可是，到了江湖以后，初次出手，不算青州城外那个被宋江烧作瓦砾场的村庄里被杀的数百男男女女，他竟然又让两个女人丧命，一个女人被出卖了幸福，而且，我们要记得，他还预卖了一个给王矮虎。

检点一下宋江一年来的成绩：

杀了三个女人。

卖了一个女人。

预卖了一个女人——可怜的扈三娘。

这宋江，真是大英雄。

一个对女人冷酷无情的大英雄！

这样的人，连施耐庵施大爷都气不过，在《水浒》里，借秦明之口，如此痛骂：

"不知是那个天不盖、地不载、该剐的贼，装作我去打了城子，坏了百姓人家房屋，杀害良民，倒结果了我一家老小，闪得我如今上天无路，入地无门！我若寻见那人时，直打碎这条狼牙棒便罢！"

这是秦明骂宋江，也是作者施耐庵骂宋江，更是我们读者骂宋江！

谁谋害了一丈青扈三娘？

《水浒》中，宋公明三打祝家庄，我们都记住了祝家庄的惨。其实，扈家庄之惨甚至超过祝家庄：在归顺梁山之后，除了扈成一人逃走外，其余全部被李逵杀害，如花女儿还被强盗掳走。

从而，扈家庄还要领受另一种羞辱。

扈三娘被林冲活捉，宋江叫人把扈三娘送上山，交给自己的父亲宋太公照管，并且迫不及待地让家破人亡的扈三娘认宋太公为义父，宋江，这个带给她灭门惨祸的人，也就成了她的义兄。扈太公死了，宋太公来了。亲哥哥逃了，假哥哥顶了。

就在一家老小被杀、血迹未干尸骨未寒的两日后，宋江做席，请来众头领。

宋江唤王矮虎来说道："我当初在清风山时，许下你一头亲事，悬悬挂在心中，不曾完得此愿。今日我父亲有个女儿，招你为婿。"

逼扈三娘认贼作父，还要逼她认贼作夫。

在没有征求扈三娘意见之前，宋江就将她许给王矮虎了。

扈三娘，不过是宋江的战利品而已，赏给谁，他说了算。

宋江对扈三娘说道:"我这兄弟王英虽有武艺,不及贤妹,是我当初曾许下他一头亲事,一向未曾成得,今日贤妹你认义我父亲了,众头领都是媒人,今朝是个良辰吉日,贤妹与王英结为夫妇。"

不是征求意见,而是宣布结论。

扈三娘会答应嫁给王英吗?

答案一定是:不会。

原因太简单了。

第一,扈三娘被逼成亲之时,离她一家老小满门抄斩,最多两天的时间,梁山泊拉上山来的钱粮财赋,一小半就是在她家杀人越货来的。此时,就逼着她嫁给仇人,有心肝的人能干出这样的事吗?

第二,王英是什么货色啊?好色,无赖,无能,委琐,肮脏。而且是扈三娘的手下败将,是对扈三娘意图不轨的手下败将。扈三娘曾经的未婚夫,那可是堂堂仪表、武功一流的祝彪啊。

但是,完全出乎我们的意料,扈三娘竟然答应了!

《水浒》这样写:一丈青见宋江义气深重,推却不得,两口儿只得拜谢了。

义气!

我们都羡慕和赞扬梁山的义气,却不知义气还有着这样的面孔!

按照封建纲常,她的婚事应该由父兄做主。

她自己的父亲扈太公被杀了,现在,她的所谓的"义父"是宋太公。

她自己的大哥被逼逃走江湖,现在,她的所谓的"义兄"是宋江。

现在,她的婚事就必须由这个"义父""义兄"做主。

"义父""义兄"做主,众头领做媒,大义纲常在此,你能拒绝?

还有江湖义气。

扈三娘知道，此时，她的那个温馨的小天地已经被踏平了，现在她置身在江湖之中。

这里，有这里的规矩，有这里的道理。在这个强盗世界里，有强盗世界的道，盗亦有道，不遵循这样的道，就不能立足于这样的世界。

那么，众头领会赞成这样的婚事吗？

按我们的想法，答案也一定是：不会。

刚刚杀了人家一家老小，现在又逼迫人家嫁给这样委琐无能的小男人，这样做太没人性了。

顺便说一句，如果不是在梁山这样封闭的环境里，梁山好汉中，大多数人都会不齿于王英。你能想象鲁智深、林冲、武松、李逵、晁盖、吴用等等的，在其他场合见到王英，会和他称兄道弟吗？

一般人都有这样的心理，看到太不般配的男女结婚，自然而然都要产生一种反对的心理。

但是，同样出乎我们的意料——

"晁盖等众人皆喜，都称颂宋公明真乃有德有义之士。当日尽皆筵宴饮酒庆贺。"

这梁山，奉行的是什么样的"德"和"义"呢？

从此以后，扈三娘成了一个木头人，一个几乎不说话的人了。整部《水浒》，只有在袁无涯一百二十回本的第五十五回和第九十八回，扈三娘各说了一句话。

在这样的群体里，扈三娘内心中的深哀剧痛，能和谁说呢？

她身世太惨，冤屈太深，委屈太大，黑幕太重，她无处告诉！

《水浒》中的女人，就说话而言，有三类：

潘金莲、潘巧云说反动的女人话。

顾大嫂、孙二娘说正确的男人话。

扈三娘呢？既不能说女人话，又不愿说男人话，那就只能不说话。

《水浒》作者基本不让扈三娘说话，原因有二：

其一，他不知道扈三娘该怎么说话。所以，写不出来。

其二，他不愿意让扈三娘说那种男人腔，他不想破坏扈三娘美好的形象。这是作者心中对扈三娘隐藏很深的温情。

扈三娘的心死了。

是的，潘金莲、潘巧云是身死，扈三娘是心死。

二潘死于礼，扈三娘"死"于义。

二潘死于硬刀子，扈三娘"死"于软刀子。

潘金莲的砒霜，武松的刀

武松出差离开阳谷县后，潘金莲与西门庆在王婆的撮合下，勾搭成奸。为了长做夫妻，在王婆的点拨下，用砒霜毒死了武大并火化成灰，企图把事情做得干干净净，不露痕迹，瞒天过海。

其实，他们根本不需要这样费心费神，因为，根本没有人管这事。郓城县各级官府对自己眼皮子底下发生的这件骇人听闻的人命事件根本置若罔闻。

好在武大还有一个弟弟武松。

武松回来，不到半天时间，他就找到了证人——何九叔和郓哥，证物——两块酥黑的骨头，一锭十两银子，还有一张纸，写着火化日期、现场送丧人名字，证实了自己的怀疑：哥哥武大是被害死的。

而且，他还锁定了嫌疑人——嫂子潘金莲和西门庆。此时，除了具体的作案细节，案情基本清楚。

这时，武松想到的，是通过法律途径解决问题。

能这样想的，是好百姓，是相信政府并尊重政府的好百姓。

能让好百姓实现这样想法的，就是好社会，好政府。

但是，可惜的是，武松碰到的，不是这样的社会，不是这样的政府。

所以，武松也就做不成好百姓。

武松把何九叔、郓哥一直带到县厅上。对知县说："小人亲兄武大，被西门庆与嫂通奸，下毒药谋杀性命。这两个便是证见。要相公做主则个。"

可是，县令与县吏都是与西门庆有关系的，西门庆得知武松要告状，又马上给他们使了银子。

拿人钱财，替人消灾，于是，县令和县吏，对武松打起了官腔。一大堆无比正确且无懈可击的官腔，武松听不明白。但武松明白的是，这番官腔的核心就是：不准所告，不予受理。

按说，武松也不是一般平民百姓。他的身份还是很特殊的。

第一，他是县步兵都头，相当于今天的县公安局刑警大队大队长。

第二，他刚刚帮知县办过一件私密的家事，也算得是知县的心腹人了。

这样的人，尚且不能得到法律的保护，不能得到官府的公正对待，一般普通百姓，在这样的社会得到的待遇，也就可想而知了！

一般人碰到官腔，只有忍气吞声。

但是，武松偏偏不是忍气吞声的主。

说白了，他此时试图通过官府解决问题，是他对官府的尊重，是他在给官府面子，是他在给官府机会——是他给官府做好官府、行使权力的机会。

他本来有力量有办法自己解决问题。

——他有刀。

协商不能解决的，用法。

法度不能解决的，用刀。

可见，官府不作为，会造成极大的社会问题：

无力自己解决问题的，成了无依无靠的顺民。

有力自己解决问题的，成了无法无天的暴民。

顺民是国家的累赘。

暴民是国家的祸害。

一个强大的国家和民族，既不要暴民，也不要顺民，要的是：公民。

面对知县的官腔，武松几乎一点也不要听，也不给知县找麻烦，马上就打了退堂鼓。

武松道："既然相公不准所告，且却又理会。"

毫不纠缠。

善打官腔的知县大约觉得很得意：官腔是战无不胜的，只要拿出官腔，小民一般马上就偃旗息鼓，天下马上太平。

但是，他可能没有注意到，当他用官腔堵住了武松依靠法律解决问题的道路后，武松的身边，只剩下了一个东西。

那就是刀。

这就是他"却又理会"的理会之法。

潘金莲在社会的底层，张大户这样的强势一方强加给她一桩不幸的婚姻，无论是道德、风俗还是法律，都不会给她支持。她哀哀无告。

要不，接受命运；要不，只能用非法手段改变自己命运。

于是，她使用砒霜。

武松要为兄报仇，要为被害死的兄长讨还公道，无论是行政，还是法律，也都不会给他主持公道。

要不，忍下这口气，让死者沉冤莫雪，让罪犯逍遥法外。

要不，也只能用非法手段实现正义。

于是，他使用刀子。

潘金莲的砒霜、武松的刀，是他们犯罪的罪证，更是社会不公、官府渎职的罪证！

有一个非常值得我们反思的现象：我们的传统文化倾向于肯定复仇。

也就是说，在古代，中国文化肯定复仇，文学歌颂复仇。

《水浒》就是歌颂复仇之作。

实际上，在中国古代文学作品中，大量的对复仇事件津津乐道的描写，对复仇人物热烈的情感倾注，其中隐藏着一个极深刻的社会心理：那就是，全社会对法律的无信任，并通过文学作品表现出来。

当法律不能主持正义时，代表着社会良心的文学必然表现出对法律的失望和鄙视。

当西门庆和潘金莲谋杀武大郎时，法律沉默，官府不作为，于是，人们不再寄希望于法律，不再信任法律，也不会再遵守和维护法律。

而武松这样的强梁会自行解决问题，用个人复仇来讨得被侵犯的公道。

此前，武松并没有杀过人，从杀嫂开始，武松就杀人不眨眼了。

一个人，就这样变成了暴民。

武松的流氓气

武松杀嫂，迭配孟州牢城。中途经过有名的十字坡，进了有名的人肉包子店，碰到了有名的母夜叉孙二娘。那孙二娘"雷人"得很，上身穿着绿纱衫儿，下面系一条鲜红生绢裙，搽一脸胭脂铅粉，还敞开胸脯，露出桃红纱主腰。头上黄烘烘的插着一头钗镮，鬓边又插着些野花。

见武松等人来，便倚门迎接，说道："客官，歇脚了去。本家有好酒、好肉，要点心时，好大馒头！"

施耐庵施大爷的文字开始暧昧起来。

而武松呢，刚刚撕开并割破嫂子胸脯的他，面对着孙二娘敞开的大胸，开始耍流氓。

孙二娘去灶上取一笼馒头来，放在桌子上。

两个公人拿起来便吃，武松却取一个拍开，叫道："酒家，这馒头是人肉的？是狗肉的？"

那妇人嘻嘻笑道："我家馒头，积祖是黄牛的。"

武松道："我见这馒头馅肉有几根毛，一像人小便处的毛一般，以此疑忌。"

对一个陌生的妇人，能说出这种话来的，梁山没有第二人。

因为，这种话，第一要会说，第二要敢说。

武松在市井长大，会说，不难。

难在敢说。为什么难？

因为有两关：

第一，敢于作践妇人。

第二，敢于作践自己。

敢于作践妇人，对武松，也不难。潘金莲以后，武松不会敬重任何女人。

敢于作践自己，让自己的言行举止像个流氓，这是大难。

要知道，武松极端自爱，这样的人，竟然这样作践自己，我只能说：武松实现了对自己的"超越"。

接着往下看。

见妇人不搭理，武松又问道："娘子，你家丈夫却怎地不见？"

那妇人道："我的丈夫出外做客未回。"

武松道："恁地时，你独自一个须冷落。"

这样的馋涎声口，比起王英，有过之而无不及。而调戏的技巧，则远在粗鄙的王英之上。王英只有性，没有风流。武松有风流，却并不付之于性。

只是，孙二娘哪里是男人的性对象呢，她是男人的噩梦，不是春梦。她眼中的男人，也不是男人，而是牛肉：胖壮的，是黄牛肉；瘦瘦的，是水牛肉。——肉欲倒是肉欲，却是嘴上的肉欲……她缺少性自觉和性爱好，她不会对男人有性爱的感觉。

她去里面托出一镟浑色酒来，武松悄悄把酒泼在僻暗处，虚把舌头来唑，装成喝了的样子，两个公人被麻翻了，武松随即也仰翻在地。

两个大汉来抬他去后面的剥人间，他挺着，抬不动。他要孙二娘来搬他。

施大爷将暧昧进行到底：孙二娘脱去了绿纱衫儿，解下了红绢裙子，赤膊着，便来把武松轻轻提将起来。真好孙二娘！

武松呢，就势抱住孙二娘，把两只手一拘拘将拢来，当胸前搂住，却把两只腿往孙二娘下半截只一挟，压在孙二娘身上。真好武二爷！

孙二娘杀猪也似叫将起来。

武二爷和孙二娘，天造地设，一对"二"男女。

武松打虎，凭力气。

武松杀嫂，凭正气。

武松制服孙二娘，凭流氓气。

武松要去打蒋门神，在大树下见到蒋门神，他却又不打，放过去了。蒋门神的店里，柜台里坐着一个年纪小的妇人，正是蒋门神初来孟州新娶的妾。这小妇人生得俊：眉横翠岫，眼露秋波。樱桃口浅晕微红，春笋手轻舒嫩玉。

武松看了，瞅着醉眼，径奔入酒店里来，便去柜台相对的座位上坐了。把双手按着桌子上，不转眼看那妇人。

我们已经知道：武松特别善于调戏妇女。

他的这种功夫，乃是家传：教会他的，就是他的嫂子潘金莲。

潘金莲的好处是教会了武松如何调情。

潘金莲的不好是让武松从此以后不会尊重女人。

那妇人瞧见武松不怀好意、色眯眯的眼神一直看着她，她只好回转头看别处。

武松便对着店中的店员道："过卖（旧称饭馆、茶馆、酒店中的店员），叫你柜上那妇人下来相伴我吃酒。"

武松今天是铁了心要摆出一副"我是流氓我怕谁"的架势了。

这种语言，鲁智深说不出，林冲说不出，李逵也说不出。

鲁智深说不出，是天性中的高贵使他无法这样贬低自己。

林冲说不出，是家庭的教养使他不能这样糟践自己。

李逵说不出，是根本不懂男女风情。

那妇人大怒，骂道："杀才！该死的贼！"

妇人一直忍到现在，这时却不能不骂了。

不骂，她成了啥了？

但一骂，她就上了武松的当了。

武松早就等着这一声，便把那桶酒只一泼，泼在地上，抢入柜身子里，一手接住腰胯，一手揪住云髻，隔柜身子提将出来望浑酒缸里只一丢。扑通地一声响，可怜这妇人被直丢在大酒缸里。

头脸都跌破了，在酒缸里挣扎不起。

然后，武松大战闻讯赶来的蒋门神，大获全胜。可是，总觉得他前面，胜之不武。

事实上，武松一生的功业，除了打虎，都和杀女人、欺辱女人有关。那景阳冈上的老虎，说不定也是母老虎。

这样概括武松，有些让武松的业绩失色。——没办法啊，他在《水浒》里，就是一个专门让花容失色的人啊。

武松的下流话

我看《水浒》，评价《水浒》人物，特别佩服的人是金圣叹。但是，偏有一处和金圣叹正相反。金圣叹觉得武松是天人，一百零八人中排第一。我呢，是横竖觉得武松不及鲁智深。

只是，那是一种直觉，一直不知道二人到底差在哪里。

后来终于明白了：鲁智深总是搭救女人，武松总是欺负女人。

鲁智深次次救的，都是女人，或是和女人有关的人，从金翠莲到刘小姐到林冲老婆，直至为救玉娇枝而身陷囹圄。

武松次次打的，都有女人，从嫂子潘金莲到孙二娘到蒋门神小老婆。

下面，还有更多的女人被他辣手摧花。

张团练替蒋门神报仇，买嘱张都监，设出一条计策陷害武松，诬陷他做贼，一定要害他性命。

好在有施恩父子相救，在飞云浦杀掉押送他的两个差役和两个蒋门神徒弟。武松沉吟半晌，总觉得不杀张团练、张都监和蒋门神，一口恶气难消,便返身入城。入得城来,进入张都监家。

在厨房里,只见两个丫鬟,正在那汤罐边埋怨张团练、蒋门神,按说她们不仅无辜甚至怨恨张团练和蒋门神,武松却倚了朴刀,掣出腰里那口带血刀来。把门一推,"呀"地推开门,抢入来,先把一个女使头发揪住,一刀杀了。那一个却待要走,两只脚一似钉住了的,再要叫时,口里又似哑了的,端的是惊得呆了。施耐庵到此,还自家站出来评价道:"休道是两个丫鬟,便是说话的见了,也惊得口里半舌不展。"武松手起一刀,也杀了。两个小丫头,一声未吭,横尸灯影。

然后武松又径踅到鸳鸯楼,杀了张都监、张团练和蒋门神,按说,冤仇已报,可是,下得楼来,看见张都监夫人,夫人见条大汉入来,兀自问道:"是谁?"武松的刀早飞起,劈面门剁着,倒在房前声唤。

武松按住,将去割时,刀切头不入。武松心疑,就月光下看那刀时,已自都砍缺了。武松道:"可知割不下头来!"便抽身去后门外拿取朴刀,丢了缺刀,复翻身再入楼下来。只见灯明,前番那个唱曲儿的养娘玉兰,引着两个小的,把灯照见夫人被杀死在地下,方才叫得一声:"苦也!"武松握着朴刀,向玉兰心窝里搠着。两个小的,亦被武松搠死,一朴刀一个结果了。

还不住手,又走出中堂,再寻出两三个妇女,也都搠死了在房里。

武松道:"我方才心满意足,走了罢休!"

这一瞬间,武松杀了九个女人。

其中最多两个与他的冤屈有些瓜葛:夫人和玉兰。其他七个全是滥杀,而且,都是十几岁的小姑娘。

武松杀人后,逃到张青家,打扮成头陀,继续逃命,逃到白虎山一家酒店里,要酒要肉。

几碗酒下肚,又被朔风一吹,酒却涌上。武松几次三番要店家卖肉给他吃,店家几次三番告诉他店里没肉了。

正在这时,只见外面走入一条大汉,引着三四个人入进店里。店主人捧出一樽青花瓮酒来,又去厨下把盘子托出一对熟鸡、一大盘精肉来放在那汉面前。

武松一看,恨不得一拳打碎了那桌子,大叫道:"主人家!你来!你这厮好欺负客人!"店主人连忙来解释道:"青花瓮酒和鸡肉都是那二郎家里自将来的,只借我店里坐地吃酒。"

武松心中要吃,哪里听他分说,一片声喝道:"放屁!放屁!"

跳起身来,又开五指,望店主人脸上只一掌,把那店主人打个踉跄,直撞过那边去,半边脸都肿了,半日挣扎不起。

那对席的大汉见了,大怒,指定武松道:"你这个鸟头陀好不依本分,却怎地便动手动脚!却不道是'出家人勿起嗔心'!"

武松道:"我自打他,干你甚事!"

完了,这句话一出口,武松的形象就完了。

这句话直接否定了他自己标榜过的"路见不平,拔刀相助"。

路上见到的不平,不就是不关自己的事?

如果照这样的理论,镇关西欺负金翠莲,小霸王强娶刘小姐,高太尉陷害林教头,他们都可以对着"管闲事"的鲁智深大喝一声:"我自害他,干你甚事?!"

殷天锡打死柴皇城,再打柴进,他也可以对着李逵大喝一声:干你甚事?!

一部《水浒》,被武松这八个字,抹杀了。

梁山大旗上的四个字"替天行道",被武松这八个字,抹黑了。

我们知道,武松在调戏孙二娘和蒋门神的小老婆的时候,说过很多的下流话。

而此时说出来的这八个字,是更加下流的下流话。

这样的下流话,那么多人在说。

杀人者以此为天理,软弱者以此为躲避。

性爱保护道德

作家刘震云在博客上有一篇文章,《西门庆和潘金莲的启示》,这文章的题目就好,这两个早在几百年前就被武松杀了的奸夫淫妇,到现在还能对我们有启示,也算是死得其所,而且"不朽"。

其实,"不朽"地活在我们心中的还有武大郎。潘金莲给他灌下砒霜,然后骑在他的身上把他捂死的一瞬间,他就在历史上"永生"了。

细读刘震云的文章,其实题目应该叫《武大郎和潘金莲的启示》,这样更贴切,他的小说《一句顶一万句》中的主人公,也不是西门庆式的人物,搞了别人的老婆;而是武大郎式的人物,老婆被别人搞了。不是给别人戴绿帽子,而是让别人给自己戴了绿帽子。

我这样一说,谁谁谁给谁谁谁戴了绿帽子,就显得没文化了——刘震云说:"自己的绿帽子,原来是自个儿缝制的。"这才是有文化的话。什么叫有文化?能反思自我。

其实,刘震云说出这样的名言,是得益于武大郎,是武大郎用生命和一顶旷古及今最大的绿帽子换来的教训,而不是西门庆的偷情经验。但刘震云的文章题目偏偏叫《西门庆和潘金莲的启示》,而不是《武大郎和潘金莲的启示》，把武大郎的功劳给了西门庆了。好像在潘金莲的枕头边，有意无意地，他放上了西门庆，而合法的丈夫则被推下床去了。——刘震云选择题目就像潘金莲选择男人：愿意与西门庆携手并肩，哪怕遗臭万年；不愿意与武大郎委屈相就，不惜谋杀亲夫。看来，古代的淫妇和今天的作家，都更喜欢西门庆。

我在央视"百家讲坛"讲《水浒》时，对武大做了比较全面而客观的评价，武大丑陋矮小、委琐、懦弱，但武大善良、本分，恪守做人的基本规则，对家人，对邻里，都一片真诚。

武松对嫂子说："我哥哥从来本分，不似武二撒泼。"岂料潘金莲回答说："怎地这般颠倒说？常言道'人无刚骨，安身不牢'，奴家平生快性，看不得这般三答不回头，四答和身转的人。"到底谁颠倒了说？武二说的是：我哥哥是个好人。潘金莲说的是：男人不坏，女人不爱。

这话现在据说已经被科学证实了，据2008年12月4日《中国时报》报道，美国最新研究印证了"男人不坏，女人不爱"这句名言。

由美国新墨西哥州立大学强纳森教授主持的这项研究，针对两百名大学生的三种坏男人特质做了深入人格测验。结果显示，黑暗性格（心理学所谓的"黑暗三性格"[darktriad]是：自我中心[自恋者]、热爱冒险刺激且心狠手辣[心理变态者]、善于撒谎喜将人玩弄于股掌[权谋者]）分数越高的男子，女人缘越好，且偏爱短暂的露水关系。

伊利诺伊州布拉德雷大学进行的另一个研究，对象扩及五十七国、三万五千人，也发现坏男人较能赢得女性青睐。研究主持人史密特教授说："黑暗性格分数越高的男人，越会逢场作戏、短暂谈爱，放诸四海皆然，不受文化或国家限制。"

所以，你要通过证明武大是个好人来说服潘金莲爱他，潘金莲撇嘴不屑，更何况爱与不爱与道理无关，甚至与道德无关呢。弗洛伊德说，女人有性爱即有一切，未必全对；但无性爱即一切都不是，却是事实。

同样，你要通过道德判断来决定女人爱哪一个，女人们心中也会大不以为然，只不过她们出于对道德的尊重，不会公开反对。这是她们的修养好，给道德留面子，道德可不能蹬鼻子上脸，以为自己由此就可以主宰女人的感情。如果由此惹来女人的唾弃，那可就不是女人的错了。

潘金莲岂不知道西门庆是个坏人，但这个坏人却能给她武大没有的感受——这样说你可能不服，你可能委屈，但武大被淘汰了。我们再随西门大郎到《金瓶梅》中看一看，李瓶儿在给花子虚做老婆的时候，是何等不守妇道的泼妇？但她一嫁西门庆，却无比贤惠起来，堪称德妇。你道个中奥妙何在？——因为西门庆给了她性的满足。

可见，不是道德能保护婚姻，而是令人满意的性爱可以保护婚姻，甚至，保护道德。

林冲怕着我们的怕

岳庙前，林冲娘子被高衙内拦住，要她上楼去，欲行不轨。

林冲接到锦儿的告急，赶过去，从后面扳过那人，大喝一声："调戏良人妻子当得何罪？"

举拳便要打。

但是，扳过来，看清了，却先自手软了——因为他认出了这人乃是高衙内，是他顶头上司的养子。

反而是高衙内对他大喝一声：林冲！干你甚事，你来多管！

于是林冲只是领着自己的妻子和锦儿闷闷不乐走开了事。

鲁智深提着铁禅杖赶来，要帮他厮打。林冲赶紧劝阻："原来是本管高太尉的衙内，不认得荆妇，时间无礼。林冲本待要痛打那厮一顿，太尉面上须不好看。自古道：'不怕官，只怕管。'林冲不合吃着他的请受，权且让他这一次。"

这段话有三层含义。

第一，非礼他娘子的不是一般人，而是顶头上司的养子。我怕。

第二，本来要打那厮一顿，但我在他老子手下吃饭，归他管，只好让他一次。我忍。

第三，这小子不认得我的老婆，所以才一时无礼。如果认得，也不会。我理解。

还有一层意思是：后果不严重，一场误会而已，你也别生气。

你看，这种事，本来应该是鲁智深劝林冲不要生气冲动，反而让林冲来劝鲁智深息事宁人。

那几天，林冲很闷，很想上街，找人喝喝酒，散散心，但是，就是不愿找鲁智深。

这时，陆虞候来叫他，他马上就和陆虞候一起上街喝酒去了，而且，还吐露胸襟，吐露郁闷：

"男子汉空有一身本事，不遇明主，屈沉在小人之下，受这般腌臜的气！"

可见，林冲也知道高太尉是个什么货色。但是，他却一直敬着他，奉承着他，找机会亲近他，当面一口一声"恩相"叫着他。

为什么？

因为怕。

他在这儿把陆虞候当哥们，披肝沥胆，哪里知道陆虞候是来调虎离山的，这边陆虞候骗出林冲，那边富安就骗出林冲娘子，关在陆虞候家，由高衙内纠缠调戏，欲行不轨。

锦儿报信，林冲赶去。听到关紧的房门内高衙内正在纠缠妻子。

林冲立在楼梯上，叫道："大嫂！开门！"娘子来开门，高衙内推开窗子跳墙跑了。

林冲把陆虞候家打得粉碎,将娘子下楼,出得门外看时,邻舍两边都闭了门。女使锦儿接着,三个人一处归家去了。

这一段叙述里,有些细节颇值得我们推敲。

首先当然是林冲的行为,听到自己的娘子被人关在房里调戏,是个男人都会怒发冲冠,不顾一切打将入去,但林冲此时却很"稳重"地站立在楼梯上,叫老婆来开门,而不是打烂门自己闯进去,太沉得住气,也太"文明"了。

可是接下来他又把陆虞候家打得粉碎。这不由得人不疑窦丛生:他为什么在高衙内还在时,不一脚踹开门冲进去痛揍他一顿?

还是一个字——"怕"。

既不敢痛打高衙内一顿,就不能冲进去。既不能冲进去,他就只好"立"在楼梯上,大喊妻子开门。大喊妻子开门,就是给高衙内时间,让他逃走,免得两人撞上,打又不是,不打又不是。

林冲一生,总是"不敢"。我做了一个粗略统计:从第七回到第十二回,这写林冲的六回里,写到林冲"不敢"的,就有六次,其他:

怎敢,一次;

如何敢,两次;

哪里敢,两次;

岂敢,一次;

敢道怎地,一次。

加起来,有十三次之多。

我这里不是在说林冲孱头懦弱无骨气。其实,谁又不怕呢?

我们看看当时的一般人。

林冲"将娘子下楼,出得门外看时,邻舍两边都闭了门。女使锦儿接着,三个人一处归家去了"。

这看似闲笔,却颇有意味。盖此事已闹得沸沸扬扬,人人皆知。可是邻舍都闭了门。作者正是要通过写邻舍都闭了门,来写人人皆知此事。都知此事,却又为何都闭了门?那是大家都不想惹事。

一开始,林冲娘子被关,锦儿一定沿途呼救。这时,他们若大门洞开,他们管还是不管?

不管,实在说不过去。

管,这可是花花太岁高衙内的事,能管吗?自己有几个脑袋?

于是,关上门,闭上眼,就当没看见,自欺欺人。

于是,林冲娘子被关,林冲会不会就此做了乌龟再说,两边邻舍倒先一个个都做了乌龟。什么乌龟?缩头乌龟啊。没有一个见义勇为出手相救的,没有一个路见不平拔刀相助的。为什么?

还是怕啊。

于是,东京大街上,就出现了这样的情景:青天白日,却阴森可怕,街衢宽阔,却空无一人。林冲一家三口,孤零零走过。

这样的大街,是否会让人感受到彻骨的寒意?

《水浒》写出了林冲的怕,写出了林冲同时代的人的怕。

李逵的杀气和社会的戾气

李逵路遇打劫的李鬼,被李鬼的鬼话所骗,不但不杀他,反而送他银子,让他改做正当行业,改邪归正。但是,一转眼,这李鬼夫妇竟然要谋害李逵。李逵发觉,劈头揪住李鬼,按翻在地,身边掣出腰刀,早割下头来。

又去李鬼腿上割下两块肉来,洗净了,灶里抓些炭火来便烧。一面烧,一面吃。

《水浒传》里,一再写到吃人肉的情节,并且还特别故意写得非常轻松,非常自然,好像极其常见,从而毫无芥蒂。

一个礼仪之邦,怎么会有这样公然渲染吃人肉的作品呢?

首先,这有事实依据。每次遇到大的社会动乱和饥荒,"人相食"的记载在历代正史和野史笔记中比比皆是。《水浒传》产生的年代——元明易代之时,就是一个特别严重的时期。元人陶宗仪所著的《南村辍耕录》,就记录了朱元璋的"淮右之军"吃人的事实:"天下兵甲方殷,而淮右之军嗜食人……"注意,是"嗜食人",吃上瘾了。

更重要的是，在权力社会里，中国的民间，实际上处于长期的压抑状态，太多的人受损害被侮辱，而且无处申诉，从而人人内心都积压着太多的怨气。

我把这种生存状态称为"带气生存"，在大多数人的生存状态都是"带气生存"的情况下，全社会都充斥着一股可怕的暴戾之气。一个社会不可能让人人不受委屈，但是，要给委屈人一个说理的地方。如果没有说理的地方，那就逼得人们不去"说理"，而是付诸暴力了。

所以，《水浒》中一再出现的吃人肉情节，是作者内心压抑的表现，更是全社会压抑心理的非理性释放。专制使人变态，专制使人暴戾，专制使人选择暴力并赞赏暴力，《水浒》的这种描写，是《水浒》作者以及更为广泛的读者集体变态心理的表现，是权力社会的真实图景。

马克思说："君主政体的原则总的说来就是轻视人，蔑视人，使人不成其为人。""专制制度必然具有兽性，并且和人性是不相容的，兽的关系只能靠兽性来维持。"（《马克思恩格斯全集》第一卷，第411、414页）

专制政体及其对人性的兽性化改造，是《水浒传》中人的兽性大发作的根本原因。

《水浒》"暴力美学"的代表人物，就是李逵。

李逵一家一直生活在社会的最底层，而且，除了感受到贫困、压迫、凌辱和歧视，从来没有得到过社会的温暖。

我以前在讲武松的时候，说到，在封建社会，只有两种人：良民（顺民）和暴民。

在武松家里，武大是良民，武松是暴民。

在李逵家里，李逵是暴民，李逵母亲和大哥李达是良民。

问题在于，良民在这个社会里，得到了什么？

武大被害了。李逵母亲穷困潦倒，眼睛哭瞎了，最后还被老虎吃了。

李达呢？确实算得上是"良民"，甚至配合官府捉拿兄弟，但是，官府对他大哥的报答却是叫他"披枷戴锁，受了万千的苦"。

　　暴民乃是良民变的，是什么力量让良民变成了暴民？这是我们今天读《水浒》需要思考的。

　　李逵杀人，有六大特点。

　　第一，杀得快。

　　李逵杀人，简直令人目不暇接。他绰号"黑旋风"，就是指他杀起人来如同一阵旋风。

　　第二，杀得多。

　　江州劫法场一役，被杀死的军民达五百多人，这里有不少就是李逵板斧下的冤魂。

　　在沂水县，被他杀掉的人，李鬼老婆、里正、曹太公三人，三十多个士兵，外加一批猎户，人数至少四十个之多。

　　三打祝家庄，杀扈太公一门男女老小，有多少人口？我们可以做一个类推。宋江大破无为军时，杀了黄文炳一家老小四五十口。扈太公家里应该与此不相上下。

　　第三，谁挡我路我杀谁。这是典型的强盗逻辑。而这，也正是权力逻辑。

　　杀罗真人就是这样的逻辑。

　　第四，不分青红皂白，滥杀无辜。在上述李逵杀掉的人里面，大多数都是无辜的。

　　第五，杀得毫不愧疚，毫不心软。

　　李逵杀完扈家庄男女老幼之后，直到宋江面前请功。

　　宋江将他功过相抵，他笑道："虽然没了功劳，也吃我杀得快活。"

　　连功劳都不要，更不在乎，杀人本身就是快活，让我杀人就是奖赏。

第六，他杀人极其残忍。

宋江、吴用要逼朱仝上山。派李逵去杀害小衙内。李逵在小衙内的嘴上抹上了蒙汗药，然后一直抱到城外树林里，在僻静无人之处，一板斧把孩子的头劈作两半个！

悲哀的是，李逵的这六个"暴力"特点，其实正是权力社会里的"权力"特点！

有一个很沉重的问题，那就是《水浒》的批注者李贽、金圣叹对梁山好汉的滥杀无辜往往缺乏判断力，尤其是金圣叹。金圣叹在李逵杀曹太公、李鬼老婆、里正、众位猎户、三十来个士兵下面，连续批了五个"杀得好"！

这可以证明我前面说的话：《水浒》的作者和很多读者，包括金圣叹，都是有严重的心理变态的。而引起这样大面积的心理变态的，是权力社会。

鲁达的慈悲

史进大闹史家村,毁家纾难,去关西经略府寻找他的师父王进。行了半月之上,来到渭州,打问师父行踪时,却碰到鲁达。鲁达见史进长大魁伟,像条好汉,也走过来与他施礼。

史进初出道,江湖上的事情知道得少,对鲁达,他并未听闻过。但两人一通姓名,鲁达却竟然知道"史家村甚么九纹龙史大郎",这位三十五六岁的、颇有人生阅历与傲人资本的鲁达,竟有些夸张地说史进这个十八九岁的小兄弟:"闻名不如见面,见面胜似闻名!"让年少的英雄陡增自信,这是史进初涉江湖感受到的第一缕阳光般的温暖与赏识。

鲁达是有法眼的,能一眼识出英雄。

而且他能体察英雄的缓急。他知道,此时的史进,找师父不见,心里一定是惶恐慌张没有着落的,所以,虽然是偶遇,且是初次见面,鲁达表现出了十足的亲热:他挽了史进的手,"多闻你的好名字,你且和我上街去吃杯酒"。

一个鲁达一杯酒,渭州,对于史进来说,就不再是陌生冷淡之地,而是熟悉温暖之乡。

去酒楼途中,又碰到了史进的开手师父打虎将李忠,大家一起到了潘家酒楼。一开始,结识新朋友,大家喝得高兴,谈兴也浓。但是,喝着喝着,就出事了。

原来,这边他们正喝到高兴处,却听见隔壁有人"哽哽咽咽啼哭"。鲁达很焦躁,"便把碟儿盏儿都丢在楼板上"。

酒保赶紧上来。抄手道:"官人,要甚东西,分付卖来。"

鲁达道:"洒家要甚么?你也须认得洒家,却怎地教甚么人在间壁吱吱的哭,搅俺弟兄们吃酒?洒家须不曾少了你酒钱!"

余象斗在此节下点评道:"智深闻哭便问店主,则心有怜宥之意,非因焦躁,实恐中有冤屈。"

仔细琢磨,这几句责怪酒保的话里,我们可以发现两个问题:

第一,鲁达责怪酒保很是无理。有人在隔壁哭,怎见得就是酒保"教"的?无端责怪酒保,就是要让酒保做详细解释。可见鲁达确实是担心有什么冤屈,要让酒保来说个端详。

第二,退一步说,就算鲁达要责怪酒保,最简单的方法是,不问什么三七二十一,叫酒保去赶走那哭的人即是。刚才,他要拉李忠一起吃酒,李忠却要等卖完了药,他一焦躁,不仅骂李忠,还把那些围住李忠看的人一推一跤,骂道:"这厮们夹着屁眼撒开!不去的洒家便打!"可见鲁达并非婆婆妈妈之人。

或者更干脆:无须叫酒保,自己对着隔壁大喝一声,让他们安静即可。

或者像李逵,在江州酒楼上吃酒,嫌唱的小妞打搅了他的谈兴,给她三个手指,把她打昏即是。

但鲁达偏曲曲折折委屈一番酒保,再耐心地听酒保一番解释。他一定是在那哽哽咽咽的啼哭中，听出了里面无处申诉的冤屈。

果然，当酒保说出这是卖唱的父女两人"一时间自苦了啼哭"时，鲁达便道："可是作怪！你与我唤得他来！"

对搅了他的兴致的啼哭者，他说的话不是："你与我赶得他去！"而是"唤得他来！"慈悲与冷漠，就在这一线间。

鲁达唤来了金翠莲父女，刚才那么焦躁的鲁达，此时几乎是温存地询问了两个问题：

你两个是哪里人家？

为甚啼哭？

在这两个问题中，如果说与他鲁达有关，也只是后一个问题。而金老父女是哪里人家，真是与他无关。什么叫关心？就是把于己无关的事挂在心上。

金老父女便把如何受镇关西欺辱之事和盘托出。

当然，这是别人的事。他完全可以袖手旁观。——实际上，观都不必，他可以闭上眼，做他的提辖，每日到茶馆品他的茶，到酒楼喝他的酒，和他的新朋老友，较量枪法，谈天说地，说些大快人心的事。

大多数人不都这样做的吗？

他完全可以挥挥手，让这对父女走开，转过身来，继续和朋友喝酒。

但是，他接下来问了金翠莲父女四个问题：

你姓什么？

在哪个客店里歇？

哪个镇关西郑大官人？

在哪里住？

前两个问题关心眼前的这两个可怜人，他放不下。

后两个问题打听所说的那个可恨人,他放不过。

果然,当他得知了这个所谓的郑大官人就是那个"投托着俺小种经略相公门下做个肉铺户"的郑屠,肉铺就在状元桥下时,他对史进、李忠说:"你两个且在这里,等洒家去打死了那厮便来!"

什么是慈悲?
鲁达邀史进吃酒时;听隔壁哭声打问时;听说隔壁"自苦了啼哭"便"唤得他来"时;"唤得他来"后问"你两个是哪里人家?为甚啼哭"时;知道原委后,马上就要去状元桥"打死了那厮"时!

李忠的境界

鲁达在渭州碰见来寻师父的史进,出于对少年英雄的钦敬,马上请他上街去吃杯酒。

在街上,却看见一群人围着看。分开众人看时,竟然是史进的开手师父打虎将李忠,他正在那里耍枪弄棒卖膏药!

史进惊叫:"师父,你怎么在这里!"

鲁达大手一挥,道:"既是史大郎的师父,也和俺去吃三杯。"

显然,鲁达邀请李忠,并不是看上了李忠,而是因为他是史大郎的师父,看在史进的面子上,给李忠一个面子。

但这李忠一心只在卖膏药上,他要让鲁达、史进等他卖了膏药,讨了回钱,再去吃酒。

鲁达道:"谁奈烦等你?去便同去!"

李忠央求道:"小人的衣饭,无计奈何。"

又退一步:

"提辖先行,小人便寻将来。"

又关照史进:"贤弟,你和提辖先行一步。"

总之,他是舍不得那些看客的赏钱。

史进万贯家财,一时抛却,流浪江湖,毫不在意。史进的舍得和李忠的舍不得,比较出来了。

为什么史进舍得,李忠舍不得?

当然有天赋的气质在。但是,生活本身对人的塑造亦不可不警醒。

李忠此时的年龄,与鲁达不相上下,约在三十四五之间,还在街上耍枪棒,卖狗皮膏药,实在是没有什么出息。——没出息的不是他的贫寒状态,而是他的生活方式。大丈夫有缓急之时,有颠沛之境,当然可以一时委曲求全,低头檐下。但是,万不可使这种一时之计成为一生之态。

卑贱的生活不可怕,可怕的是选择了一种卑贱的生活方式。

尤其,不能在这种状态下蹉跎岁月。否则,长期沉沦下贱,磨秃了头顶的时候,也往往磨秃了自身的利器,磨灭了雄心,磨灭了才华。磨光了锐气的同时,还会磨出俗气。人一俗气,便无正气,没有正气,便无正事。并且,人一俗气,便成小气。小气之人,便无勇气。没有勇气,便少运气。

李忠的问题还不仅于此。

当鲁达邀请他同去喝一杯时,他竟然舍不得丢下看客丢下的三瓜两枣,舍不得不卖狗皮膏药,拒绝了鲁达。这表明,他已经纠缠在这样向下活的鸡零狗碎之中,而失去了向上活的想象力。何况,在世道中走,不能给脸不要脸,得人敬重要识敬重。

汉语里有一个词,叫"穷困潦倒",我们必须分别:人可以穷困,但不能潦倒。穷困,是物质上的匮乏;潦倒,是精神上的溃败。人潦倒了,灵魂便溃散了,气质就委琐了。

汉语里还有一个词,叫"疲惫",我们也必须分别:人,可以"疲"

不能"惫"。"疲"是体劳,"惫"是心懒,故有"惫懒"一词。

庄子见梁惠王,梁惠王说衣衫褴褛的庄子"惫",庄子说,我只是贫而已。士有道德不能行才是"惫",没有精神坚持才是"惫",我只是没有钱财,只是"贫"。庄子的这种分辨,非常重要。

所以,人一潦倒,一惫懒,就失却精神和体面。

李忠此刻的表现,就是不体面的。他还有更加不体面的表现。

在潘家酒楼,鲁达决定救金翠莲父女出苦海,为他们筹款,准备盘缠,让他们逃出渭州,回乡。

他掏出身上仅有的五两银子,又向史进"借",史进从包裹中一下子拿出了十两银子,比鲁达的超一倍。

小青年史进此时就是一个浪迹天涯的漂人,连工作都没有,一下子拿出十两银子,鲁达一下子就看好了史进,终身认他为兄弟。

而李忠却直到现在还没有动静。

李忠见鲁达拿钱,可以不动,见史进拿钱,就该动了,但他仍不动,等到鲁达点名:

"你也借些出来与洒家。"

李忠这才不得已动手在包裹里摸钱。可是,摸索了半天,却只摸出二两来银子。注意这个摸的动作,这是割他的肉啊。

鲁达一眼望去,那眼仁里面就变了白眼,嘴上也不留情:"也是个不爽利的人!"

白眼和讥嘲已经很让人难堪,但鲁达还有更绝的举动:他只把他自己的五两和史进的十两,共十五两给了金老,却把李忠的二两来银子丢还了李忠。

金圣叹在此下批了四个"胜"字:

胜骂,胜打,胜杀,胜剐。

再加四个字:真好鲁达。

鲁达是舒张的,所以他看不惯缩手缩脚不爽利的人;鲁达是慷慨的,所以,他看不惯悭吝小气的人;鲁达甚至也是善解人意的人:李忠挣钱不容易啊,要卖多少狗皮膏药,才能积攒二两来银子啊。这二两来银子,割他的肉啊,算了,还给他吧。丢给他了。

《水浒》中潘家酒楼这一段,写出了三个人。而且是比衬着写的。人怕什么?人就怕比人。人比人,气死人啊。

就是一件小事,不同的人,被分别出来。史进十两,李忠二两,这个区别,就是境界的斤两。

同是初次见面,鲁达后来认史进为生死兄弟,而李忠一直入不了他的法眼。

鲁达收下了史进的银子,就是接受了史进;鲁达丢还了李忠的二两来银子,也就拒绝了李忠。

他的二两来银子没有与鲁达、史进的银子一起凑数,他本人也就被鲁达排斥在他的兄弟之外。

李忠的自赎

《水浒》写史进在渭州碰到鲁达,巧遇师父李忠一段,让我们看到了,生活在社会底层的李忠,在生活的重压下,个性如何被扭曲而至于委琐。

事实上,生活的重压并不一定导致人性的委琐,直接导致个性扭曲的,可能还在于谋生方式。比如李忠,他选择了在街市上耍枪弄棒卖狗皮膏药的赚钱方式,这种谋生方式,才是他谄媚乞巧、小心翼翼、斤斤计较个性的直接原因。所以,人生艰难,但即使如此,也要尽量避免用一种很细碎的方法去谋生赚钱,因为钱来得艰难,会去得难受。一分一厘攒起来的钱,要大把大把地花出去,确实是对脆弱人性的严峻考验。计较小得便会心疼小失。那些在挣钱时锱铢必较的人,一定在花钱时一毛不拔。

所以,孟子说,"术不可不慎"(《孟子·公孙丑上》),选择生活方式非常重要。

有人会说,难道李忠这样艰难的人,我们不应该理解并同情吗?

当然可以,但是,李忠不能这样要求。因为,当别人理解你时,也就看扁你了,至少是看轻了你了。所以,做人,应该是这样:给予别人的是理解；从别人那里获得的是敬重。

世间确实有很多英雄，被衣饭所困。但是，真正的英雄，绝不会被衣饭逼成庸庸碌碌的凡夫俗子！

不冲破衣饭的牢笼，就是个衣饭的囚徒。

比较一下史进和李忠是有意思的。史进是一个讨出身的人，李忠是一个讨生活的人。人可以讨出身，不可以讨生活。讨出身，是向上活；讨生活，是向下活。

一种生活态度，往往决定了一种生活状态，一种生活状态，往往也就塑造出一种性格。像李忠这样，到江湖上耍一通花拳绣腿的假功夫，讨一些赏钱；卖一些狗皮膏药的假药，骗一些药钱，整天锱铢必较，分毫必争，一丝难舍，这种营生，实足以坏掉一个人的境界，坏掉一个人的气质。

后来，李忠上了桃花山，做了大头领，与周通一起占山为王，打家劫舍。周通要强娶桃花庄的刘小姐，被投宿桃花庄的鲁智深一顿痛打，李忠赶来报仇，认出鲁智深，请上山去，要留下鲁智深。但这两个人却不大合乎鲁智深的胃口：这两个人小家子气，做事悭吝，不是慷慨之人。所以，鲁智深住了几日，只要下山，推脱道："俺如今既出了家，如何肯落草。"

这两人还真是小气不长进，竟说出这样的话来："哥哥既然不肯落草，要去时，我等明日下山，但得多少，尽送与哥哥作路费。"

真是没出息的话，你山上现放着金银财宝，没说拿出来作路费送与鲁智深，却说明日下山，但得多少再送，若明日下山一无所获呢？或明日下山所获甚少呢？更重要的，打着为鲁智深抢盘缠的旗号去抢劫，这份礼鲁智深会收吗？

果然，第二天，当李忠、周通丢下鲁智深和一大桌宴席与金银酒器，下山打劫，并声称打劫所得，尽送与鲁智深时，鲁智深把桌上的金银酒器用他那大脚都踏扁了，装在包裹里，挎了戒刀，提了禅杖，走到后山乱草坡上，把戒刀、禅杖、包裹都丢下山去，自己把身子往下一滚，骨碌碌直滚到山脚边，跳起来，拿了包裹、戒刀、禅杖，拽开脚步，取路便走。

李忠、周通打劫回来，发现鲁智深抢了金银酒器，李忠要追，周通劝阻，然后周通提议："将（打劫来的）金银缎匹分作三分，我和你各捉一分，一分赏了众小喽啰。"李忠道："是我不合引他上山，折了你许多东西，我的这一分都与了你。"

这一段对话真是丑，一口一声你的我的，李忠眼下的桃花山，仍然不过是一个分赃之地，一个糊口之所。但他这几句话，也可见他的忠厚，他到底还是一个忠厚人，所以他叫李忠。

实际上，《水浒传》的作者施耐庵在人物的名字上、星宿称号上，往往暗含了对他们个性、命运的秘密。

如果说，半生沦落、生计艰难造成了李忠性格的小气、精明和委琐，这是他的不足；那么，一直生计艰难却仍能保有一份忠厚，保有一颗善良心，则是他的优点，是他的可取之处。这也是他最终能位列地煞星的原因。他的星宿名称是"地僻星"，"僻"字有什么含义呢？

其一，僻者，偏也，偏居一隅，不识宇宙之大叫作僻；

其二，僻者，片也，眼界狭小，不知万物之富叫作僻；

其三，僻者，癖也，性情偏执，兴趣爱好单一叫作僻。

一般而言，一直呆在一个地方，或者，一直处于一种环境，或者，长期生活于一种状态，一直沉湎于一种爱好，常有此僻。像李忠，就属于长期处于一种衣食不保的生活状态中，在那种状态中欠缺的东西——

钱财，就会成为一种伤痕记忆，焦虑记忆，深入心灵深处，从而成为一种癖好。

但这种人，正因为守旧、固执，不知变通，不愿变通，所以又往往保有一份忠诚、厚道，靠得住。

男人最大的缺点是委琐。而稍微可以补救委琐的，就是忠厚。因为忠厚与委琐不冲突，可以在一个人的性格里共存。

李忠委琐而能入一百零八人的名单，端的就是忠厚救了他。

因此，当你一无是处时，就一定要忠厚。

逼下梁山的林冲

说到《水浒》的主题，总要说到"逼上梁山""官逼民反"，而其代表人物，就是林冲。其实，《水浒》的深刻还不仅在此，它除了"逼上梁山"，还有"逼下梁山"，除了"官逼民反"，还有"贼逼民乱"。其代表人物，还是林冲。林冲是《水浒》中最窝囊、苦闷的人物。

林冲从八十万禁军教头，被高俅步步紧逼，最后不得已在沧州大军草料场杀死差拨、陆虞候、富安三人，往东逃命，在柴进东庄上住了五七日。沧州那边，下令缉捕人员将带做公的，沿乡历邑，道店村坊，捉拿林冲。不得已，柴进作书一封，让林冲投托梁山泊安身立命。

一部大书，写梁山泊，写梁山好汉，但"梁山泊"这个词，直到此时，第十一回，才出现。

事实上，"梁山泊"这个词，只有在林冲的故事里出现，才能显示出意义。

如果在李逵、李俊、张顺、张横、燕顺、王英、时迁等人的故事里首先出现，那么，梁山泊给我们的印象，不过是社会下层、流氓无产者、市井流氓、江湖强盗等聚集的渊薮，一个强盗窝。

如果在鲁智深、武松的故事里首先出现，梁山泊也就是江湖侠客的庇护所，一个杀人通缉犯躲灾避难的地方。

而梁山泊在林冲的故事里第一次出现，就能显示出更为深刻的内涵。

第一，正如我们上面说到的，它体现了"逼上梁山"的主题，从而揭示出乱自上作的社会现实。

第二，更重要的是，林冲本来是一个在大宋首都，负责皇家禁卫军武术训练的教头，他生活在王化之下，王土之中，首善之区，是个忠心耿耿、绝无反叛之心的王臣。但是，林冲百般想做王臣，想做王的顺民良民而不得，他被逐出王土，或者说，他被逼逃离王土，因为，在王土之中，他只有死路一条，王土已经变成死地。于是，他只能逃往梁山泊。

于是，梁山泊，就作为王土的对立面而存在。水浒，也就是王化之外，《水浒传》，也就是这些被王权抛弃、迫害、追杀的族群的传记！

"梁山"的内涵还不仅如此。我们再往下看就知道了。

此时的林冲已经无路可走。他只有上梁山。

但梁山哪里就是那么好上的呢？

林冲可以在柴进的护送下混出盘查甚严的沧州道口，在朱贵的酒店里却找不到上梁山的路口。请看这段对话：

林冲问："此间去梁山泊还有多少路？"

酒保答："此间要去梁山泊，虽只数里，却是水路，全无旱路。若要去时，须用船去，方才渡得到那里。"

林冲道："你可与我觅只船儿。"

酒保道："这般大雪，天色又晚了，那里去寻船只？"

林冲道："我多与你些钱，央你觅只船来，渡我过去。"

酒保道："却是没讨处。"

一句话，截断了林冲的希望。

这段对话，写尽林冲的英雄末路。

在朝廷，被陷害。在江湖，也无路。做好人，做不了；做强盗，也如此难！

八个字：报国无门，叛国无路！

苦闷的林冲在墙上作诗一首，亮出自己的身份。这让早就听闻林冲大名的朱贵陡生敬意，但是，敬意是敬意，要上梁山，没有门路还是不行。

朱贵告诉林冲："虽然如此，必有个人荐兄长来入伙。"

做官要关系，要门路；做贼，也要关系，要门路！

在第四十三回，戴宗劝石秀："如此豪杰流落在此卖柴，怎能够发迹？不若挺身江湖上去……"于是劝他上梁山。

石秀道："小人便要去，也无门路可进。"

那时的梁山，已经在晁盖和宋江主持下了，已经是广纳英雄了，但还是有人发出没有门路的感慨。

这个世界，虽然天无绝人之路，怎奈人有设障之法。

人类总有一些组织、制度，设限立门槛，以阻绝人路为目的。

梁山一旦成为一种组织，也就是一种体制。

好在林冲是有门路的。林冲告诉朱贵，有柴进的书信。

朱贵说："既有柴大官人书缄相荐，亦是兄长名震寰海，王头领必当重用。"

正如朱贵分析的，林冲到梁山，必当重用。原因有三：

一是有柴进的推荐。柴进既有恩于王伦，王伦当然不能拒绝。

二是林冲武艺高强，名震寰海，林冲加入，必然增强梁山的力量。招降纳叛，是一般占山为王者壮大自己、积聚资本的基本策略。

三是林冲在体制那边已经彻底结仇树敌，你死我活，在此处必然死心塌地，忠心耿耿。

但是，朱贵还是太厚道、太头脑简单了，林冲也高兴得太早了。

第二天一大早，朱贵引了林冲上山时，却遭到王伦的拒绝。

原来，王伦不想上面的三个问题，他只想一个问题："我却是个不及第的秀才，……又没十分本事，杜迁、宋万武艺也只平常。……他是京师禁军教头，必然好武艺。倘若被他识破我们手段，他须占强，我们如何迎敌？"

我们一般人的思想里，总觉得自身的弱点会影响自己的成功。但是，在很多时候，让我们栽跟头受排挤遭打击的，恰恰是因为我们自身的优点！

宋万比起林冲，武功上根本不在一个档次。但是，宋万来投，王伦收下了，林冲来投，王伦要拒绝。一个因为武功差而留下了，一个因为武功强，反而被拒绝。

于是，王伦下了决心："不若……发付他下山去便了，免致后患。只是柴进面上却不好看，忘了日前之恩，如今也顾他不得。"

我们都知道林冲是被逼上梁山的，哪知道，他还曾被逼下梁山呢？

最后，他不得不在王伦的逼迫下，去山下杀人，纳投名状。

一个本来"为人最朴忠"的有原则的人，终于突破了自己做人的底线。

人为什么堕落？

形势比人强啊！什么是形势？就是一个社会的文化氛围和社会风气啊。

五两银子林冲命

林冲在柴进庄上赢了洪教头,也赢了二十五两的大银,辞行要去牢城营。临行之时,柴进为了林冲到牢城营得到关照,除了又送他银子二十五两,还写书信两封:分别给了与柴进有很深交情的牢城营的管营和差拨,让他们关照林冲。

柴进如此慷慨好义,他的朋友也不会太差吧。

但是没想到,一进牢城营,囚犯们就告诉林冲,这管营、差拨只认银子,是个专门诈人钱物、十分害人的人。正说着,差拨就过来了。

差拨一来,就问:"那个是新来配军?"

林冲赶紧答应:"小人便是。"

那差拨不见他拿钱出来,马上就变了面皮,指着林冲骂道:"你这个贼配军!见我如何不下拜,却来唱喏!你这厮可知在东京做出事来!见我还是大剌剌的!我看这配军满脸都是饿文,一世也不发迹!打不死、拷不杀的顽囚!你这把贼骨头好歹落在我手里!教你粉骨碎身!少间叫你便见功效!"把林冲骂得"一佛出世",哪里敢抬头应答。

这一段骂,是骂林冲:

一是贼——在东京做出事来。

二是贱——满脸饿文，一世也不发迹。

三是顽——打不死、拷不杀的。

四是傲——不下拜，大剌剌的。

五是身份——配军，囚徒。

最后是恐吓：教你粉骨碎身！

实际上，林冲并不是不愿意出钱。他不但愿意出，主动出，而且还打听好了大致的价位，他只是还没来得及拿出来——这个差拨根本没有给林冲拿钱的时间！

他其实何尝不知道林冲哪怕一时没有送钱，哪敢不送呢？既然这样，他为什么如此凶暴，痛骂林冲呢？

这种人心理上，往往都有一些问题。显然，这个差拨有以下心理毛病：

一是迫害狂。他内心阴暗，有着迫害狂的症状。

二是强迫症，焦虑症。这种人不仅贪财，而且还有焦虑症和强迫症，他要在第一时间见到钱，否则便没有耐心。

三是一顿臭骂，既可以立威，也可以威吓对方，使对方不仅快快拿出钱来，而且还让对方在恐吓之中，因为恐惧，拿出更多的钱来。

林冲待他骂过了，发作完了，赶紧取出五两银子送他，还拿出十两银子让他转交管营。

差拨马上转怒为笑，道："林教头，我也闻你的好名字。端的是个好男子！想是高太尉陷害你了。虽然目下暂时受苦，久后必然发迹。据你的大名，这表人物，必不是等闲之人，久后必做大官！"

19世纪俄国短篇小说大师契诃夫，曾写过一篇特别著名的小说，叫《变色龙》，刻画了一个叫奥楚蔑洛夫的警官形象。

其实，在中国，在元明之际，也就是在14、15世纪之交，《水浒传》的作者就塑造出了"差拨"这一变色龙的形象，而且似乎更精炼，更突出，而且更真实，更可信，更自然！

在骂林冲时，他骂林冲是"贼"，他说："你这厮可知在东京做出事来！"做出什么事来呢？当然是做出违法犯罪之事，现在是罪有应得。

可是在得到钱以后，就成了："想是高太尉陷害你了。"

于是，第一条："贼"变成"冤"了。

骂林冲时，他说林冲"贱"："满脸都是饿文，一世也不发迹！"

得到钱后，就成了"虽然目下暂时受苦，久后必然发迹"，"久后必做大官"。

于是，第二条："贱"变成"贵"了。

骂林冲时，说林冲"顽"，是"贼骨头"，是"打不死、拷不杀的顽囚"。

得到钱后，就成了"端的是个好男子"，"必不是等闲之人"。

于是，第三条："顽"变成"好"了。

骂林冲时，说林冲"傲"，是"不下拜"，"大剌剌的"。

得到钱后，就变成了"据你的大名"，"必不是等闲之人"。

于是，第四条："傲"就变成"正"了。

骂林冲时，对林冲的称谓是"配军""顽囚"，连名字也没有。

得到钱后，就成了："林教头，我也闻你的好名字。""据你的大名，这表人物。"

于是，第五条：侮辱性的称谓变成恭敬性的称谓了。

五两银子，林冲就变了一个人。

是林冲变了吗？林冲还是那个林冲，变了的，是差拨。

五两银子，改变了林冲的世界，五两银子，改变了差拨的人心！

接下来，林冲又拿出柴进的书信，说道："相烦老哥将这两封书下一下。"

差拨道："既有柴大官人的书，烦恼做甚？这一封书值一锭金子。"

中国有一个词，叫"值钱"。一个东西好不好，怎么判断？拿钱来衡量。李贽在此眉批曰："只因柴进是舍钱的大财主，故一封书值得一锭金子，不然，还是五两十两银子当得百十个柴进。"

不是柴进有面子，是柴进有钱。

差拨将林冲给管营的十两银子偷偷昧下五两，只将五两银子和柴进的书信送给管营，在管营面前，备说林冲是个好汉，又有柴大官人书信相荐，本是高太尉陷害配他到此，又无十分大事。于是二人合计看顾林冲，免了他的一百杀威棒。

林冲叹口气道：有钱可以通神，此语不差。端的有这般的苦处！

小人的成败

高衙内在街上拦住林冲娘子，被林冲冲散，回到府中，几日纳闷，快快不乐，一般情况下，他看中的女子，他总能弄到手，但这一回不同了，这个让他心跳的女人，竟然是林冲的老婆，林冲的武功好生了得，他十个衙内也不是林冲的对手。再说，林冲老婆自此以后，呆在家里，足不出户，怎样才能见得上呢？他思前想后想不出个办法。

不过，办法总是人想的，下流的办法是下流人想的。只要你身边有下流人，就不愁找不到下流的办法。

高衙内手下就有这样一个下流人，叫作富安。他见衙内在书房中纳闷，便走近前去道："衙内是思想那'双木'的。这猜如何？"衙内笑道："你猜得是。只没个道理得他。"富安道："有何难哉！衙内怕林冲是个好汉，不敢欺他，这个无伤。他见在帐下听使唤，大请大受，怎敢恶了太尉？轻则刺配了他，重则害了他性命。"

读书至此，我们不仅会愤愤于小人可恶，我们还惴惴于小人可怕。这个奸邪小人看出了林冲的软肋，看出了衙内的强项。

林冲英武，豪杰，是个好汉，林冲一条花枪可以让高衙内死上十回百回。但是，林冲有软肋，林冲的软肋就在于他无权，被人管。

衙内肮脏，下流，是个孬种，十个衙内也敌不过一个林冲。但是，衙内有强项。衙内的强项就在于他有一个大权在握的养父，可以管人。

当权力因素加进来之后，一切都失去了重量：因为权力是绝对的重量。

没权的老虎，不过一个病猫；有权的老鼠，顶得上一只狮子。

林冲是老虎，但那又怎样？他无权，轻则刺配了他，重则要了他性命。高太尉是泼皮，但那又怎样？他有权，可以草菅人命，顺我者未必昌，逆我者必然亡。我的是我的，你的也是我的，不仅你的前途、命运是我的，你的人格、尊严，也是我的，甚至你的生命，都是我的。

现在，基本形势已经明朗。按自然法则，高衙内绝无胜算的可能，他不论在人品、能力诸多方面，都远远不是林冲的对手。但是，经小人富安一分析，他才发现，原来他拥有战无不胜的绝对优势，这优势就是：他是太尉的养子。所以，把权力这一社会性的因素一加进去，林冲拥有的那一切，瞬间就变得毫无分量，化为乌有，他的优势几乎一下子就蒸发了，而高衙内，却可以得意地奸笑着，为所欲为。

可见，富安的可怕，是因为他看出了问题的关键：权力。而且他还能充分地利用权力。

接下来，富安给高衙内献上了一条计，富安对衙内说："门下知心腹的陆虞候陆谦，他和林冲最好。明日衙内躲在陆虞候楼上深阁，摆下些酒食，却叫陆谦去请林冲出来吃酒。……小闲便去他家，对林冲娘子说道：'你丈夫教头和陆谦吃酒，一时重气，闷倒在楼上，叫娘子快去看哩。'赚得她来到楼上。妇人家水性，见了衙内这般风流人物，再着些甜话儿调和他，不由他不肯。小闲这一计如何？"

这个计划能否付诸实施，关键是陆虞候。他是林冲的好朋友，只有他才可以骗出林冲；但正由于他是林冲的好朋友，他应该不会如此谋害林冲。

但陆虞候几乎毫不犹豫地就听从了富安。

读《水浒》至此，几乎让我们绝望于人性。

富安的计策中，最成功的地方就在于他对人性弱点的准确判断与利用，他为衙内所定的计策里，对陆谦的准确判断与利用，是他的最高明之处。

但是，富安的这条计里，还涉及对另一个人的品性判断。这个人就是林冲的老婆。把林冲老婆骗到陆谦家以后，林冲老婆愿意不愿意，便成了一个关键。而富安同样十分有把握："妇人家水性，见了衙内这般风流人物，再着些甜话儿调和他，不由他不肯。"

可是，林冲的老婆还就是不肯，哪怕你衙内长得如何风流，嘴如何甜蜜，如何软硬兼施，林娘子就是不从，直到等到林冲赶到。

她当然不是铁石人，但她还真的比铁石人还坚贞，让衙内束手无策。

可见，富安对小人的判断完全正确，对女人的判断却完全胡扯。林娘子以她自己的坚贞，挽救了所有女人的清誉，清算了富安对女性的侮辱和污蔑。

人性有弱点，但人性也有优点。小人之所以常常成功，是因为他们特别能利用人的弱点。但小人最终必将失败，那是因为人性中还有优点。

林娘子保住了自己的贞操，也保护了我们对于人性的信心。

富安的计策，成于人性的缺点，却最终失败于人性的优点。

林冲的两个兄弟

　　林冲在上梁山之前，有两个兄弟。一个是自幼相交，长大后一直是同事，陆谦陆虞候是也；一个是偶然缘分，一朝相见，互相佩服，当下便结为兄弟，鲁达鲁智深是也。

　　中国人极重友道，朋友之谊被列入"五常"。而且，《尚书》上还说，"人惟求旧"，老朋友要胜过新相识。所以，林冲对陆谦就比对鲁智深好，他也更信任陆谦。

　　林冲和鲁智深的相识和结交是在东京大相国寺的菜园。那一天鲁智深为他的泼皮粉丝们表演禅杖，林冲正好陪夫人林娘子去岳庙上香，途经菜园，见鲁智深一根禅杖，端的使得好，便跳过围墙相见，两人当即惺惺相惜，结为兄弟。

　　可就在这时，林冲上香而去的娘子被高衙内拦住调戏，林冲得信，撇下鲁智深，慌忙赶去，恰待下拳打时，认得是本管高太尉螟蛉之子高衙内，先自软了，放走了他。

　　这时却见鲁智深提着铁禅杖，引着那二三十个泼皮，大踏步抢入庙来，叫道："我来帮你厮打！"刚刚相交，便两肋插刀，这是典型的中国传统江湖文化中的朋友之道。

却是林冲赶紧劝阻："原来是本管高太尉的衙内，不认得荆妇，时间无礼。林冲本待要痛打那厮一顿，太尉面上须不好看。自古道：'不怕官，只怕管。'林冲不合吃着他的请受，权且让他这一次。"

鲁智深大声说："你却怕他本官太尉，洒家怕他甚鸟！俺若撞见那撮鸟时，且教他吃洒家三百禅杖了去！"——这样直接批评林冲，直揭痛处和软肋，直指林冲心中的小九九，又正是传统士大夫阶层极为忌讳的"交浅言深"。鲁智深之所以胜过千千万万个琐碎委琐的鸟读书人，正在此。

《水浒》接着写：

林冲见智深醉了，便道："师兄说得是；林冲一时被众人劝了，权且饶他。"

鲁智深却转过来对林冲娘子说话："阿嫂，休怪，莫要笑话。"

这像是醉人的话吗？

不是智深醉了，而是林冲觉得智深的话是醉人的话。一直谨小慎微的林冲，哪敢说出这样的话？这样的话他听着都怕。"酒壮怂人胆"，大概是林冲把鲁智深看成怂人了。

又对林冲说："阿哥，明日再得相会。"

又道："但有事时，便来唤洒家与你去！"

但是，林冲对鲁智深"明日再得相会"的建议，一声不吭。林冲后来有那么大的麻烦事，他也没有来唤鲁智深。

为什么？因为他觉得鲁智深与他不是一种做事的风格。他怕鲁智深会毁了他在官场的前程。

《水浒》下文写道：从此往下，"林冲连日闷闷不已，懒上街去"。

就是不见鲁智深啊。

实际上，那几天，他很闷，很想上街，找人喝喝酒，散散心，只是，不愿找鲁智深而已。

那怎么办呢？没关系，他的另一个朋友来了。这个朋友，就是陆虞候。

陆虞候在高衙内那里接受了一桩重大的任务：第一，把林冲骗出家门；第二，告诉林娘子是把林冲叫到他家里；第三，出门后，再找借口，不去家里，把林冲引到樊楼。

这样做的目的，是把林冲引出家门，然后再用林冲醉酒的借口把自从受高衙内调戏之后不再出门的林娘子骗出家门，骗到陆虞候家——那里等待她的，不是丈夫林冲，而是高衙内。

也就是说，陆虞候要完成两个任务：第一，把林冲调虎离山；第二，把林娘子送入虎口。

显然，这是一份高难度的任务。

第一，陆虞候要经受道德上的考验，不要忘了，他是林冲自幼相交的朋友，如此陷害朋友，对任何人来说，都是严峻的道德考验。第二，陆虞候还要经受智力上的考验，这样一份曲曲折折的任务，包含着三个互相矛盾的目标，要完成它，没有相应的智力，不行。

陆虞候不愧是受大宋政府教育多年，思想上很成熟，道德上很经得起"考验"，他几乎没有一秒钟的犹豫，就接受了这桩光荣的任务。并且，他完成得非常好。

客观地说，陆虞候之所以能顺利地完成这个任务，有一大半的功劳应该归功于林冲：林冲太信任他了。

陆虞候来叫他，他马上就和陆虞候一起上街喝酒去了，而且，还吐露胸襟，吐露郁闷，直至锦儿来报信：他的老婆被骗关在陆虞候家，高衙内正在纠缠调戏。

林冲与陆虞候的友谊，至此宣告结束。

当然，陆虞候还会在林冲面前出现，不过不再是作为朋友，而是作为追杀者和被杀者：在神秘的天意帮助下，追杀者陆虞候被林冲所杀，完美地验证了《尚书》中的名言："人心惟危，道心惟微。"所有用心险恶者，在天道面前收敛一点吧。

而鲁智深在林冲性命交关的时候也再次出现：当林冲在野猪林里，被董超、薛霸绑在树上，要加以杀害的时候，只听得松树背后雷鸣一声，一条铁禅杖飞将来，把薛霸的水火棍一隔，飞出九霄云外，松树后面跳出一个胖大和尚来，林冲睁眼一看，正是他的另一个兄弟鲁智深！

鲁智深把绑林冲的绳子割断，扶起林冲，开口便是："兄弟！"

我读《水浒》，至此二字，热泪长流！

陆虞候为什么如此卑鄙

高衙内要占有林冲的老婆，可是一来林冲毕竟不是普通百姓，二来林冲老婆自那日受了骚扰，就一直呆在家里不再出门，衙内实在想不出什么好办法。

富安为高衙内贡献了一条十分下流而恶毒的计策：陆谦去叫林冲吃酒，陆谦是林冲的好朋友，利用林冲对陆谦的信任，光明正大地请他出来，调虎离山，然后骗奸他的老婆。小人之心，太歹毒，小人之计，太阴损！

但是，这条计虽然是好，还有一个问题：这条计涉及对陆谦的品性判断：既然陆谦是林冲的好朋友，他会配合他们，一起陷害林冲吗？

实际上，这条计的最高明之处，正在这个地方。

这条计最高明的地方不是那些陷阱的巧妙设计等等，而在于对丑恶人性的准确把握和充分利用。

富安在寻思这条计策时，根本不把陆谦可能拒绝考虑在内，而高衙内也同样对陆谦能听从他们而对朋友落井下石深信不疑："就今晚着人去唤陆虞候来分付了。"时间就在今晚，态度则是唤，如唤一条狗，让陆谦做这样缺德的事，根本不怕他犹豫，更不会和他商量，直接"分付了"即可。

我们有没有意识到，这里面包含着富安、高衙内对陆谦个人道德的贬低与蔑视？对他良心与人格的鄙视？假如他们心目中陆谦是一个正派的、有良心、对朋友诚实仗义的人，他们会这样安排陆谦吗？又假如陆谦是个有道德良知的人，他得知别人这样安排他做缺德事，他不会感到愤怒吗？！

但是，富安与高衙内根本不会像我们这样想，他们对陆谦的配合深信不疑。他们也根本没有觉得他们这样做对陆谦有什么不敬。

为什么呢？因为他们代表权势。在权势那里，根本就没有良知、道德、人格等的位置。

果然！我们错了，他们对了。

当富安把他的计策向陆谦和盘托出并要求他配合时，陆谦不仅没有一丝的愤怒，而且没有一刻的犹豫就答应了富安、高衙内交给他的这样卑鄙下流的任务。——小人确实往往比君子更能判断人性，从而利用人性的弱点来达成自己的目的。

接下来，好朋友好兄弟陆谦就坦然走到林冲家里，把林冲骗出了家门。临走，还不忘给好兄弟的妻子下个套：

陆虞候道："阿嫂，我同兄到家去吃三杯。"

特意说明："到家去"。掘下一个大大的陷阱，却说得亲亲热热。

一个人，在陷害自己的朋友时，在利用朋友的信任而加害他时，怎么能做得如此面不改色心不跳，如此从容，如此坦然，如此冷血，如此心安理得？

一番转转弯弯，两个上了樊楼喝酒，叙说闲话。而那一边，林娘子已经被骗至陆谦家，被高衙内关在房内调戏。

李贽在此批道："富安可恕，陆谦必不可恕！可恨！可恨！"为什么？因为陆谦是林冲的朋友！兄弟！

陆虞候还有更可恨的。他后来又帮高衙内出了一个计策，引诱林冲持刀进入白虎节堂，然后名正言顺杀林冲。

再往下，陆谦更是衔高俅之命，千里奔赴沧州，火烧草料场，要烧死林冲，还准备拿林冲的骨殖回去，讨太尉欢心！

陆谦的所作所为，确实是狗彘不食。我也在字里行间，对陆谦批上数个"可恨"字样。

陆虞候为什么这么卑鄙？一个人为什么会如此堕落？

我不相信陆虞候平时就如此卑污下流，如果是这样，林冲与他自幼相交，不可能看不出来。

实际上，林冲非常信任陆谦。连日闷在家里，他没有如约去找鲁智深，而陆谦一来，他马上欣然出门，可见二人的友谊。

在樊楼上，林冲对着陆谦叹气，又是骂昏君，又是骂高俅，不是绝对信任，林冲这样谨慎的人，不会如此吐露胸襟。

甚至，他还把妻子受辱一事主动告诉了陆谦。

结论是：陆谦平日里为人，未必就比一般人更不堪。

那么，为什么在特定的时候，他如此卑鄙？

陆谦临死之前，对林冲说："不干小人事。太尉差遣，不敢不来。"

读陆谦至此，我吃了一惊。

我突然觉得林冲应该"理解"陆虞候——因为，林冲在此之前，也已经有了很多次面对太尉包括太尉养子高衙内时的"不敢"。

我突然觉得我们读者也要"理解"陆虞候——我们面对我们的"太尉"的时候，我们"敢"吗?

我们在读《水浒》的时候都自我感觉很好，站在道德高地上，痛斥陆谦。

但是，假如，我们的"太尉"也这样"差遣"我们一回，在我们一生的这一"特定"的时刻，我们"敢"拒绝吗?

我们为什么要兄弟

鲁智深在大相国寺菜园里为泼皮们演练禅杖，泼皮们一迭声叫好喝彩，鲁智深人来疯，禅杖越使越活泛。这时，墙外走过一个官人，这官人看了一会，喝彩一声："端的使得好！"

见大家都看着他，他又赞叹道："这个师父端的非凡，使得好器械！"

这人就是林冲，这是鲁智深和他第一次见面，两人当即结为兄弟。

鲁智深在渭州一见史进便认作兄弟，在这儿一见林冲，林冲也马上要结义鲁智深为兄。《水浒》一百零八人，都好结交异姓兄弟。这和《三国演义》相比，大相径庭大有趣：《三国》中的男人，个个都斗得像乌眼鸡，见面就互相掐，掐死拉倒。一时不能明掐的，也是暗自算计着对方，肚子里想着何时用什么方法弄死对方。

《三国》中的男人，哪怕原先是朋友，是兄弟，玩着玩着就成了敌人，成了你死我活的仇人。

《水浒》中的男人，哪怕原先是对头，是仇人，打着打着就成了兄弟，成了肝胆相照的哥们。

《三国》中的男人与男人，互为敌人。只要是英雄，双方就是竞争的对手。

《水浒》中的男人与男人，互为兄弟。只要是好汉，大家就是合作的朋友。

《三国》与《水浒》，体现了男人与男人之间最典型的两种关系式。

值得指出的是，鲁智深结交史进时，他是提辖，史进只是一个十八九岁的待业青年；现在林冲提出与鲁智深结交兄弟时，他是八十万禁军教头，鲁智深只是一个十来亩菜园的菜头，是大相国寺和尚里层次最低的执事僧。显然，他们在结交兄弟时，根本不考虑对方的身份、地位。

《三国》讲利害，《水浒》讲义气。《三国》讲权谋，《水浒》讲道德。

但是，有一个问题是：为什么他们那么热衷于结交异姓兄弟呢？

答案其实很简单：那是一个人民的基本安全得不到切实保障的时代，官方可以迫害你，流氓可以欺压你，豪强恶霸可以鱼肉你。

我们现在常说我们是受法律保护的，但是，在《水浒》所写的那个时代，当林冲受迫害的时候，法律保护他了吗？金翠莲父女受镇关西欺压的时候，法律保护他们了吗？桃花庄刘太公刘小姐被强盗逼婚的时候，法律保护他们了吗？瓦罐寺的老和尚们被两个恶棍欺压的时候，法律保护他们了吗？在那个时代，法在哪里？官府在哪里？

不守法度，是个人的问题。不信法度，是社会的问题。

为什么有那么多英雄眼中无法，只相信他们自己的拳头和手中的刀剑？因为当百姓受欺压的时候，官府完全不见踪影，于是他们只好自己解决问题——私力维权。

反而是好人挺身反抗、抗暴除奸之后，官府却随之而来要惩罚好人：当镇关西作恶时，我们看不见法律，但当鲁达杀了他之后，我们看到官府来了，要缉捕鲁达；当西门庆潘金莲杀死武大郎时，我们看不见官府，但武松杀了西门庆潘金莲后，官府来了，要流放武松。

这样的官府，坏人作恶时，它装聋作哑不作为，甚至助纣为虐，所以坏人不怕；

好人惩恶时，它倒出现了，打着法度的名义，惩罚好人，所以好人担心。

可见，很多时候，官府就是恶人的保护伞！

为什么在中国封建时代，有那么多帮会组织？帮会组织后来确实大多数都演变为危害社会、欺压人民的黑恶势力，但究其产生之初，何尝不是出自一盘散沙的无助的人相互结义以寻求互保的动机！

这样的人民基本权利无保障的状况，在三国时代也一样。但是，《三国》和《水浒》所写的人不一样。

《三国》所写的人，都是社会上层人物，他们操纵别人的命运。

《水浒》所写，都是社会中下层人物，他们的命运被别人操纵。所以他们要结义，从而使自己更有力量，在遭到迫害时，能有人出手相救。

事实上，《三国》中也有结交的例子，典型的就是桃园三结义。但是，我们注意到，当刘关张结义时，他们恰恰是身处下层。后来诸葛亮加入刘备集团，刘备与他情好日密，如鱼得水，但是，他们却没有结义，他们不可能再是兄弟，而只能是君臣。

可见，结交兄弟，一般都是下层人物的做法，是由他们缺乏安全感造成的。

结义是为了自保，这是一个基本事实。——林冲本人的经历，就是一个活生生的例子。

当林冲在野猪林里，被董超、薛霸绑在树上，要加以杀害的时候，只听得松树背后雷鸣一声，一条铁禅杖飞将来，把薛霸的水火棍一隔，飞出九霄云外，松树后面跳出一个胖大和尚来，林冲睁眼一看：鲁智深！

鲁智深拔出戒刀，把绑林冲的绳子割断了，扶起林冲，开口第一句便是："兄弟！"

这段时间里，谁把他当人？只有陷害，蹂躏，折磨，侮辱。此时，一声兄弟叫，双泪落君前！

鲁智深接着告诉他："俺自从和你买刀那日相别之后，洒家忧得你苦。自从你受官司，俺又无处去救你。打听的你断配沧州，洒家在开封府前又寻不见。却听得人说，监在使臣房内，又见酒保来请两个公人说道：'店里一位官人寻说话。'以此洒家疑心，放你不下。恐这厮们路上害你，俺特地跟将来。见这两个撮鸟带你入店里去，洒家也在那店里歇。夜间听得那厮两个做神做鬼，把滚汤溅了你脚。那时俺便要杀这两个撮鸟，却被客店里人多，恐防救了。洒家见这厮们不怀好心，越放你不下。你五更里出门时，洒家先投奔这林子里来，等杀这厮两个撮鸟，他到来这里害你，正好杀这厮两个。"

一口"你"，一声"洒家"，有一张杀人的大网罩住你，使你一步步走向死亡，但同时，也有一双热切关注的双眼，来自你的兄弟，在你不知不觉之中，他已成了你的保护神。——你我分别，我忧得你苦；你受官司，我无处救你；你断配沧州，我去开封府寻你；见有人请公人说话，我疑心，放你不下；恐这厮在路上害你，我特地跟着你；见这厮不怀好心，我越放你不下！见他们害你，我正好赶上救你！

是什么人在天地一片黑暗之时为林冲点燃一支蜡烛？

是谁在天罗地网之中为林冲杀出一条生路？

是什么人在林冲叫天天不应，叫地地不灵的时候，忧得你苦、放你不下、越放你不下？

是谁不惜千里尾随暗中保护,使林冲逃脱这无所逃乎天地之间的陷害大网?

是谁一口一声"你"又一口一声"洒家",让林冲知道,你一直被他关注,被他牵挂?纵使全世界都放弃了你,他仍然紧紧拉住你,不肯让你陷落?

是他的智深兄弟!

鲁智深与孟子

《水浒》中的"义",最值得我们感动的,是对朋友的"情义";最值得我们唏嘘感叹的,是对君国的"忠义";最值得我们敬仰和弘扬的,是世间的"正义"。

鲁智深刺杀贺太守没有成功,自己被捉。贺太守一来自得于自己的聪明,识破了鲁智深的刺杀图谋;一来又乐于看到这个刺客被识破活捉时的狼狈。于是,他马上喝令把刺客推到厅前阶下,要亲自勘问。

但是贺太守万没想到,他等来的,是完全相反的结果:这个胖和尚不仅没有一点狼狈相,反而把他弄得非常狼狈。

当贺太守带着胜利者的姿态和得意,要审问对方时,他还没来得及开口,胖和尚反而反客为主,勃然大怒,对他没头没脸就是一顿痛骂:

"你这害民贪色的直娘贼!你敢便拿倒洒家!俺死亦与史进兄弟一处死,倒不烦恼。只是洒家死了,宋公明阿哥须不与你干休!"

杀我和史进容易,要救你自己的这条小命,难!

本来贺太守是审判者,对方是等待死刑判决的阶下囚。不知怎么的，形势变成了鲁智深是审判者，贺太守是等待判决的阶下囚了。

那么，这场由侠盗主持的，对官贼的审判，最后是如何判决的呢？

身处绝境的鲁智深竟然给对方指出三条生路——敢情他是和尚，慈悲为怀：

"俺如今说与你：天下无解不得的冤仇。"

这是佛家果报之说，给出路，宽大为怀，放下屠刀立地成佛。那么，这冤仇怎么解呢？

他给了贺太守三条最后通牒，也是给他的生路：

第一，"你只把史进兄弟还了洒家"。

对贺太守而言，这是一大难事，史进是刺杀他的刺客，他怎能轻易放还？但是，还有比这更难的——

第二，"玉娇枝也还了洒家，等洒家自带去交还王义"。

这当然更是万万做不到。但还有更难的——

第三，"你却连夜也把华州太守交还朝廷。量你这等贼头鼠眼，专一欢喜妇人，也做不得民之父母"！

从情欲到权欲，都要帮他淘汰一空，鲁智深看穿了贺太守是个一钱不值的东西，可是这个一钱不值的东西，偏偏占有了这么多东西，今天他非要把他扒得精光，让他一丝不挂，四大皆空。鲁智深还真是法师！

如果说讨还史进，乃是出于私情；解救玉娇枝，就是出于公愤；而让贺太守交还太守职位，就是公义，就是天地正道，就是替天行道！

最后是总结：

"若依得此三事，便是佛眼相看；若道半个不字，不要懊悔不迭！如今你且先交俺去看看史家兄弟，却回俺话！"

如果仅看这几句话，这哪像是被人绑缚的阶下囚说的？倒好像是鲁智深把禅杖架在贺太守的脖子上，或者高踞法官席，在对着跪在底下的贺太守训话。——他凭什么和贺太守这样说话？

凭正义！

我读金圣叹的七十回本《水浒传》，一直隐隐觉得有一种很熟悉的阳刚气派，有一种很熟悉的正大风格，当我读到鲁智深痛骂贺太守，看到他严词斥责贺太守"做不得民之父母""连夜也把华州太守交还朝廷"时，恍然大悟：这就是孟夫子啊！

孟子到平陆调研，对平陆地方长官孔距心说："如果你的士兵，一天三次开小差，是否开除他呢？"

孔距心回答说："不等三次我就会开除他。"

孟子说："你自己失职不止三次了吧。灾荒年月，你的百姓老弱抛尸于山沟荒野、青壮年四处逃散的，将近千人吧。"

孔距心说："这不是我一个地方官能解决得了的。"

孟子说："一个人替别人放牧牛羊，如果找不到牧场和饲料，他是把牛羊还给原主呢？还是站在那儿看着它们饿死呢？"

孔距心回答说："我知道我的罪过了。"——据说，孔距心不久就把官位交还了国君齐宣王。

孟子回来，对齐宣王说："王手下的地方官员，我调研了五个人。认识到自己罪过的，只有孔距心一个人。"接下来就把自己和孔距心的谈话给齐王复述了一遍。宣王听完，说："我也明白我的罪过了。"

孟子倒还真的警告过齐宣王：不行，就下台。他对齐宣王说："如果有人出远门，把妻子儿女托付给自己的朋友照顾。等他回来，发现他的妻子儿女在受冻挨饿，怎么办？"齐宣王说："绝交！"孟子说："假若为官者不能尽责，怎么办呢？"齐宣王说："撤职！"孟子说："假若国家没有治理好，怎么办呢？"——齐宣王左看看右瞅瞅，说：嘿，那盆花好好看耶！

孔曰成仁，孟曰取义。仁是宽恕；义是约束。所以，我们看到《论语》中的孔子温良恭俭让，我们看到《孟子》中的孟子剑拔弩张杀气腾腾。这杀气，后来就弥漫出一部血雨腥风的《水浒传》。

做官与做贼

鲁智深到华州城刺杀贺太守,不但没有成功,而且自己还被捉。这是鲁智深自出场以来第一次如此狼狈,如此尴尬,如此出丑,用他自己的话说,被人笑话了。但是,在这种身陷缧绁的绝境中,鲁智深竟然爆发出特别耀眼的光彩,作为一个俘囚,他竟然反客为主,上演了一出极其精彩的绝地反击,并最终反败为胜,成就了异样的精彩。

贺太守之所以抓鲁智深,只是对他可疑的举动有怀疑,却并没有什么真凭实据,因为鲁智深毕竟没有实施刺杀行为就已被抓,并且被抓之时,他身边没有凶器。鲁智深只要不承认自己是刺客,随便编一个谎,就可能脱身,至少可以蒙骗拖延对方一段时间,从而可以为梁山救他争取宝贵的时间。

《水浒》的百回本、百二十回本也正是这样写的。

但金圣叹的七十回本却给了我们一个大出意料的结果。

贺太守一看已拿住鲁智深,喝令推到厅前阶下,他要亲自勘问。这时,他一定是这样的心态:一方面沾沾自喜于自己识破刺客的聪明,一方面又乐于看到这个刺客的被识破活捉时的狼狈。但是他万没想到，这个胖和尚一点狼狈相也没有，反而把他骂得一佛出世二佛涅槃。

鲁智深是怎么骂的呢？

鲁智深先是对贺太守做道德鉴定：

你这害民贪色的直娘贼！你敢便拿倒洒家！

贺太守一定完全被台阶下面的这个胖和尚弄糊涂了。这到底是谁审谁啊？这个胖和尚，到底是谁啊？

别急，鲁智深马上就说到自己：

俺死亦与史进兄弟一处死，倒不烦恼。只是洒家死了，宋公明阿哥须不与你干休！

贺太守很痛苦、很愤怒地发现，这个胖和尚是彻底地鄙视自己，根本不把自己放在眼里，所以根本犯不着对自己隐瞒什么。没等贺太守开口，鲁智深已堂堂亮出自己的身份：不仅主动承认了自己是刺客，还承认了与史进的关系。承认了与史进的关系，就等于承认了与少华山的关系。承认了与少华山的关系，性质就变了，罪行就大了——他的所作所为不再是针对个别官员的刑事犯罪，而是直接威胁朝廷的造反了。刑事犯罪和造反，这两者，在中国古代的法律上，是截然不同的性质的，后者要严重得多，处罚也严厉得多。因为前者只危害特定的个别的对象，而后者则是危害整个社会，危害整个统治阶级及其统治，是对整个社会秩序的破坏。

还不仅如此。鲁智深还自豪地宣布了自己是梁山泊的强盗。梁山又是什么概念？那是被宋徽宗御笔书写在宫中的著名的"四大寇"之首：在第七十二回，柴进混进宫中，亲眼看到徽宗在睿思殿的素白屏风上写着：山东宋江，淮西王庆，河北田虎，江南方腊！那是让皇帝头疼不已，耿耿于怀，念念不忘，日夜想着剿灭的对象！

虽然自己是阶下囚，对方是阶上主；自己是强盗，对方是体面的朝廷命官，但鲁智深竟毫不泄气，反而盛气凌人，反客为主，指着对方鼻子，骂得对方还口不得。一个强盗，一个被正统道德观念彻底否定的强盗，在朝廷命官面前，一丝自卑没有，一点惭愧没有，为什么？

因为，鲁智深知道，对方虽然表面上是身披官服的体面的官员，实际上却是一个害民贪色的贼！一个真正的贼！而鲁智深自己，虽然有一个强盗的身份，却是一直行侠仗义、打抱不平、除暴安良的义士！

岳珂（岳飞的孙子）的《桯史》记载了这样一个故事：

郑广本是个海寇，后来受朝廷招安，当上了福州延祥寨统领。

一日，郑广到福州府衙参加聚会，满座官员，济济一堂。大家谈笑风生，吟诗作赋。可是，由于郑广的出身，官员们没有一个愿意理会他。郑广起立说："我是个粗人，可是今晚也有一首诗，献给大家，好吗？"

众人安静下来，郑广大声吟道：

郑广有诗上众官，文武看来总一般。

众官做官却做贼，郑广做贼却做官。

满座官员，一时鸦雀无声。

有意思的是，郑广在绍兴六年（1136年）被招安时，朝廷册封他做的官就是"保义郎"，而宋江的绰号就是"呼保义"。宋江这个绰号的意思，可能就与这个"保义郎"的官名有关。

鲁智深面对着当时的"众官做官却做贼"的事实，在这样的"官贼"面前，他这样的行侠仗义的所谓强盗，他们之间，不是官和盗的关系，而是"官贼"和侠盗、义盗的关系。那他有什么好自卑惭愧的呢？正如《桯史》所记，真正需要惭愧的，是这些披着官服的"官贼"啊！

宋江降低了梁山的道德境界

朱仝为救雷横,被判决脊杖二十,刺配沧州牢城。

沧州知府敬重朱仝,留他在本府听候使唤,并吩咐他早晚抱自己的年方四岁的儿子小衙内玩耍。

可是,宋江为了逼朱仝上山,竟然派李逵杀害了小衙内!

直到李逵在高唐州打死了殷天锡,逃回梁山,朱仝要与李逵拼命,宋江才正式就此事与朱仝赔话,却把责任推给了吴用:"前者杀了小衙内,不干李逵之事。却是军师吴学究因请兄长不肯上山,一时定的计策。今日既到山寨,便休记心,只顾同心协助,共兴大义,休教外人耻笑。"

我们看看其他几人是怎么说的。

在柴进庄上,柴进如此告诉朱仝:

近间有个爱友,和足下亦是旧友,目今在梁山泊做头领,名唤及时雨宋公明,写一封密书,令吴学究、雷横、黑旋风俱在敝庄安歇,礼请足下上山,同聚大义。因见足下推阻不从,故意教李逵杀害了小衙内,先绝了足下归路,只得上山坐把交椅。

对此,吴用、雷横这样说:

只见吴用、雷横从侧首阁子里出来,望着朱仝便拜,说道:"兄长,望乞恕罪!皆是宋公明哥哥将令,分付如此。若到山寨,自有分晓。"

而杀人者李逵这样说:

教你咬我鸟!晁、宋二位哥哥将令,干我屁事!

杀害小衙内,柴进、吴用、雷横、李逵四个人都说是宋江的主意,宋江却说是吴用的主意。柴进、吴用说是宋江时,宋江不在场;宋江说是吴用时,吴用在场却不发一言。

很妙。这事成了无头案了。

但仔细分析一下,这事一定是宋江的安排。

其一,说是宋江主意的是四个当事人。说是吴用主意的偏偏是宋江,而且只有一个宋江。尤其是杀人执行人李逵,在朱仝要杀他时,暴怒道:"晁、宋二位哥哥将令,干我屁事!"可见,杀人行动是在山上就决定好的。

其二,宋江说是吴用见朱仝不愿上山,一时定的杀人之计,有一个破绽:吴用、雷横在劝说朱仝的时候,并没有和李逵单独接触下达杀害小衙内命令的机会。事实上,在吴用、雷横把朱仝引开的同时,李逵就已经出手,根本就不是等到朱仝拒绝以后才动手的。

其三，如果宋江不是早就预谋好了要杀害小衙内，他们无须派李逵这样的闯祸王去济州。就这次行动而言，要杀人，李逵是最佳人选；不杀人，李逵是最差人选。

我们举一个例子看看。后来吴用要上东京去哄骗卢俊义上山，点名要一个粗心胆大的去，李逵一听，马上报名。

宋江怎么说？宋江喝道："兄弟，你且住着！若是上风放火，下风杀人，打家劫舍，冲州撞府，合用着你。这是做细作的勾当，你这性子怎去得？"所以，如果不是派李逵去杀人，这样的在敌人眼皮底下的策反工作，哪里敢用莽撞的李逵。

其四，按照宋江的一贯作风，他不仅要朱仝上山，他还要绝了朱仝的归路，让他死心塌地，所以，小衙内非死不可。想当年，在清风山，为了逼秦明上山，绝了秦明归路，不仅害死了秦明一家老小，让秦明妻子悬首城头，还洗荡了几个村庄，杀死了数百个无辜百姓。在他眼里，一个小小衙内，有什么不忍下手的！

朱仝要和李逵厮并，被吴用等人拉住。朱仝道："若有黑旋风时，我死也不上山去！"

其实，山上只要有宋江，就一定有李逵，有宋江这样的头领，就一定不缺李逵这样不折不扣执行命令的人。

这样的梁山，你去不去？

你还得去。因为你已经被彻底断了后路。

宋江是名副其实的罪魁祸首。当初晁盖上山，改变王伦的杀人作投名状的黑道风气，叮嘱手下："我等自今以后，不可伤害于人。"宋江来了，宋江改变了梁山的作风，他确实提升了梁山的管理水平，但是，却在很大的程度上，降低了梁山的道德境界。

朱仝的屈服

雷横打死了郓城县知县的相好白秀英，知县怀恨，一心要雷横死，派朱仝押解雷横去州里判决。

朱仝知道雷横去州里必死，在路上私自放了雷横，自己去顶罪，被断了二十脊杖，刺配沧州牢城。沧州牢城曾经是林冲待过的地方，我们领教了那里的黑暗和无道，但是我们不必为朱仝担心，因为朱仝碰到了一个好人，这个好人就是沧州知府。

沧州知府见朱仝仪表非俗，貌如重枣，美髯过腹，并且知道他是因为私放雷横而得罪，内心对朱仝便有了一份敬重，于是不让他去牢城营服刑受苦役，而是留在本府听候使唤。知府的亲生儿子小衙内方年四岁，生得端严美貌，也很亲近朱仝，知府便吩咐朱仝早晚抱小衙内上街玩耍。

此时的朱仝，一心想的就是挣扎回乡，和家里妻儿团聚，重新回归正常生活。有了这样一个内心中敬重他、信任他并实际上关照他的知府，他的这个愿望应该能实现并且不会等太久。

朱仝碰到沧州知府实在是运气。

但沧州知府碰到朱仝却是天大的晦气——不是朱仝怎么样，而是朱仝有那么几个实在不怎么样的朋友。

刚刚半月，梁山的"朋友"来了——宋江、吴用要逼朱仝上山。

自从宋江上山之后，常常会逼迫一些人上山。虽然他们打着有福同享的旗号，实际上不过是拉更多的人下水，壮大自己。

在大街上，吴用、雷横稳住朱仝，和朱仝说话，而李逵则趁机抱走了小衙内，一直抱到城外树林里，在僻静无人处，一板斧把孩子的头劈作两半个！

朱仝在树林里找到小衙内，李逵在一边拍着腰里的板斧洋洋得意。朱仝追着李逵要拼命，追到柴进庄上。柴进告诉朱仝："及时雨宋公明，写一封密书，令吴学究、雷横、黑旋风俱在敝庄安歇，礼请足下上山，同聚大义。因见足下推阻不从，故意教李逵杀害了小衙内，先绝了足下归路，只得上山坐把交椅。"

吴用、雷横也说："兄长，望乞恕罪！皆是宋公明哥哥将令，分付如此。"

朱仝对众人说道："若要我上山时，你只杀了黑旋风，与我出了这口气，我便罢。"

李逵听了大怒道："教你咬我鸟！晁、宋二位哥哥将令，干我屁事！"

朱仝怒发，又要和李逵厮并，三个又劝住了。朱仝道："若有黑旋风时，我死也不上山去！"

如果要我在梁山好汉中选一个最为正派正气而为人厚道的人，我一定选朱仝。

他把世事看得明明白白，既理解同情梁山好汉的啸聚山林，藏污纳垢有容乃大，又坚持自己皓皓之白绝不自暴自弃；既知道世界污秽滔滔皆是，又操守自持绝不同流合污。

他救过晁盖、吴用等打劫生辰纲的七人，救过宋江，刚刚不久，更是以自己的前途命运为牺牲，救了雷横。

《水浒》中救人最多的，是朱仝；明明白白地用毁掉自己的方式去救人的，也是朱仝。

《水浒》是歌颂义气的，而论讲义气，首屈一指之人，非朱仝莫属。

但是，他救过的宋江、吴用，还有雷横，是怎么报答他的呢？

就是逼得他无法做人，逼得他无法按照自己的意愿生活，无法按照自己的为人处世的原则生活。

他们这样逼着朱仝上山，还美其名曰是报答对方！

更糟糕的是，他们这样做，对一个活泼可爱的四岁孩子公平吗？对孩子的父亲，一个对朱仝颇为关照、心地颇为正派善良的地方官员——沧州知府公正吗？

后来沧州知府亲自到城外树林中来看儿子的尸首，痛哭不已，备办棺木烧化。

这是何等的人间惨剧！

这出惨剧的导演，是宋江，副导演，是吴用，而主演，则是李逵。

朱仝说，若有李逵在山上，他死也不上山去。

他真正想说的，难道不是：宋江、吴用的梁山，他死也不愿意去！

但是，确实如宋江、吴用设计的，此时的朱仝，除了上梁山，还真是无路可走了。

朱仝明白这出戏的导演是宋江、吴用，但他却只是斥责李逵，把惩罚李逵作为上梁山的条件，而放过追罪宋江、吴用，他已经在自欺欺人，已经在内心里屈服，已经在自己铺筑通向梁山的台阶。

是的，他上梁山了。他屈服了。

这是一个令人难以为怀的事件。朱仝的屈服与此前秦明的屈服相比，更让人心意难平。

秦明是一个缺少心肝的人，而朱仝，则是如此宅心仁厚，内心中充满人性的温暖！

它照出了梁山阴暗的一面，残忍的一面。

也显示了朱仝这样被梁山逼上梁山的好汉们内心的巨大创伤，他们在走投无路之时的无奈与隐忍。

有意思的是，朱仝上山以后，根本就没有向宋江问起这件事。

不必问，大家彼此心照不宣。

一个无路可走的人，已经没有问责别人的资本，也没有了问责别人的心气。

马幼垣先生说，朱仝上梁山后，把这一切都宽恕了。说他是"惟大智慧能饶恕，独仁厚能刚大"（《水浒人物之最》）。

我则认为，朱仝未必有这么高的精神境界，他只是有着无法言说的忧伤与无奈。

面对着无比巨大的黑暗存在，尤其是这个黑暗存在还标榜着仁义道德，拥有无数不明真相或揣着聪明装糊涂的拥趸，渺小的个人不仅没有抗争取胜的可能，也没有成为烈士的道德光荣，甚至还会被抹黑为小丑或奸邪之徒——在这样的绝望之中，只能隐忍与屈服。

这种绝望，不再是对一己得失的绝望，而是对世道的绝望，对人性的绝望；不仅是对现实的绝望，甚至是对未来的绝望，绝望到万劫不复，绝望到斩尽杀绝，绝望到天地玄黄，绝望到宇宙洪荒——面对如此荒凉的世界，谁能不形如槁木，心如死灰！

这个世界独缺莽撞人

三山聚义打青州后，鲁智深上了梁山。

甫一安顿，他便向宋江请求下山去华州华阴县少华山去找兄弟史进，要拉他一同上山入伙。

宋江便派武松随鲁智深一起去少华山。到了少华山，见了朱武等人，却不见史进。原来，华州现任贺太守，原是宋代六大奸臣之一蔡京的门人，为官贪滥，非理害民。他强抢了王义的女儿玉娇枝，并把王义刺配远恶军州。史进救下王义，听完王义诉说，义愤填膺，当即去太守府刺杀贺太守，刺杀不成，反被捉拿，监在牢里。

鲁智深一听，怒曰："这撮鸟敢如此无礼！倒恁么利害！洒家便去结果了那厮！"

武松、朱武等人赶紧拦住他，告诉他：天色已晚，要结果那厮，也只有等到明天。

这一晚，在少华山山寨，朱武等人盛情款待，鲁智深却说："史家兄弟不在这里，酒是一滴不吃！要便睡一夜，明日却去州里打死那厮便罢！"

见鲁智深如此焦躁、莽撞，做事稳妥精细的武松和朱武等人都力劝他不可造次。鲁智深对着朱武破口大骂:"都是你这般性慢直娘贼,送了俺史家兄弟!只今性命在他人手里,还要饮酒细商!"

智深兄弟这下可真骂对了:这世界有时候还真不缺少精细人,遇事也还真不缺少细商的人,不缺少哈姆雷特式的犹犹豫豫的人,就缺少莽撞人。

《水浒》中最让我们快意的人,恰是莽撞人,最让我们快意的事,恰是莽撞人干的莽撞事。

鲁达拳打镇关西,李逵脚踢殷天锡,杨志刀劈没毛大虫,燕青摔翻高太尉,哪一个不是莽撞人,哪一件不是莽撞事,又哪一件不是让我们痛饮一杯,大呼快哉的事?

反过来说,没有莽撞人,谁送镇关西上路?没有莽撞人,谁送殷天锡归西?没有莽撞人,没毛大虫横行街头何时了?没有莽撞人,流氓太尉作恶朝廷谁教训?!

这世上很多事,要莽撞人做,这青天白日下的天道,要莽撞人行!

第二天,天还没亮,武松一睁眼,发现鲁智深没了。哪去了?大家心里都明白:去华州城了!

他一人独闯华州城,要完成三项任务:救史进,救玉娇枝,杀太守!

这是一个不可能完成的任务。武松知道,朱武知道,鲁智深也知道。但他在没有更好的办法的情况下,只能如此。如此,便见出兄弟情分,便见出疾恶如仇,便见出勇气,见出英雄气概。英雄会在挺身而出时遭遇失败,但不会因为怕遭遇失败而畏首畏尾。

实际上,纵观鲁智深一生,他是一个不求成功,只求成仁的人,这与武松做事,务求成功,形成鲜明对比。

武松让人放心,只要他出手,就能搞定一切。

但鲁智深让人动心,只要有需要,哪怕他未必能搞定,他也一定会出手。

武松不打无把握之仗。

鲁智深却相反：只要是该打的仗，无把握也要打。抛头颅洒热血，心甘情愿，上刀山下火海，在所不辞。

这是莽撞，也是境界。是的，莽撞，往往是一种境界。

这世界上很多大事、要事是莽撞人做的。

莽撞人往往干成了大事，干了大家都希望有人干而自己不敢干的事，干了大家希望有人干而自己算计得失后不愿干的事。而且干得不折不扣，斩绝痛快。

莽撞人，往往是真君子、真汉子。

历史上多少大事是莽撞人干的啊，历史上有多少伟大的莽撞人啊。

陈胜、吴广是不是莽撞人？数百衣衫褴褛的乡下农民，折木为兵，揭竿为旗，与残暴国家的铁甲虎贲决死疆场，骨肉与眼泪同飞，鲜血共夕阳一色，没有莽撞精神，面对秦失其政，何来大泽乡首义！

刘邦是不是莽撞人？押送戍卒途中，怜悯眼前的哀哀无告，愤懑朝廷的倒行逆施，亲解长绳，释放囚徒，纵无辜入江湖大泽，逃生去也；投自己于汤镬鼎烹，纳命来者——非莽撞何以感激众人，非莽撞何以号令天下！

项羽是不是莽撞人？面对十倍于自己训练有素的虎狼之师，麾动手下破败胆寒的疲老之卒，横渡黄河，破釜沉舟，置自己于死地，对强敌而长啸，呼声与战鼓齐鸣，死神与刀剑齐舞，决战巨鹿，以青春、激情与热血湮灭暴秦，为天下人冲决出一条生路，这样伟大的事业，非莽撞不足以成就！

正是这四个莽撞人，革了暴秦的命，为千秋万世，树立了革命的传统，为千秋万世的小民，示范出求生之路，为千秋万世的残贼贪腐，警示出他们的最终下场！

鲁智深的高贵

《水浒》中的英雄，大多数是无谋的，不，正确的说法是"不谋"，他们做事，只是出于一种看起来比较简单的价值判断。如同李贽说的，出于最初一念之本心的童心，这种最初一念之本心，就是孟子说的是非之心：对的，就去做，错的，就不做；善的，就去扶，恶的，就去打。见义勇为，容不得反反复复的算计。

天堂一定是由这些简简单单的人物组成的，而精于算计的人只能组成地狱。

鲁智深就是不谋的典型。

就做事而言，鲁智深有两个特点。

一是做前三不：不惹事，不生事，不怕事。

二是做后三不：不悔，不怨，不惜。不悔已做的，不怨受惠的，不惜失去的。

他有一句格言：杀人须见血，救人须救彻。所以，他做事，坚决、干净、彻底，不瞻前顾后，不犹豫不决，不三思而行。没有那么多的算计，更没有自身利益的考虑。他就因此把自己的生活毁了。但即使这样，他也不思量，不后悔，对自己被毁掉的生活毫不留恋，并且，以后如何，也毫不在意。他只是一条禅杖，一领直裰，一顶光头，赤条条来去无牵挂，飘飘然潇洒走天下，难怪他是三十六天罡中的天孤星！

金圣叹曾用四个"遇"字说鲁智深：遇酒便吃，遇事便做，遇弱便扶，遇强便打。这后面三句，我都没有意见，只"遇酒便吃"四字，委实冤枉了我们的智深兄弟，他固然是好酒，但不贪酒，不酗酒。

事实上，他常常是遇酒不吃——在桃花山，因为不喜欢李忠、周通的为人，满桌的酒他便没吃；在瓦罐寺，在极度饥饿中，面对着一桌酒菜和崔道成的邀请，他也没吃；在暗中尾随保护林冲的途中，他也一路不吃酒；在华州，急于救史进的他，面对着朱武等人杀牛宰马和美酒，他仍是"一滴不吃"！他是率性而为的人，又是内心极有分寸的人。

率性和分寸是一对矛盾，要处理好，很难。

率性可爱，有分寸可敬。

李逵比鲁智深更率性，所以有时候比他更可爱。但李逵往往没分寸，让人害怕，所以没有鲁智深可敬。

武松分寸感极强，所以很可敬。但不够率性，所以不如鲁智深可爱。

既可敬又可爱，这正是他高于李逵、武松等人的地方。

他的不谋，由于两个原因。

一是他不怕。他不计后果，别人还在琢磨、犹豫，他已挺身而出了。

二是他不躲。"遇弱便扶，遇强便打"，这正是一般人难以企及的境界。遇到弱，还谋什么？扶就是了；遇到强，还谋什么？打就是了。

鲁智深就是这样一个简单的人，他的魅力，就来自他的这种简单，我们就爱他的这份简单、单纯，他几乎是随遇而安，坦然接受命运。他人生最重要的一次挫折和转折，是打死镇关西之后，不得不做了和尚。他在军界特别适合（他武功一流），并且已有相当基础与人缘（老种经略相公与小种经略相公都很欣赏他），按说前程远大。一下子变成了他极不适应的和尚，按我们的想法，他一定非常痛苦，但是，他竟然坦然接受了。而且，接受之后，他竟然就认了，以后他有很多还俗再做军官的机会，他都终身不改——一件直裰，一穿终身。令我们非常吃惊的是，他还就真的成了正果。

嗨，谁知道我们的正果在哪里等着我们呢？这世界上的事，谁能说得清呢？我们自己算来算去，机关算尽，谁知道上帝会怎么播弄我们呢？套用"让上帝的归上帝，撒旦的归撒旦"，让上帝的归上帝，自己的归自己吧。什么是上帝的？我们的命运，出处穷通；什么是我们的？担当在人间碰上的一切。

简单到最后，就是智慧。

鲁智深是什么？是一种精神，是一种高贵，是一种令人心仪的气质，是《水浒》这部小说给我们树立的一个人格精神坐标。

文学是塑造精神气质的。好的文学，总是建立一种人格坐标，使我们相信人类自己，相信我们自身的高贵，从而，使我们虽然身处不完美的现在，但，相信未来。

可以这样说，在《水浒传》中，不同的人物故事体现出不同的文学意义。鲁智深这个人物形象的文学意义，就是让我们知道，在这个不完美甚至丑陋的世界上，还有高贵。在小人麇集的世界上，还有这样高贵的人，我们还可以拥有一种尊贵的人生。

《水浒》的语义学

三山聚义打青州后，鲁智深上了梁山，成了梁山步军十头领之首。

鲁智深上梁山时，此前他所结交的朋友兄弟中，杨志、武松、李忠、周通一同入伙，而林冲早已在梁山落草，只有一个人尚未到来。他就是远在华州华阴县少华山落草的史进。

自从与鲁智深在瓦罐寺一别之后，我们再也没有听说过史进的消息。他的境况如何呢？

其实，鲁智深把史进"无一日不在心上"地挂念。上了梁山后，便向宋江请求，去少华山取他及朱武、陈达、杨春四个同来入伙。

可是，等他和武松来到少华山下，却只见朱武等三人，不见史进。朱武告诉鲁智深：有一个北京大名府的画匠，姓王，名义。因许下西岳华山金天圣帝庙内妆画影壁，前去还愿。因为带将一个女儿，名唤玉娇枝同行，却被本州贺太守见了玉娇枝有些颜色，强夺了去为妾。又把王义刺配远恶军州。路经少华山下，史大官人将两个防送公人杀了，把王义救在山上，又直去府里要刺贺太守；刺杀不成，反被擒拿，现监在牢里。而贺太守还要聚起军马，扫荡山寨。

这地方有一个常常被粗心人疏忽的细节：那就是，这个被贺太守抢去的女孩儿，既是王义之女，为何不叫"王娇枝"而叫"玉娇枝"？

其实，这里正蕴含着《水浒》的语义学。

我们看，鲁智深救的姑娘，叫金翠莲，姓金；史进救的本来姓王，却偏要叫作"玉娇枝"，硬让她姓了"玉"，这正是要和鲁智深的金翠莲凑成一金一玉的一对。金玉金玉，金枝玉叶，乃宝贵之物，宝贵之物正遭受玷污、蹂躏，需要有大英雄不惜犯大难，冒大险而救之。

而"玉娇枝"的父亲"王义"是更加有意思的姓名。《水浒》这部小说，其核心就是一个"义"字。但这"义"，不仅是大家常说的兄弟情分，哥们义气，而是有更深厚的内容。这更深厚的内容就暗寓在"王义"这个名字中。

"王"在中国文化中，有特别的意义，不仅仅是一个姓，也不仅仅是指现实中的国王、王公大人等等，它还指一种政治理想，就是所谓的王道，它来自所谓的"先王"，也就是指古代的圣王，像尧、舜、禹、商汤、周文王、周武王等等，这些圣王在时，天下太平，公道，人民安居乐业，所以那时的天下，是王道，是乐土，并且阳光普照，"溥天之下，莫非王土；率土之滨，莫非王臣"（《诗经·小雅·北山》），都是王土，也就是都是乐土；都是王臣，也就是都是善良之辈，幸福之人。等到后来，王成了暴君，清官成了贪官，廉吏成了污吏，"王道"就消失了。《水浒》作者把这个被贺太守发配又被史进救出的画家，叫作"王义"，是有象征意味的。王义就是王之义，先王之义，圣王之义，现在，王之义已经被贪官们发配流放，被他们彻底抛弃了，朝廷、官场已经找不到义了，"义"被他们流放了，又竟然被强盗们救上山林中去了。

这是一个很深刻、很悲痛的政治寓言：义已被官家抛弃，义已不在朝廷，而在江湖，不在朝廷命官，而在江湖强盗。

这是多么深刻的政治寓言？

这又是多么沉痛的文学艺术？

到了这时，我们甚至可以明白，为什么这部小说的名字叫《水浒》了：

"水浒"本来就是指江湖，指王化之外的地方，那么，义既已不在朝廷，而在水浒，那么，作者只好去作"水浒传"，而不去作朝廷传了。以前人们写史，都是去传帝王将相，明君贤臣，因为"义"在那里。而施耐庵写史，却是去传江湖侠盗，市井义士，也是因为"义"已流落至此。那些本来被正统文化排斥的人物进了史了，所以，《水浒传》中一百零八人中第一个出场的是谁呢？是"史进"，为什么叫"史进"？就是因为这些人也进入了史了，可以名垂青史了。

而"史进"之出场，又是因为"王进"，注意又是一个"王"，王进被高俅排挤，报复，只得携带老娘，离开东京，沦落江湖，而且一别史进，就没了下落，这里的寓言仍然是：王道去了，霸道来了，王道沦落江湖了，江湖也就进入正史了。高俅来了，王进去了；王进去了，史进来了，一百零八人来了。高俅占据了朝廷，义只能流落江湖，义既流落江湖，朝廷也就是匪盗，江湖强盗反成了侠盗，义盗。作为史家，著史，既不能传高俅这样的贼臣，便只能去传江湖的好汉——是之谓《水浒传》。

《水浒》中的《西游记》

读《水浒》,读着读着,会恍惚:以为自己在读《西游记》。

比如这样的场景:

宋江一人深夜在清风山上走,被一条绊脚索绊倒,随后走出十四五个伏路小喽啰来,把宋江捉翻,一条麻索缚了,将宋江解上山来。

押到山寨里,小喽啰把宋江捆作粽子相似,绑在将军柱上,小喽啰说道:"等大王酒醒时,却请起来,剖这牛子心肝,做醒酒汤,我们大家吃块新鲜肉。"

到二三更天气,大王起来了,锦毛虎燕顺。

燕顺一看绑着个人,道:"正好!快去与我请得二位大王来同吃。"

这里的描写,是不是很像《西游记》中类似的场景?

《西游记》写的是妖怪,《水浒传》写的是人类。

其实,《西游记》中的妖怪,就是人类;《水浒传》中的人类,往往就是妖怪。

小喽啰去不多时,只见厅侧两边走上两个好汉来:矮脚虎王英和白面郎君郑天寿。

三个头领坐下,王矮虎道:"孩儿们,正好做醒酒汤。快动手,取下这牛子心肝来,造三分醒酒酸辣汤来。"

这个王矮虎的口吻,是不是绝似《西游记》中妖怪的口吻?

口口声声"大王",口口声声"孩儿们",都与《西游记》如出一辙。

一个小喽啰掇一大铜盆水来,放在宋江面前;又一个小喽啰卷起袖子,手中明晃晃拿着一把剜心尖刀。那个掇水的小喽啰,便把双手泼起水来,浇那宋江心窝里。宋江叹口气道:"可惜宋江死在这里!"

这种故弄的惊险,也正是《西游记》的套路。

这一场景中,又是锦毛虎,又是王矮虎,又是白面郎君,就是《西游记》中山中妖怪的称呼。而宋江,像了唐僧。

还有更像的——武松像了孙悟空。

武松被发配至孟州牢城营。

差拨来点视,顺便按照潜规则,要收取武松的"人情"。可是,他发现武松好像并未准备好送钱给他,便破口大骂。

武松道:"你到来发话,指望老爷送人情与你?"

"半文也没!我精拳头有一双相送!"

半文的银子当然没有,国库没铸造半文的银子。

银子少,没半文;拳头多,有一双。

曾经送给景阳冈上的老虎。现在也可以送给你。

这已经够气人了。还有更气人的。

下面话题一转,银子又有了:

"碎银有些,留了自买酒吃!"

怎么样?老爷银子有的是,就是不给你。

"看你怎地奈何我！没地里到把我发回阳谷县去不成！"

我们此前知道，武松拳头厉害。但他此时给我们展示了他的另一个特长：他的嘴巴也厉害。

他的拳头可以杀人，他的嘴巴也能杀人。

这样的伶牙俐齿，邪中含正，泼中有义，处弱势而嘴不软，在险地而心不惊，端的就是一个泼皮猴头做派！

那差拨大怒。差拨只有大怒——现场还真的占不了武松的便宜。我们想想，孙猴子武功极高，却也常常败阵。可是，他何曾让别人在言语上占过什么便宜？

猴头的嘴上功夫高过手头功夫。武松现在也是这样。

大怒了的差拨只好去了。

不久，只见三四个人来单身房里叫唤新到囚人武松。

武松应道："老爷在这里，又不走了，大呼小喝做甚么！"

五六个军汉押武松到点视厅前。管营喝叫除了行枷，下令开打一百杀威棒。一帮人便上来要按住武松。

武松道："都不要你众人闹动；要打便打，也不要兜拕！我若是躲闪一棒的，不是打虎好汉！从先打过的都不算，从新再打起！我若叫一声，便不是阳谷县为事的好男子！"

声口越来越像那个西游的猴头了。

以至于两边看的人都笑："这痴汉弄死！且看他如何熬！"

可是，这武松今天要把"猴头"进行到底。

——"要打便打毒些，不要人情棒儿，打我不快活！"

那些人"都笑起来"。

为什么笑啊？

这就是《西游记》式的幽默效果啊！

不过，孙悟空是石头里蹦出来的，确实经打。武松可是爹娘生养的血肉之躯啊，他能顶得住无情毒打夺命棒吗？这武二，还确实"二"。猴头不也常常"二"劲十足么？

可是，管营突然要将就他，问："新到囚徒武松，你路上途中曾害甚病来？"

这是潜规则：大凡花了银子或者有什么人情的，推说在押解来牢城营的路上患病未愈，就可以先免了这一百杀威棒，称为"寄打"。管营此时的话，明显是提醒武松，利用这个规定，免了这顿打。

但是，大出我们意外的是，武松并不领情。

武松道："我于路不曾害！酒也吃得！肉也吃得！饭也吃得！路也走得！"

连续四个"也……得"，泼赖伶俐，典型的泼猴口吻。

但是，奇怪的是，今天管营好像铁了心要周全他，道："这厮是途中得病到这里，我看他面皮才好，且寄下他这顿杀威棒。"

两边行杖的军汉也看出了管营的想法，便低低地对武松道："你快说病。这是相公将就你，你快只推曾害便了。"

武松道："不曾害！不曾害！打了倒干净！我不要留这一顿'寄库棒'！寄下倒是钩肠债，几时得了！"

连续两个"不曾害"，何等不正经，何等调侃，何等撒泼！直让我们怀疑：此刻的武松，被泼猴附身。

大概《水浒》的作者，此刻是被吴承恩附身吧。

好汉们的双重人格

先看几个场景。

场景一：清风山

宋江于清风山山道上，被一条绊脚索绊倒，解上山来。

小喽啰把宋江捆作粽子相似，绑在将军柱上，小喽啰说道："等大王酒醒时，却请起来，剖这牛子心肝，做醒酒汤，我们大家吃块新鲜肉。"

二三更天气，锦毛虎燕顺、矮脚虎王英和白面郎君郑天寿依次来到宋江面前坐下，王矮虎道："孩儿们，正好做醒酒汤。快动手，取下这牛子心肝来，造三分醒酒酸辣汤来。"

一个小喽啰掇一大铜盆水来，放在宋江面前；又一个小喽啰卷起袖子，手中明晃晃拿着一把剜心尖刀。那个掇水的小喽啰，便把双手泼起水来，浇那宋江心窝里。宋江叹口气道："可惜宋江死在这里！"

燕顺一听"宋江"两字，便起身来问道："兀那汉子，你认得宋江？"

宋江道："只我便是宋江。"

燕顺吃了一惊，等到确定他就是郓城县的及时雨宋江，便夺过小喽啰手内尖刀,把麻索都割断了,又把自身上披的枣红绉丝衲袄脱下来,裹在宋江身上,抱在中间虎皮交椅上,唤起王矮虎、郑天寿,三人纳头便拜。

场景二:揭阳镇

因为薛永到镇上卖艺没有给穆弘、穆春交保护费,他们就吩咐镇上人不准给赏钱,而一镇的人果然就都不敢给赏钱。宋江在不知情的情况下给了薛永赏钱,一镇的酒店都不敢卖酒饭给宋江等人吃。穆弘、穆春叫了赌房里一伙人,赶去客店里,拿得薛永,尽气力打了一顿,把来吊在都头家里。准备明日送去江边,捆作一块,抛在江里。

然后他们又追杀宋江等三人。

宋江三人被穆弘、穆春兄弟追到江边,仓皇间上了张横的船。宋江还感激张横救了性命,哪知道这边穆弘、穆春一走,张横就变了脸,说道:"你这个撮鸟,两个公人,平日最会做私商的人,今日却撞在老爷手里!你三个却是要吃'板刀面'?却是要吃'馄饨'?"

宋江道:"家长休要取笑!怎地唤做'板刀面'?怎地是'馄饨'?"

张横睁着眼道:"老爷和你要甚鸟!若还要吃'板刀面'时,俺有一把泼风也似快刀,我不消三刀五刀,我只一刀一个,都剁你三个人下水去!你若要吃'馄饨'时,你三个快脱了衣裳,都赤条条地跳下江里自死。"

宋江讨饶,张横喝道:"你说甚么闲话!饶你三个!我半个也不饶你。老爷唤作有名的'狗脸张爷爷',来也不认得爹,去也不认得娘。你便都闭了鸟嘴,快下水里去!"

宋江又求告道:"我们都把包裹内金银、财帛、衣服等项,尽数与你,只饶了我三人性命。"

张横摸出那把明晃晃板刀来,大喝道:"你三个好好快脱了衣裳,跳下江去。跳便跳,不跳时,老爷便剁下水里去!"

正在此万分危急之时,混江龙李俊和童威、童猛恰好赶到,告诉张横此人是宋江,张横一听,扑翻身便拜。

李俊又叫来正在追捕宋江的穆弘、穆春兄弟二人,告知他们,他们要追捉的是山东及时雨宋公明,弟兄两个撇了朴刀,又是扑翻身便拜!

顺便再补一个不久前的场景:揭阳岭上,宋江和两个公人被催命判官李立麻翻,要当作黄牛肉开剥。恰巧混江龙李俊带着出洞蛟童威、翻江蜃童猛赶来。认出宋江,李立一听此人是宋江,忙救醒宋江,纳头便拜。

场景三:江州牢城营

宋江流放途经梁山泊下,被梁山救上山,宋江坚决不愿落草,晁盖等人只好送他上路,吴用告诉宋江,江州节级戴宗是他的至爱相交、仗义疏财的朋友。

宋江要认识戴宗,故意不送钱给节级戴宗,等他来。

戴宗来了,怒不可遏,对着宋江骂道:"你这黑矮杀才,倚仗谁的势要,不送常例钱来与我?"

又奔上来要打宋江,大喝道:"你这贼配军,是我手里行货,轻咳嗽便是罪过。"

宋江道:"你便寻我过失,也不到得该死。"

戴宗怒道:"你说不该死,我要结果你也不难,只似打杀一个苍蝇!"

宋江说出了吴用的名字,还告诉戴宗:"小可便是山东郓城县宋江。"

戴宗大惊,连忙作揖说道:"原来兄长正是及时雨宋公明。兄长,此间不是说话处,未敢下拜。同往城里叙怀,请兄长便行。"

二人来到一个临街酒肆中,戴宗望着宋江便拜。

结论:

这些"好汉"都有两副面孔:一副是兄弟面孔,一副是恶霸、流氓、黑社会、贪官狡吏面孔。

假如宋江不是那个江湖上有名的"及时雨",他死了多少回?

在宋江之前和之后,在清风山、揭阳镇、揭阳岭,还有戴宗的牢城张横的船,有多少枉死的冤魂?

武二终究是武大

武松杀嫂,流放,经过有名的十字坡,识破孙二娘的蒙汗药,压翻孙二娘在地。张青赶来,求武松手下留情,又问:"愿闻好汉大名!"武松道:"我行不更名,坐不改姓!都头武松的便是!"

不知有多少读者会注意到这个细节:武松在介绍自己时,前面有一个头衔:都头。这是不该被忽略的细节。今人的名片,也总要印上那些由体制任命或颁发的各种大大小小的头衔,古今是一样的风俗也。问题是,此时武松哪里还是都头?不过是一个流配的囚徒。追根究底,他做都头也不过四个月不到,此前他也就是一个"古惑仔",一个流浪江湖的逃犯。他二十六岁(他初见潘金莲时自称二十五岁,此时过了一年)的生命里,当都头也就四个月,可是,这四个月的"都头",已经深深地烙印到他的生命里了,已经成为他二十六年生命历程中最值得骄傲、自豪和向人炫耀的东西了!

其实,一个小小的"都头",每个县都有好几个,更加庸才尽有。而能打虎,能轰轰烈烈为兄长报仇的,能有几个呢?

但是,这些都不行,还是一个小小的体制内的职衔,才为人们承认！这真是让天下英雄泄气、无奈的现实！

张青道:"莫不是景阳冈打虎的武都头?"武松回道:"然也!"

注意这个"然也",是何等得意,何等自豪！可见武松骨子里还是很为他的打虎经历自豪。

但是,这样的英雄事迹,还是不能够支撑他的人生自信,必须要有一个体制内的职衔,方才觉得有面子。这种文化,拘束了多少英雄,扼杀了多少英雄！

这样的文化,就是御用文化,就是奴隶文化。

这也是宋江后来处心积虑要招安,并且代表了大多数人的愿望,从而获得成功的重要原因之一。

接下来,武松让张青救醒两个公人,大家一起吃酒。座位如下:武松让两个公人上面坐了,张青、武松在下面朝上坐了,孙二娘坐在横头。

武松何等人物?张青、孙二娘何等人物?但为什么偏偏两个庸碌公人坐在上头?——就因为是公人。公人就是公家人,是体制之内的人。体制之内的草,也压过体制之外的郁郁青松！

可笑的是,这两个公人刚刚还躺在剥人凳上。

刚才还要把你开膛破肚当牛肉卖,转眼给你美酒佳肴把你当领导敬。

受压迫受剥削的民众,对公人,就给予这样的两种待遇。

区别只在于场合。并且次序常常颠倒：平时让领导美酒佳肴坐上席,时势一变,马上请领导开膛破肚躺剥人凳。

武松到了孟州,帮施恩夺回了快活林,过了一段快活日子。一月之后的一天,孟州守御兵马都监张蒙方差人来请武松。张都监对武松道:"我闻知你是个大丈夫,男子汉,英雄无敌,敢与人同死同生。我帐前现缺恁地一个人，不知你肯与我做亲随梯己人么？"

武松当即跪下，称谢道："小人是个牢城营内囚徒，若蒙恩相抬举，小人当以执鞭随镫，服侍恩相。"

武松又一次给我们展示了他的"大人小样"。

是的，武松是个大人，是个英雄，是个豪杰，是个好汉。

但是，他经常会露出他的"小样"：有些谄媚，有些讨好，有些巴结，有些奴颜，有些媚骨……

说得好听一些，他吃软不吃硬，知道感恩戴德。

说得难听一些，一遇到权势，一遇到权势给他一点颜色，他马上感激涕零，恨不能肝脑涂地以报。

阳谷县知县的一点赏识，抬举他做个都头，他就对知县感激涕零，为知县送贪贿之物上东京打点，尽心尽职；

施恩父子几顿酒饭，几句抬举的话，就让他百炼钢化为绕指柔，甘心做人家的打手，还洋洋自得；

现在，张都监让他到帐下做一个亲随，说白了，就是一个保镖，他又感激得一口一声自称"小人"，一口一声自认"囚徒"，马上表白赤胆忠心，要为他执鞭随镫，鞍前马后地侍候……

八月中秋。张都监让武松参加他的中秋节家宴。又叫唤一个心爱的养娘，叫作玉兰，指着玉兰对武松道："此女颇有些聪明，不惟善知音律，亦且极能针指。如你不嫌低微，数日之间，择了良时，将来与你做个妻室。"

武松又一次感激涕零，起身再拜，道："量小人何者之人，怎敢望恩相宅眷为妻。枉自折武松的草料！"

这话我们怎么这么耳熟？

是了，当初，施恩的父亲要施恩结拜武松为兄，武松也诚惶诚恐，说"枉自折了武松的草料",现在,张都监要把自家的养娘嫁给武松,武松又说"枉自折武松的草料"。

什么英雄,什么好汉,在这些官宦面前,不过是草料!

无论你是多么大的英雄,只要你无有官职,不论你碰到多么小的芝麻粒大官,你马上就泄气了,马上就吃瘪了,英雄马上就成了狗熊了……

武松能打虎,是人中之俊杰,可是,碰到一个小小的县令,一个小小的监狱长,一个都监,马上他就立地矮了三尺,武二矮成了武大,成了精神上的武大郎,人格上的三寸丁谷树皮。

武二啊,终究还是个武大。

通往奴役之路

在《水浒》一百零八人中,李逵是最胡作非为的一个,是最天不怕地不怕,心中眼里最没有规矩,随时打破规矩的一个。

他好像总要找点事,生点事,他是梁山第一盏不省油的灯,梁山好汉,谁都怕和李逵一起出差。盖他随时可以做出来,惹是生非,无事生非,防不胜防,与他在一起,提心吊胆,擦不完的屁股。

按说,这样的人,天生不服管。

但是,这样的人,往往又总是怕着一个人,服着一个人的管。李逵在江州牢城营做牢子时,就服一个人管:戴宗。

宋江刺配江州,与戴宗相见,二人在江州临街的一家酒肆吃酒。才饮得两三杯酒,只听楼下喧闹起来,过卖连忙走入阁子来,对戴宗说道:"这个人只除非是院长说得他下,没奈何,烦院长去解拆则个。"

戴宗问道:"在楼下作闹的是谁?"

过卖道:"便是时常同院长走的那个唤做铁牛李大哥,在底下寻主人家借钱。"

戴宗笑道:"又是这厮在下面无礼,我只道是甚么人。兄长少坐,我去叫了这厮上来。"

戴宗便起身下去，不多时，引着一个黑凛凛大汉上楼来。就是李逵了。

他为什么如此服戴宗？为什么只有戴宗一个人说得他下？

因为，戴宗是他生计的来源，是罩着他的人。

李逵看着宋江问戴宗道："哥哥，这黑汉子是谁？"

戴宗告诉李逵："这位仁兄，便是闲常你要去投奔他的义士哥哥。"

李逵冲口而出："莫不是山东及时雨黑宋江？"

戴宗喝道："咄！你这厮敢如此犯上，直言叫唤，全不识些高低，兀自不快下拜，等几时？"

李逵道："若真个是宋公明，我便下拜；若是闲人，我却拜甚鸟！"

同一个人，站在面前，若是宋江，便是哥哥；若不是宋江，便是鸟。

是宋江，当然拜；是鸟，却拜甚鸟！

逻辑上完全正确。

可是，为什么不是宋江就是鸟？

因为除宋江外，他全不服。

为什么就服宋江？为什么李逵闲常总说要去投奔宋江？因为宋江是"及时雨"。

及时雨者，及时银子而已。

李逵拜了宋江，大家坐下吃酒。

宋江问道："却才大哥为何在楼下发怒？"其实，这宋江早已知道。他只是要挑起话头，以便及时送出银子。果然，李逵说是为了向别人借十两银子，别人不借。宋江马上便去身边取出十两银子，把与李逵——及时雨。

李逵接得银子，道："我去了便来。"推开帘子，下楼去了。

李逵得了这个银子,马上去赌钱。只两把,就把这十两银子输掉了。

输掉了,却不服输,要赖账,直至大打出手,他就地下掳了他输掉的银子,又抢了别人赌的十来两银子。急得十二三个赌博的一齐上,要夺回被李逵抢走的银子。李逵指东打西,指南打北,打得这些人没地躲处,然后一脚踢开了门,便走。

那伙人随后赶将出来,都只在门前叫喊,没一个敢近前来讨。

正在这时,李逵却突然满脸惶恐,非常害怕。

他的面前出现了两个人:戴宗和宋江。

李逵惶恐满面,便道:"哥哥休怪,铁牛闲常只是赌直,今日不想输了哥哥银子,又没得些钱来相请哥哥,喉急了,时下做出这些不直来。"

宋江听了,大笑道:"贤弟但要银子使用,只顾来问我讨。"

笑声大,口气大。

笑声大,让周围的人听,显示自己。

口气大,是要把自己说得很有身份。

那就显得李逵很没有身份。

这句话,明显地已经显示出宋江在李逵面前的心理优势。

这个优势建立在什么基础上?银子。

宋江又说:"今日既是明明地输与他了,快把来还他。"

这口气,是命令,又是哄他。

双方的身份关系出来了:我是老大。

刚才还蛮横无理的李逵,一下子特别乖,从布衫兜里取出银子来,都递在宋江手里。

这是一个特别有意思的细节。

按说,李逵应该把钱直接还给小张乙,可是,他却交给了宋江,再由宋江交给小张乙。

在心理上，李逵已经完全臣服宋江，把他看作自己的主人了。

铁牛瞬间成小猫。

十两银子，宋江就买到了一个奴隶。

十两银子，李逵就丢掉了尊严。

宋江叫过小张乙来，把银子给他。小张乙只拿了自己的，把原先李逵的十两原银不要了，他怕李逵报复。

宋江坚持给了小张乙，道："兄弟自不敢来了，我自着他去。"

这是当众宣布：我可以支配李逵。

李逵不敢来了，意思是：有我在，他不敢。

如果一个人有自尊心，有平等意识，如此被人在人前埋汰挤兑，一定很不高兴，但李逵却毫不知觉。

他甚至还觉得很温暖：又有人罩着他了。

人是多么容易成为奴隶啊。

林冲的斯德哥尔摩综合征

林冲被诱骗，持刀误入白虎节堂，高俅定了他一个"擅闯节堂，欲刺本官"的死罪罪名，发付到开封府，想借开封府的刀砍林冲的头。

林冲家人自来送饭，一面使钱，林冲的丈人张教头也来买上告下，使用财帛，再加上一个当案的孔目孙定一意周全，终于得免死罪，判了脊杖二十，刺配沧州牢城。当即刺了面颊，当厅打一面七斤半团头铁叶护身枷戴上，贴上封皮，押了一道牒文，差公人董超、薛霸押送林冲出开封府来。林冲的丈人和众邻舍在府前接着，到州桥下酒店里坐定。林冲却在此时，当着众邻居的面，对老丈人说要休妻：

今小人遭这场横事，配去沧州，生死存亡未保。娘子在家，小人心去不稳，诚恐高衙内威逼这头亲事；况兼青春年少，休为林冲误了前程。却是林冲自行主张，非他人逼迫。小人今日就高邻在此，明白立纸休书，任从改嫁，并无争执。如此，林冲去得心稳，免得高衙内陷害。

前面说好说歹，好像是为了娘子考虑，担心她误了青春，但最后一句"免得高衙内陷害"，却吐露了心迹：原来，他是担心高衙内不放过他，所以主动交出自己的老婆！

有一个词，叫"壮夫断腕"，很悲壮的一个词。而林冲这样做，叫什么呢？只能叫"懦夫断腕"，很可悲。

而且，他还是"今日就高邻在此，明白立纸休书，任从改嫁，并无争执"。为什么要当着众高邻的面？因为要大家做个证见，他已经当众表态放弃，从此与他无关了，什么叫"明白"立纸休书？要让谁明白？就是要让高衙内明白，我已放弃了老婆，任从她改嫁，剩下的事是你高衙内与我老婆的事了，与张教头的事了，与我无关了，你不用再陷害我了！

你看，高衙内、陆谦、高俅等人的步步紧逼的陷害，不是让他愤怒，而是让他惧怕，当我们对坏人的怕压倒了恨，畏惧压倒了愤怒，我们不就只有屈服一途？

更糟糕的是，因为他的这场横事，明明白白的是高俅高衙内父子陷害，他此时做出的这种丢妻保夫懦夫断腕的事，明明白白是被逼无奈，众高邻都心知肚明，他却偏偏要申明：却是林冲自行主张，非他人逼迫。他为谁开脱呢？当然是为高俅父子开脱，但是为什么他要为他们开脱呢？

他还想以此讨得他们的欢心，使他们对他的迫害放松一些，甚至，良心发现，还能关照他一些。一个人，一旦被对方彻底打败，被对方彻底控制，对对方无比恐惧，对方越是压迫他，他越是要表现出忠心耿耿的样子，甚至帮着对方出主意，保护对方。这种现象，现代心理学把它称为"斯德哥尔摩情结"或"斯德哥尔摩综合征"。

所谓斯德哥尔摩综合征或情结，是指犯罪事件的被害者对于犯罪者产生情感，甚至反过来帮助犯罪者的一种情结。这个名称来自1973年发生在瑞典斯德哥尔摩的一桩银行绑架案。

在警方与歹徒僵持了一百三十个小时之后，此事因歹徒放弃而结束，然而四名受害者在事后都表明并不痛恨歹徒，并表达了他们对歹徒非但没有伤害他们却对他们加以照顾的感激，相反，他们却对救援他们的警察采取敌对态度。事后，被绑架的人质中一名女职员竟然还爱上一名绑匪并与他订婚。

斯德哥尔摩情结的本质在于：在加害者处于完全优势的情况下，被害者不能逃离加害者圈定的博弈母系统。加害者行为在本质上的不正当就被忽略，而生存第一的首要目标就会导致被害者产生合作的行动。

在权力社会里，权力拥有者处于完全的优势，被权力侵害的人无法摆脱权力这个母系统，于是，权力拥有者行为的不正当就被忽略。而为了生存，为了不至于招致更大的迫害，受害者就会产生与施害者合作的冲动，并对施害者没有采取更极端的伤害心存感激。

林冲现在实际上就是处于这样一种心理状态之中。你高衙内不是要我的老婆吗？我配合，你拿去。而且，我还要表明，这是我自觉自愿的行为。

当然，林冲表明休妻出于自愿，还有自身的面子问题。如果让众高邻知道自己是被人逼迫而放弃老婆，那多么丢人呐？所以，他要说自己是为老婆考虑，担心误了她的青春，所以他自行主张，为老婆做出牺牲。懦夫的行为变成了勇于自我牺牲的英雄行为了。

由此，我们可以得出一个结论：林冲在开封府被囚禁待审期间，他已吓破了胆，并且出现了"斯德哥尔摩综合征"，在这种特定的心理状态下，经过深思熟虑之后，决定抛妻救己。

但站在林冲的立场上，他的这种想法有他的道理，有他的合理性，世界上的事情，奇奇怪怪的，但总有一个角度让你看到它的合理性。如果从任何角度看都不合理，它就不会存在。这就是黑格尔的名言"一切存在的都是合理的"的含义吧。

林冲的位子

林冲被陷害,董超、薛霸押送他去沧州。

天气酷热,林冲的棒伤复发了,路上一步挨一步,走不动,二位公人一个唱白脸,一个唱红脸,开始折磨林冲。晚间投宿村中客店,林冲不等公人开口,赶紧去包裹里取些碎银两,央求店小二买酒买肉,安排盘馔,请两个公人坐了吃。很主动。

要知道他请的这两个人,是一路上折磨他踩践他,不把他当人的人!金圣叹在此句下批曰:可怜。

他这样低三下四低声下气,一意讨好,讨来了什么呢?

是董薛二人设计烫伤了林冲的脚,并在野猪林里要取他的性命。好在被鲁智深救了。

自从被高太尉设计陷害,关进开封府大牢直至此时,一直被踩践不当人的林冲,也终于扬眉吐气做了一回人,而且还是人上人:先是鲁智深在前面走,两个公人"扶着林冲,又替他挎了包裹,同跟出林子来"。后来,鲁智深更是讨了一辆车子,让林冲上车躺着走,坐着走,像个地主;鲁智深扛着禅杖,监押着两个公人跟着车子慢着走,紧着走,像个狗腿子。

鲁智深一路买酒买肉,将息林冲,两个公人打火做饭,小心侍候。

此时,林冲很有地位。

十七八日后,林冲身体已基本康复,离沧州也只有七十来里路程。鲁智深辞去。鲁智深这边一走,林冲和两个公人又上路,到了晌午,进了一家酒店,三个人入到里面来,林冲让两个公人上首坐了——又很主动。

《水浒》接着写:"董薛二人,半日方才得自在。"

鲁智深走了,董薛二人得自在,很正常。令人惆怅的是,鲁智深一走,林冲马上又不自在了——他又"主动"让两个公人上首坐了,自己又坐到了下面,他又回到了受人欺凌的角色,又是一副巴结讨好的面孔了。

对外在强权的依赖和服从,已成为林冲的深入骨髓的顽疾,鲁智深这一外在强权没有介入时,他一路任人宰割,九死一生亦不敢有怨言,当鲁智深从天而降,凭着一条铁禅杖给他撑腰时,他过了十七八天正常人的日子,并且养好了备受折磨的身体,连心情也是舒展的。

但是,鲁智深一走,他马上又非常自觉地回到了自己原先的位子上,饭桌上的座次很有意味,它隐喻着林冲和两个公人,各自找回了原先的感觉,找回了原先的位子。

不难想象,如果前面的路程还很远,而且再没有其他外力的介入,二位公人高高在上,颐指气使,林冲低声下气诺诺连声的情景马上又会出现。

好在,这段苦难之旅已到终点,而且就是在这仅余的七十来里路途中,还真的又有了一个强势的外力介入——柴进的出现,使得林冲侥幸摆脱了再受奴役的命运。

柴进巧遇林冲，当即携住林冲的手同行到庄上来，柴进再三谦让，柴进坐了主席，林冲坐了客席，董超、薛霸坐在林冲肩下——有了柴进这个外力的加入，林冲又有了位子了。

　　而两个公人，又只是陪坐了。

　　林冲从误入白虎节堂开始，就成了阶下囚。现在，他成了座上宾了。

　　可是，当林冲在柴进庄上接受柴进的款待与敬意，大家饮酒叙谈时，只见庄客来报道："教师来也。"

　　——谁呢？原来是柴进不久前聘任的私人枪棒教练洪教头。

　　只见洪教头入来，歪戴着一顶头巾，挺着脯子，来到后堂。林冲寻思：此人是大官人的师父，不能不特别恭敬。于是急急躬身唱喏道："林冲谨参。"

　　那人全不睬着，也不还礼。

　　林冲不敢抬头。

　　柴进看出尴尬，赶紧自己出面解救，指着林冲对洪教头道："这位便是东京八十万禁军枪棒教头林武师林冲的便是，就请相见。"

　　你看，柴进特意用一个长句子郑重介绍林冲，不惜使用过度的修饰语，甚至啰唆重复，不光是显示自己对林冲的重视，更以此提醒洪教头，不可怠慢。

　　林冲听了，当然明白柴进的意思，人家如此重视自己，自己也郑重起来，赶紧起身，看着洪教头便拜。

　　那洪教头却冷冷地说道："休拜。起来。"而且不躬身答礼。

　　柴进要他俩相见。何为相见？就是两者互相拜见。林冲拜见了洪教头，但洪教头没有拜见林冲。

　　林冲有眼色，洪教头无礼貌。

　　林冲拜了两拜，起身让洪教头坐。还是很主动。

　　洪教头亦不相让，走去上首便坐。

柴进看了,又不喜欢。林冲只得肩下坐了。

两个公人亦就座了。

可怜的林冲,位子又没了。

回顾一下林冲在沧州道上的位子:鲁智深没来之前,没位子;鲁智深来了以后,有位子;鲁智深走了以后,又没了位子。柴进来了,又有了位子;刚有了位子,洪教头来了,洪教头来了,又没了位子。

没位子,是由于被强权欺负。有位子,是由于更大强权的保护。

林冲从来没有想到过自己争取或保护自己的位子。

谁打翻了洪教头

《水浒传》中的洪教头,是一个蹊跷的人。为什么这样说呢?

第一,他来无踪。他出场,是在柴进招待林冲的时候,我们看看《水浒》写洪教头出场的文字:

> 只见庄客来报道:"教师来也。"柴进道:"就请来一处坐地相会亦好。快抬一张桌来。"
>
> 林冲起身看时,只见那个教师入来,歪戴着一顶头巾,挺着脯子,来到后堂。林冲寻思道:"庄客称他做教师,必是大官人的师父。"
>
> 急急躬身唱喏道:"林冲谨参。"
>
> 那人全不睬着,也不还礼。
>
> 林冲不敢抬头。
>
> 柴进指着林冲对洪教头道:……

从"那个教师","那人",突然就变成了"洪教头",毫无介绍。

这是《水浒》的一个不大不小的漏洞。

第二，他去无影。本回过后，他再也没有出场。这也不算过分，过分的是，作者并没有给他一个下场就忘掉他了。

其实，洪教头只是一个符号，一个跑龙套的角色——他是为林冲作衬托的，所以，召之即来，挥之即去。

第三，就是这样一个来无踪、去无影的人，偏偏为读《水浒》的人记得深。我猜测很可能林冲与洪教头的故事，是早期话本的残留。因为精彩，又因为能特别衬托林冲的命运、性格、武功，就保留下来了。

打一个比喻：在林冲的故事里，洪教头是一个大红补丁。虽则是补丁，却色泽鲜艳。补得恰到好处，就变成了装饰。

林冲是教头，洪教头也是教头。林冲是八十万禁军教头，洪教头是什么教头？《水浒》中没有说，估计是民间走江湖的武术教练。就如同张艺谋是导演，导演北京奥运会；洪导演也是导演，导演一些单位的周年庆典。

两个教头，在柴进的宴席上见着了。此时，林冲刚刚入座，自从误入白虎节堂，林冲还没受人招待吃过大餐，正要享用，可偏偏就这时，洪教头来了，而且，显然是来砸场子的：歪戴着一顶头巾，挺着脯子。

林冲寻思此人是大官人的师父，不能不特别恭敬。于是急急躬身唱喏道："林冲谨参。"而洪教头全不睬着，也不还礼。

柴进看出尴尬，赶紧自己出面解救，指着林冲对洪教头道："这位便是东京八十万禁军枪棒教头林武师林冲的便是，就请相见。"

柴进特意用一个长句子郑重介绍林冲，不惜使用过度的修饰语，甚至啰唆重复，不光是显示自己对林冲的重视，更以此提醒洪教头，不可怠慢。

林冲听了，当然明白柴进的意思，人家如此重视自己，自己也郑重起来，赶紧起身，看着洪教头便拜。

那洪教头却很有派头地冷冷地说道："休拜。起来。"而且不躬身答礼。

林冲拜了两拜，起身将柴进刚才安排他的客座让洪教头坐。洪教头亦不相让，走去上首便坐。林冲只得肩下坐了。

柴进很是不高兴。

等到坐下，洪教头却直问："大官人何故厚礼管待配军？"

柴进介绍说是教头，洪教头偏要说是配军。

不仅是挑衅侮辱林冲，也是给柴进难看。

为了林冲的面子，也为了自己的面子，柴进只好再示意他，并再次提醒林冲是东京八十万禁军教头。

洪教头道："大官人只因好习枪棒，往往流配军人都来倚草附木，皆道：'我是枪棒教头'，来投庄上诱得些酒食钱米。大官人如何忒认真！"

小人往往偏能洞察世道人心，往往能说破人间冷暖。洪教头的这番话还真是有道理。林冲当然是货真价实的豪杰，但洪教头说林冲来诱些酒食钱米，这想法林冲倒是有的。因为部分地说中了林冲的心事，林冲听了，并不作声。

柴进道："凡人不可易相，休小觑他。"此时场面已经很是尴尬，几乎不可收拾了。而柴进仍然硬着头皮，勉为其难，维持和谐。

可是柴进越要保护林冲，洪教头便越要羞辱林冲；柴进越是要维稳，洪教头越是要闹事。听到柴进说"休小觑他"，洪教头便跳起身来，道："我不信他！他敢和我使一棒看，我便道他是真教头！"

他忘了，林冲想到柴进庄上诱些酒食钱米固然是对的，但是林冲的枪棒教头的身份却也是真的——有两个公人为证，有林冲脸上的刺字为证啊。他怎么敢就贸然向一个这样的高手挑战？

柴进大笑道："也好，也好。林武师，你心下如何？"

金圣叹批道："恼极之后，反成大笑。"柴进知道，光这样和稀泥，是维不了稳了，不妨让他闹，闹完再收拾他。

何况他还要看林冲本事。

所以，他一心要林冲赢他，灭那厮嘴。

于是，林冲在柴进的暗示下，放手一搏，只一棒，就把洪教头打翻在地，也把他打出了《水浒传》：这边柴进大笑，挽着林冲入席豪饮，那边一个庄客扶着洪教头，满面羞惭，去了。从此无消息。

一个值得我们思考的问题是：洪教头与林冲素昧平生，而且林冲只是路过，为什么对他这样大的仇恨呢？

答案是两个字：嫉妒。

打翻洪教头的，不是林冲手中的棒头，而是洪教头心中的嫉妒。

洪教头嫉恨林冲什么

林冲受尽磨难，到了柴进的庄园，受到柴进的款待，可是，酒席未开，刚刚被聘到柴进庄上不久的洪教头听说了，赶来砸林冲的场子。当着柴进的面，几次三番，挑衅侮辱林冲。

要知道，这种挑衅，还不仅是侮辱林冲，也是给柴进难看，当着主人面，侮辱主人的客人，就是藐视主人。

最后，这种非理性的无法抑制的敌意，竟然使得他提出了一个几乎自残的挑战：要和林冲比试枪棒！

被他的傲慢无礼激怒的柴进，此刻完全站在了林冲一边。结果是，林冲在他的鼓励之下，放手一搏，只一棒，就将洪教头打翻在地。

洪教头为何对林冲如此敌意？

柴进好客天下闻名，一年之中，在他的庄园里不知招待过多少来往的好汉豪杰地痞流氓僧道配军，洪教头为什么偏偏对柴进礼待林冲如此反感，并无法抑制地表现出无礼至极的挑衅？甚至不惜冒着巨大的风险，挑战林冲？

《水浒》写洪教头看林冲，是"恨不得一口水吞了他"。

多大的仇恨啊。刚刚见面，素昧平生，恨从何来？

答案其实很简单，那就是——嫉妒。

好笑的是：林冲这样的，家破人亡的，用洪教头自己的话说，一个"配军"，还值得他嫉妒吗？

是的，林冲有让洪教头嫉妒的资本。

他的资本就是他的武功、江湖上的名望以及曾经的地位。

这些东西使他今天获得了柴进的隆重欢迎和招待，这些又成为他遭到洪教头嫉妒的原因。

韩愈正确地发现了，在"疏远而又不与同其利"的人那里，嫉妒不大容易产生（《原毁》）。这说明，嫉妒恰恰比较密集地发生在亲近而又有共同利益竞争者这里。诸如同学、同事、同行，甚至同乡同里，都是嫉妒的高发地带。像洪教头之嫉妒林冲，就属于同行之间的嫉妒。

那么，人又为什么嫉妒别人呢？

简单地讲，嫉妒有三个原因，我们可以把它称为"嫉妒三定律"：

一是不能容忍别人拥有自己没有的东西——优先性。

二是不能容忍别人夺走原由自己占有的东西——私有性。

三是不能容忍别人分享原由自己独占的东西——排他性。

洪教头行走江湖，凭着自己的枪棒功夫被柴大官人聘为私人教练，其实他对自己的功夫是颇自信的，不然他不会一再要和林冲比试。当然他也不能说抱必胜之把握，因为眼前这位毕竟是东京八十万禁军教头，虽然他对柴大官人说此人未必是枪棒教师，但林冲原先的枪棒教头身份有他此时囚徒的身份以及两位防送公人作证。洪教头之所以不惜冒比试失败之险，一定要和林冲使一棒看，完全是由于强烈的嫉妒心已使他失去了理智，他此时内心中充满的只是仇恨。一朝之忿，是可以摧毁一个人的判断力和自制力的。

那么,洪教头如此嫉恨林冲,是为了什么呢?

第一,林冲是八十万禁军教头,这个身份是一般的教头很眼红的,因为这是国家认可的身份。国家军队中最精锐最重要最核心部分的教练,这种身份是一般民间的地方性的教练非常羡慕梦寐以求的。而洪教头呢,却是籍籍无名,所以,不排除他对林冲所拥有的这个他所没有的身份的嫉妒,虽然林冲现在倒霉了,但林冲曾经得到的这一地位与声望,是他所没有的。这是嫉妒三定律的第一定律:优先性。

第二,他可能还担心将来林冲有可能来柴进庄上当教练。这样,林冲就不仅要在此时一顿酒席上分享他的一杯羹,而且,还很有可能直接夺了他的岗位。笛卡儿说:"嫉妒属于一种恐惧。"(《论灵魂的激情》)洪教头对林冲就有这样的抢夺饭碗的恐惧。这是嫉妒三定律的第二定律:私有性。

第三,林冲得到了柴大官人的款待,得到了柴大官人的尊敬,而且,林冲之得到尊敬,恰恰是因为他在枪棒上的功夫,这正和他洪教头以枪棒上的功夫被柴进聘为教练一样。林冲因为和他一样的特长而为柴大官人看重,柴大官人同时看重两个人,而不再是他一个,于是,他受不了。这应了嫉妒三定律里的第三条:排他性。

既然如此,嫉妒的三条定律——优先性、私有性、排他性都具备了。你叫他不嫉妒,难!

康德曾经说:"生气是拿别人的缺点惩罚自己。"

那么,我要说,嫉妒是拿别人的优点惩罚自己。

拿别人的缺点惩罚自己的,往往是君子。

而拿别人的优点惩罚自己的,一定是小人。

君子生气,可能止于生气。

小人嫉妒，虽然他先惩罚了自己，使自己在嫉妒的烈火中煎熬，但他最后的目的，一定是毁灭别人。

所以，妒火中烧的洪教头必欲出棒与林冲一较高下。

叹世上多少嫉恨，皆无从而起却其深似海。

叹世上多少才子英雄，于人无碍却遭刻骨仇恨残酷打击。

寡情的柴进

林冲流放途中去柴进庄上,柴进大喜,设宴招待,其间柴进新聘任的洪教头来搅局,弄得柴进极其尴尬,以至于柴进最终弃旧迎新,彻底站在林冲一边,一心要林冲赢他,灭那厮的嘴。

林冲倒是在想,这洪教头是柴进的师父,打翻了他,柴进面子上不好看。柴进却暗示林冲:"此位洪教头也到此不多时,此间又无对手。林武师休得要推辞。小可也正要看二位教头的本事。"

林冲见柴进说开就里,方才放心。

柴进太想林冲使出本事来,教训教训洪教头了!

两个开打,柴进却叫道:"且住。"

叫庄客取出一锭银来,重二十五两。

柴进道:"二位教头比试,非比其他。这锭银子权为利物。若还赢的,便将此银子去。"

柴进心中只要林冲把出本事来,故意将银子丢在地下。

林冲彻底明白:柴进就要林冲打翻洪教头!

可怜洪教头,到此还不明白,最终被林冲一棒打翻。

接下来柴进的表现，近乎残酷：

柴进大喜。叫："快将酒来把盏！"

下面的描写是："众人一齐大笑。"

柴进大喜，众人大笑，这场面对洪教头而言，是何等残酷？

打翻洪教头身体的，是林冲；打垮洪教头精神的，是柴进和他的庄客。

洪教头自己挣扎起来，众庄客一头笑着扶了，羞惭满面，自投庄外去了。

柴进竟然毫不挽留，甚至一个目送的眼光都没有，他大笑着，携住林冲的手，再入后堂饮酒，并大叫将利物来送林冲。

洪教头可厌，因担心有人来抢饭碗，而大失风度，丢棒又丢人。虽然可以说是他咎由自取，但柴进竟然一句挽留的话也没有，一句安慰的话也没有，一句圆场的话也没有，这就显示出柴进的绝情。

而因为柴进的绝情，最后在众人搀扶下自投庄外去的洪教头，留下的，却是一个令人同情的背影。

再看看柴进如何对待武松。

宋江杀了阎婆惜，与弟弟宋清流落江湖，来到柴进庄上，庄客入去通报，不多时，只见那座中间庄门大开，柴大官人引着三五个伴当，慌忙跑将出来，拜在地下，口称道："端的想杀柴进，天幸今日甚风吹得到此，大慰平生渴仰之念，多幸！多幸！"接下来就请宋江弟兄两个洗浴。随即将出两套衣服、巾帻、丝鞋、净袜，教宋江弟兄两个都穿了新衣服。又邀宋江去后堂深处，十数个庄客并几个主管，轮替着把盏，伏侍劝饮，一直喝到华灯初上。何等热情，何等温暖！

而此时，凛冽的寒风里，有一个人，害着疟疾，挡不住那寒冷，在外面的廊下，抖抖索索，把一锨火在那里向！

端的好对比！

这是谁呢？

这可不是一个凡角，他是被金圣叹称为"天人"的武松啊！

武松初来投奔柴进时，也一般接纳管待；次后在庄上，就因为脾性不好，性气刚，酒后庄客有些顾管不到处，武松便要下拳打他们，因此满庄里庄客，没一个道他好，都去柴进面前，告诉他许多不是处。柴进就相待得他慢了。

柴进的眼光，也就一般庄客的水平啊。

用如此冷漠绝情甚至遗忘来对待武松这样的人物，柴进，暴殄天物！

这就是他万不及宋江处。这就是他往往花出了真金白银，却最后在梁山，没有一个真正兄弟的原因！

再看他如何对待自己的枕边人。

他后来在征方腊时自称"文武兼资，智勇足备，善识天文地理，能辨六甲风云，贯通天地气色，三教九流，诸子百家，无不通达"。和燕青一起混入方腊队伍，又谎称自己识得云气，恭维方腊是真命天子。

方腊大喜，"自此柴进每日得近方腊，无非用些阿谀美言谄佞，以取其事。未经半月，方腊及内外官僚，无一人不喜柴进。次后，方腊见柴进署事公平，尽心喜爱，却令左丞相娄敏中做媒，把金芝公主招赘柴进为驸马，封官主爵都尉"。"柴进自从与公主成亲之后，出入宫殿，都知内外备细。方腊但有军情重事，便宣柴进至内宫计议。"

在宋江征方腊的最后一战中，柴进阵前倒戈，在方腊的注视下，与燕青一起在背后突然动手，杀了措手不及的方腊的侄子，也是方腊的最后一员大将方杰，方腊仓皇出逃，方腊寨破。

且看下面的情形：

燕青抢入洞中，叫了数个心腹伴当，去那库里掳了两担金珠细软出来，就内宫禁苑放起火来。柴进杀入东宫时，那金芝公主自缢身死。柴进见了，就连宫苑烧化，以下细人，放其各自逃生。众军将都入正宫，杀尽嫔妃彩女、亲军侍御、皇亲国戚，都掳掠了方腊内宫金帛。

燕青的行为令人不齿，而柴进尤其绝情寡义。他竟然是引兵"杀入东宫"，发现往日的枕边人金芝公主已经自杀，柴进竟然毫不动情，把公主尸体连同宫苑，一把火烧了，然后，纵兵掳掠、杀戮。虽然他的这种做法，可以称得上是"政治上正确"，但是，夫妻一场，恩爱百日，哪怕是假的，也是你存心欺骗，对方却毫无愧对你处。李贽此处批曰"柴进忒薄情"。其实，在对洪教头时，对武松时，柴进的薄情，已经显现。

有关宋江的两种真相

晁盖等人得宋江报信搭救，逃入梁山，事业红红火火，他们不忘宋江救命之恩，派刘唐给宋江送来一百两金子和一封感谢信，这反倒把宋江吓得不轻，他把金条留了一根，以示并不见外，其余依旧退回刘唐。然后慌忙送走刘唐，赶紧回下处来。

原来，刘唐送来的一锭金子，和那封要命的梁山来信，就装在宋江身上的招文袋（一种挂在腰带上装文件或财物的小袋子）内。这封信上面写满了晁盖及梁山上的种种事务，当然也写着对宋江搭救众位好汉的感激。这封信一旦泄露或落入他人之手，宋江将死无葬身之地。

宋江是一个谨慎的人，这样的信件他本来要在第一时间处理掉；但宋江又是一个周全的人，他怕当着刘唐的面烧掉他千辛万苦带来的梁山感谢信，伤了刘唐以及梁山兄弟的情面。所以，他送走刘唐之后，就要赶紧回到下处销毁。

没想到，他一出门，却叫阎婆撞上了。阎婆死缠烂打，硬是把宋江拽回了家，让他和阎婆惜和好。

但是，勾搭上张三的阎婆惜对宋江已经毫无情分，宋江委委屈屈地在阎婆惜的床头蜷缩半夜，天不亮就满怀怨恨地赶紧离开，出了门，却又发现招文袋留在阎婆惜那里了。

阎婆惜是个识字的人，宋江走后，她看到了这封信，得悉内情的她觉得抓住了宋江的把柄，以此要挟宋江答应她三件事。

一是给一纸休书，任从改嫁。

二是婆惜身上穿的，家里使用的，都是宋江办的，也委一纸文书，全部归阎婆惜所有，不得讨要。

这两件宋江都依了。

接下来，阎婆惜提出了第三个要求："有那梁山泊晁盖送与你的一百两金子快把来与我，我便饶你这一场'天字第一号'官司，还你这招文袋里的款状！"

有意思的是，阎婆惜在提出这样的要求之前，就提醒宋江："只怕你第三件依不得。"

这第三件宋江还真是依不得。因为宋江根本就没收那一百两金子。

这我们相信，但是阎婆惜不相信。

我们相信宋江，是因为我们知道事情真相。宋江也跟阎婆惜说明了真相："这一百两金子果然送来与我，我不肯受他的，依前教他把了回去。若端的有时，双手便送与你。"

但婆惜就是不相信，为什么呢？因为她也知道真相：她知道的是官场的真相，包括官场中"公务员"的道德真相。

且看她说的："可知哩！常言道：'公人见钱，如蚊子见血。'他使人送金子与你，你岂有推了转去的？这话却似放屁！'做公人的，那个猫儿不吃腥？''阎罗王面前须没放回的鬼！'你待瞒谁？便把这一百两金子与我，直得甚么？你怕是贼赃时，快熔过了与我！"

她甚至设身处地猜想宋江担心是贼赃，于是建议"熔过了与我"，她就是不信宋江会拒绝别人送给他的金子。

  宋江被委屈了。宋江真冤。
  但是，宋江还真不冤。
  因为，宋江身处的官场，确实如同婆惜所说，没有什么干净的公人。
  宋江平时是否也贪滥？这就是个说不清的问题。
  有人就说宋江一定贪滥，不然，凭着他做押司那一点收入，以及他家中的几口薄田，他哪有那么多的银子去资助江湖上、市井中的各色人等？
  即使宋江不会主动索贿，但是，官场潜规则、惯例等等，也会给他带来滚滚财源。
  但是，也正是这些，在给官场上的公人带来滚滚财源的同时，也带来了负面的社会形象和社会评价。
  所以，我们说，阎婆惜这样挤兑宋江，宋江冤，也不冤。
  但，再一想，还是冤！
  社会成了大染缸，官场成了一"尘网"（借用陶渊明比喻官场的词），芸芸众生，落入滚滚红尘，皓皓之白，污迹汶汶官场，就不能喊冤？！
  身处如此世道，连做干净人的机会都没有了，泥巴滚到裤裆里，不是屎也是屎了，这是多大的冤！

  宋江没办法，提出三日之内，将家私变卖一百两金子给阎婆惜。
  但是阎婆惜还是不相信宋江，并威胁宋江："明朝到公厅上，你也说不曾有这金子？"
  宋江绝不贪财，也信守承诺。这是他的人格、他的声誉。所以宋江说三日后给她一百两金子，就一定会在三日后给她一百两金子。但是阎婆惜不信。他们已经在一起几个月了，一开始还颇为亲密，每日一处歇卧，但是阎婆惜根本不了解宋江，不相信他的为人，这固然是宋江的失败，这不也是大宋官府的失败？她不信宋江，根本原因是不信大宋官府。我们看看她和当时普通百姓认知中的"公人"："公人见钱，如蚊子见血"，"做公人的，那个猫儿不吃腥？"她固然是一棒子打翻一船人，但问题是，这是什么样的船？为什么这艘船上的人，轻易地就被一个年方十八的烟花女子一棒子打翻且不能叫屈？

堂堂官府的皇皇招牌，被一个烟花女子随手点成一地碎片；衮衮诸公的岸然道貌，被一个淫贱女子随口唾为千年溷厕——何等的淫贱的官府，才能招致这等淫贱的污辱！

施耐庵的狗

在蜈蚣岭,打扮成行者的武松,看见一座坟庵中有个道士搂着个妇女在调笑赏月。他的道德感油然而生,清洁世道的使命感使得他"怒从心上起,恶向胆边生",何况他自从嫂子潘金莲之后,根本见不得男女亲热,于是,他不管三七二十一,便去腰里掣出张青送给他的刀来,"且把这个鸟先生试刀!"不料应门者是个道童,武行者睁圆怪眼,大喝一声:"先把这鸟道童祭刀!"说犹未了,手起处,铮地一声响,道童的头落在一边,倒在地上。

庵里那个道士手轮着两口宝剑,径奔武行者。结果又是:武松只一戒刀,那先生的头滚落在一边,尸首倒在石上。

武行者大叫:"庵里婆娘出来!我不杀你,只问你个缘故!"

杀完了人,再问缘故,不是太草菅人命了吗?

万幸,他杀这个飞天蜈蚣王道人算是杀对了。

但是,那个道童却是确确实实杀错了。

武松在蜈蚣岭杀飞天蜈蚣王道士,遥遥映照鲁智深在瓦罐寺杀飞天药叉丘小乙和生铁佛崔道成。但是，我们看，鲁智深在杀丘小乙和崔道成之前，是经过了来来回回反反复复的求证，证明这二人确实是坏蛋，而且，最终还是对方先出手他才应战的。

武松何以如此草菅人命？

武松的出场在《水浒传》第二十二回（金圣叹本第二十一回），他"因酒后醉了，与本处机密（县衙中管机密房的人）相争，一时间怒起，只一拳，打得那厮昏沉"。以为打死了人，逃走江湖，躲在柴进庄上。待到宋江到来，结为兄弟，他已经憋憋屈屈在此待了一年多。此时的他，还很怕杀人，知道杀人是错的，如同一个乖孩子，自知做错事，会躲起来。

武松杀的第一个人，是他的嫂子。

潘金莲该杀不该杀，今人聚讼不已。其实，这不重要，重要的是，武松以为该杀。更重要的是，从此以后，武松不但不怕杀人，甚至从中找到了快感，找到了成就感——他杀嫂之后获得的道德褒奖，使得他认为，杀人虽然不免于犯法，并需要承担责任，但却是在弘扬道德。而犯法之后必须承担的法律责任和代价，就是他对道德所做的慈善捐献——在这种捐献中，他感到了自己的崇高与光荣。

有了"打人有理，杀人光荣"的心理，杀人便不再有心理障碍。在孟州，因为报仇张都监，从无辜的马夫到无知的丫鬟，张都监一家老小，包括他的夫人，养娘玉兰，以及亲随，等等，武松一口气杀了十五条人命！加上他在此前飞云浦杀掉的四个，一天之内，他就杀掉了十九个人！

在杀人现场，他还去死尸身上割下一片衣襟来，蘸着血，去白粉壁上大写下八字道："杀人者，打虎武松也！"——杀人与打虎，都是光荣与伟大。

如此自居于道德高地，穷兵黩武，草菅人命，难怪他在石碣上，乃是"天伤星"！

这样的人，最终会碰到对手的。

在孔太公庄上，他无理取闹，打伤店主人，还打伤出面制止的孔亮。赶走了所有人，一人在店里吃醉了，离开酒店，捉脚不住，一路上抢将来，走不得四五里路，旁边土墙里走出一只黄狗，看着武松叫。

武松走，黄狗跟着叫。

武松停，黄狗站着叫。

武松追，黄狗跑着叫。

武松恼恨，便将左手鞘里掣一口戒刀来，大踏步赶。

那黄狗绕着溪岸叫。

武松沿着溪岸撵。撵得近了，武松看得真切，一刀砍将去。

十分用力，十分发狠。

却砍个空，使得力猛，头重脚轻，翻筋斗倒撞下溪里去，却起不来。

冬月天道，虽只有一二尺深浅的水，却寒冷得当不得，爬将起来，淋淋的一身水。却见那口戒刀浸在溪里，亮得耀人。便再蹲下去捞那刀时，扑地又落下去，再起不来，只在那溪水里滚。

黄狗呢？立定了，在岸上叫。

这是哪里来的狗？武松一生战无不胜，竟然败给一条无名的小黄狗？

这是施耐庵的狗。施耐庵大概也是写武松，写着写着，不大喜欢他了，就放出一条狗来，与他作对。

小说中的情节，有两类。一类是事理、性格之必然，如人行雨中，必然会淋雨，有事理、逻辑和因果上的必然，作者不得不顺着写。

还有一类，是偶然，如人行路上，天却下起雨来，则是作者的安排——因为作者可以写天没下雨，艳阳高照。这是作家的自由。

简言之，天下不下雨，由作者决定；雨淋不淋人，不由作者决定。

武松喝醉了，走路必然跌跌撞撞，这是事理的必然；但街角突然走出一条黄狗来，则是作者的编排。

在作家"自由编排"的情节中，往往有作者的"意思"在。施耐庵让一条小黄狗在街角走出来，其"意思"，就是奚落武松。

你太强了，你太要强了，最后，你连狗都嫌，连狗都嫌你。

你连狗都嫌，可见你的自恋与排他。

连狗都嫌你，你会死得很惨。

武松的故事，到此就基本结束了。

他的一生，以打虎始，以打狗终。

施耐庵放出一只虎，告诉我们武松是英雄。

施耐庵放出一条狗，告诉我们穷兵黩武的英雄最终是狗熊。

武松的一生——虎头狗尾。

孙二娘的幻视与张青的幻觉

武松杀嫂杀西门庆后,虽然犯法却弘扬了道德,颇获赞扬。

两个公人监押着武松去孟州牢城营的路上,也念武松是个好汉,一路只是小心伏侍他,不敢轻慢他一点。武松见他两个小心,也不和他计较;包裹里有的是金银,但过村坊铺店,便买酒买肉和他两个吃。这一路,简直可以等同旅游。

就这样消消停停走着走着,约莫走了二十余日,就来到一个所在。远远地土坡下约有数间草房,傍着溪边柳树上挑出个酒帘儿。路边的樵夫告诉他们:"这岭是孟州道。岭前面大树林边便是有名的十字坡。"

十字坡为什么有名呢?有什么样的名呢?

原来,这个酒店非同一般。开酒店的是张青、孙二娘夫妻。正如武松调侃孙二娘所说:

大树十字坡,客人谁敢那里过?

肥的切做馒头馅,瘦的却把去填河!

这段顺口溜只有一句不确实:那就是最后一句。张青、孙二娘哪里舍得那些瘦人的肉拿去填河呢？肥人肉做黄牛肉卖，瘦人肉当水牛肉卖，剁巴剁巴还可做肉馅。

当时张青不在，孙二娘长期做人肉馒头，已有严重的幻视，她眼中的人，早已不再是人，而是牛。此时，一看到武松三人，眼中幻化出的就是一头肥黄牛和两头瘦水牛。三牛相加，少说也是三四百斤牛肉，再加上武松三人包裹沉重，必有金银，便动了心。

不巧的是，与孙二娘的幻视相应，武松是火眼金睛，他放眼一看，眼前这个满面笑容的妇人，原来是一个母夜叉。武松也不戳穿她，只是故意说些挑逗的风话，和她调情。等孙二娘去里面托出一镟浑色酒来，两个公人哪知江湖险恶，只顾拿起来吃了。武松早就看出酒中有问题。看孙二娘转身入去，把这酒泼在僻暗处，只虚把舌头来咂，装成喝了的样子，两个公人被麻翻了，武松随即也假装仰翻在地。孙二娘高兴地叫道："着了！由你奸似鬼，吃了老娘的洗脚水。"

这是孙二娘的名言。

吃她洗脚水的人不知多少，但可惜武松没吃。

当然她不知道，她还以为三头牛都麻翻在地，成了三堆牛肉。

那妇人欢喜道："今日得这三头行货，倒有好两日馒头卖，又得这若干东西。"把包裹缠袋提了入去，却出来，看这两个汉子扛抬武松。那里扛得动，直挺挺在地下，却似有千百斤重的。那妇人看了，见这两个蠢汉，拖扯不动，喝在一边说道："你这鸟男女，只会吃饭吃酒，全没些用！直要老娘亲自动手。这个鸟大汉，却也会戏弄老娘。这等肥胖，好做黄牛肉卖。那两个瘦蛮子，只好做水牛肉卖。扛进去，先开剥这厮。"

却不料武松真会戏弄老娘，不但没有喝她的洗脚水，反而在孙二娘来搬他时就势一个转身，把她压在身下。这是很难看却又很好看的图景。下面我们不知道武松要干什么才好，估计武松也不知道。

好在孙二娘的丈夫张青恰好挑一担柴回来，解了武松的尴尬，解了孙二娘的难堪。

接下来，夫妻二人把武松当兄弟了。把眼前刚才还看成牛肉的"东东"再看成兄弟，难为他们了。

张青便引武松到人肉作坊里；看时，见壁上绷着几张人皮，梁上吊着五七条人腿。见那两个公人，一颠一倒，挺着在剥人凳上。

救醒两个公人后，武松便让两个公人上面坐了，张青、武松在下面朝上坐了，孙二娘坐在横头。武松、张青两个说些江湖上好汉的勾当，且听张青叙述：

> 小人姓张，名青，……来此间盖些草屋，卖酒为生。实是只等客商过往，有那入眼的，便把些蒙汗药与他吃了便死。将大块好肉，切做黄牛肉卖；零碎小肉，做馅子包馒头。小人每日也挑些去村里卖，如此度日。……小人多曾分付浑家道："三等人不可坏他。第一，是云游僧道，他不曾受用过分了，又是出家的人。"则怎地也争些儿坏了一个惊天动地的人：原是延安府老种经略相公帐前提辖，姓鲁，名达，为因三拳打死了一个镇关西，逃走上五台山，落发为僧，因他脊梁上有花绣，江湖上都呼他做花和尚鲁智深，使一条浑铁禅杖，重六十来斤，也从这里经过。浑家见他生得肥胖，酒里下了些蒙汗药，扛入在作坊里。正要动手开剥，小人恰好归来，见他那条禅杖非俗，却慌忙把解药救起来，结拜为兄。……只可惜了一个头陀，长七八尺一条大汉，也把来麻坏了。小人归得迟了些个，已把他卸下四足……

我读到这"卸下四足"四个字，总觉得哪里不对劲，看了半天，恍然大悟，原来，四足应该说成四肢才对。

但是,《水浒传》的各种本子,都是"四足",连对《水浒》做了很多文字润色的金圣叹,也对这个字没做改动。我一开始还得意,觉得在这一点上,我终于比金圣叹还火眼金睛,看出他没有看出的问题。但是,再一琢磨,又一次恍然大悟:原来,在张青、孙二娘眼里,只要不是武松、鲁智深这样的兄弟,所有来他们酒店的人,岂不都是四足的牲口,任他们宰割?

如果张青归得早些,头陀就成了鲁智深;

如果张青归得晚些,鲁智深就成了头陀。

施耐庵为何不怕重复

卢俊义被宋江、吴用设计陷害，又被娘子李固告发谋反，狱中九死一生，最终，相关人员在收受梁山一千两金子的贿赂后，轻判卢俊义脊杖四十，刺配沙门岛。

押解卢俊义上路的，是我们久违的两个熟人。

哪两个呢？董超、薛霸。

我们认识这两个混球时，他俩在开封府做公人，押解林冲去沧州，受陆虞候贿赂，要在路上害林冲，被鲁智深救了。因为没有完成高太尉的指令，回来后，被高太尉寻事刺配北京。梁中书因见他两个能干——顺便评一句：梁中书的人才观很特别——就留他俩在留守司勾当。今日又差他两个监押卢俊义——刺配之人，押解刺配之人，正如我常说的，小人总是有小人的运道，正如君子总有君子的磨难。

接下来的《水浒》文字很特别。施耐庵大概是个怠懒人，他写董超、薛霸押解卢俊义，情节甚至语言都几乎照抄这二人押解林冲那一段——也许，这两个小人的重新出场，让施大爷完全没了兴趣，失去了写作的激情？可是施大爷虚构《水浒》世界，捏造人物，方便得胜过上帝女娲，随便胡诌一个张三李四即可押解卢俊义，又为什么偏偏让这两个小人重新出场呢？

我的结论是：施耐庵放不过他们。

我们先看他写人物语言。

此前写林冲那一段，是："多是五站路，少便两程"，"只就前面僻静去处，把林冲结果了"；现在是："多只两程，少无数里，就僻静去处，结果了他性命"。——如出一辙。

此前是："是必揭取林冲脸上金印回来做表证，陆谦再包办二位十两金子相谢"；现在是："揭取脸上金印回来表证，教我知道，每人再送五十两蒜条金与你"。——只是换了说话人：陆谦换成了李固。

此前是："就彼处讨纸回状，回来便了。若开封府但有话说，太尉自行分付，并不妨事"；现在则是："你们只动得一张文书；留守司房里，我自理会"。——只是担保人由高太尉变成了李管家。

用开水烫伤林冲脚后，薛霸道："只见罪人伏侍公人，那曾有公人伏侍罪人。好意叫他洗脚，颠倒嫌冷嫌热，却不是好心不得好报！"烫伤卢俊义后，还是薛霸道："老爷伏侍你，颠倒做嘴脸！"

在林子里，两次假装要歇，两次都声称"只怕你走了"要"缚一缚"，一字不差。而林冲表态："小人是个好汉，官司既已吃了，一世也不走。"卢俊义发誓："小人插翅也飞不去。"连卢俊义都剽窃林冲了。

要结果林冲前，两个小人说的是："不是俺要结果你，自是前日来时，有那陆虞候传着高太尉钧旨，教我两个到这里结果你，立等金印回去回话。便多走的几日，也是死数，只今日就这里，倒作成我两个回去快些。休得要怨我弟兄两个，只是上司差遣，不由自己。你须精细着：明年今日是你周年。"要结果卢俊义前，说的也是："你休怪我两个。你家主管李固，教我们路上结果你。便到沙门岛，也是死，不如及早打发了你！阴司地府，不要怨我们。明年今日，是你周年。"——只是说的对象由林冲换成了卢俊义。

情节的一致就不要说了。从受贿答应杀人到沿途打骂折磨，开水烫脚都是故技重施。烫伤脚后，第二天一早四更天早起赶路都与林冲的故事分毫不爽，好像要结果林冲的野猪林和要结果卢俊义的树林离酒店的距离都一样远。然后，一样是假装走得困倦了，要歇一歇，于是——还是建议到一个僻静的林子里睡一睡，睡前又还是假装怕卢俊义跑了，骗着把卢俊义绑到了树上。两个小人大概智商有限，杀人手法也自己抄自己全无创新。然后，对卢俊义说的话和当初对林冲说的都一样，卢俊义的表现也和林冲一样，泪如雨下，低头受死。然后，还是薛霸两手拿起水火棍，望着卢员外脑门上劈将下来。

一切都一样！难怪金圣叹叹曰："董超、薛霸押解之文，林、卢两传可谓一字不换！"

为什么《水浒》作者不怕重复？是《水浒》作者写不出新意吗？
是《水浒》作者要写出小人，还是小人不知改悔！
小人不知改悔，作者就不必改写。
但是——小人不知改悔，害人手法一点不差；则苍天公道仁慈，因果报应也就一丝不爽。
当初鲁智深放过他们，他们回到东京，却告发了鲁智深。到了大名府，押解卢俊义，故技重施，又要害人，且害人的步骤细节，一一复制他们当初害林冲的样子，毫发不爽，他们就不怕最后时刻，也是旧景重现，天外再次飞来那条禅杖？！
我们接着往下看——薛霸两手拿起水火棍，望着卢员外脑门上劈将下来——

董超在外面望风，只听得一声扑地响，慌忙走入林子里来看时，卢员外依旧缚在树上，薛霸倒仰卧树下，水火棍撇在一边。董超道："却又作怪！莫不是他使的力猛，倒吃一交？"仰着脸四下里看时，不见动静。薛霸口里出血，心窝里露出三四寸长一枝小小箭杆。却待要叫，只见东北角树上坐着一个人，只听的叫声："着！"撒手响处，董超脖项上早中了一箭，两脚蹬空，扑地也倒了。

　　前面的文字，和林冲的完全一样。
　　后面的结局，和林冲的完全不一样。
　　这次，来救人的，不是鲁智深，而是燕青。
　　这次飞出的，不是鲁智深的重六十二斤的水磨禅杖，而是小乙哥的仅仅三四寸长的两支小小短箭。
　　够了，就这样的两支短箭，就这样的短箭两支，就可以送这两个一生不知良知为何物的人渣上路了。

　　施耐庵大概是这样安排的：
　　送这样两个肮脏的人渣上路，用鲁智深的禅杖，太浪费了，太亵渎了。就用燕青的短箭吧，这是一次性用品，不必珍惜。
　　在我们都把这两个混球忘掉了时，施大爷还一直在惦记着他们，他一直在找一个相似的情节，他要在相似的情境中，了结他们，以示天道好还，报应不爽。
　　施大爷对这两个人渣一直耿耿于怀，必欲扑杀之而后快。
　　好在，作家有这样的虚构的权力。

犯罪成本核算

郓城县连续出了晁盖等七人打劫生辰纲和宋江杀死阎婆惜两场大案。可是,晁盖等七人也好,宋江也好,真正的罪犯,一个也没有得到法律的惩罚,他们全部逃脱了。最后甚至还都上了梁山,前后任山寨之主,弄得风生水起,人生绚烂之极。

这证明,法律是可以规避的,就看你是否付得起为了逃避法律而必须付出的各类成本:比如用来打点和行贿的钱财,人际关系成本,等等。

晁盖付得起这个成本,他有宋江、朱仝、雷横等人情资本。所以,他逃脱了法律的惩罚。

按说晁盖一定会像吴用所说,"都打在网里"。这是大案,负责缉捕的何涛非常机警,为了保密,抓白胜时,三更进去,把白胜包头包脸带出来,连夜赶回济州城里来。去郓城县抓晁盖,也是偷偷摸摸,星夜来到郓城县,先把一行公人都藏在客店里,只带一两个跟着,径奔郓城县衙门前来下公文,只恐怕走漏了消息。

此时,三阮兄弟已自回石碣村,而晁盖和吴用、刘唐、公孙胜还在晁盖庄上，几个在后园葡萄树下吃酒，何等逍遥，却不知已经大祸临头：白胜已经被捕并已供出他们。何涛行事如此机密，完全可以把他们迅雷不及掩耳地打在网里。

但是，百密一疏，却在最后关头，走漏了风声，让他们漏网了。

这个走漏风声的人，就是宋江。

当何涛把宋江当作当案的人，告诉他要抓晁盖的实情后，宋江一听，心里大吃一惊：晁盖是我心腹弟兄，捕获将去，性命便休了！

此时的宋江，面临着这样的选择：

作为县吏，而且是专办有关狱讼文书的吏员，他的职责是奉公守法，本县出了这么大的案子，又有上司的责罚，他有责任积极协助、参与抓捕罪犯，为抓捕罪犯出谋划策。

但是，这个犯案的人偏偏是自己的朋友，而且是心腹弟兄！

几乎毫不犹豫，宋江在第一时间就做出了他的选择：

置国家法度于度外，站在兄弟一边！

接下来，便是宋江"舍着条性命"，"担着血海也似干系"，给晁盖报信，而朱仝、雷横两位都头，在抓捕晁盖的过程里，各怀鬼胎，都要放晁盖，朱仝甚至明为追赶，实为护送，并建议晁盖去梁山泊安身！

晁盖付出的是什么？人情成本！他对吴用等人说："他（宋江）和我心腹相交，结义弟兄，吴先生不曾得会，四海之内，名不虚传，结义得这个兄弟，也不枉了。"

而这个人情成本，是由银子堆起来的。晁盖和宋江之间的结交，有多少银子的背景，我们不得而知。但可以从他和雷横之间的交往推测一下：刘唐在东溪村被雷横捉住，为救刘唐，晁盖在编造谎言说刘唐是自己外甥的情况下，还给雷横及其手下士兵送了十多两银子！

宋江更付得起这个成本，他有钱。杀惜后，他躲在家里，朱仝找出他，建议他赶紧逃走，他对朱仝说："上下官司之事，全望兄长维持。金帛使用，只顾来取。"

不仅朱仝、雷横都暗中帮着他，连县令都要出脱他："知县却和宋江最好，有心要出脱他，只把唐牛儿来再三推问。""县里有那一等和宋江好的相交之人都替宋江去张三处说开。那张三也耐不过众人面皮；况且婆娘已死了；张三又平常亦受宋江好处；因此也只得罢了。朱仝自凑些钱物把与阎婆，教不要去州里告状。这婆子也得了些钱物，没奈何，只得依允了。朱仝又将若干银两教人上州里去使用，文书不要驳将下来。又得知县一力主张，出一千贯赏钱，行移开了一个海捕文书。"这案子也就暂时没下文了。

有人际关系成本、有钱的宋江，也暂时逃脱了法律的惩罚。

只有底层人物唐牛儿付不起这个成本，他既无现时的银子，又无过去积累的人脉，所以，他就成了替罪羊，几乎是代替宋江，受到了法律的惩罚。"左右两边狼虎一般公人，把这唐牛儿一索捆翻了，打到三五十……知县明知他不知情，一心要救宋江，只把他来勘问。且叫取一面枷来钉了，禁在牢里。"最后，这件案子，主犯逃走，毫无干系的唐牛儿却被问做成个"故纵凶身在逃"，脊杖二十，刺配五百里外。

在那样的时代，犯罪不怕，怕的是你付不起犯罪成本。当犯罪可以折合成相应的金钱和人际关系成本的时候，就会出现两个问题：

其一，你付得起这个成本，你就无须在乎法律。这就是为什么，总有人无法无天，因为他们有权有势有关系有钱。而守法的，往往是那些无权无势无钱的平民百姓，他们甚至还要成为替罪羊。

其二，法律成为相关人员敛财的方便法门。既有人拿钱买法，相关人员就可以卖法，法律寻租。这就是为什么，总有人以权谋私，权力寻租。

结果是，一件案子，涉及的三方：

受害者，加害者，执法者，

变成了这样的三方：

受害者，付钱者，收钱者。

受害者还在，并冤沉大海。而加害者和执法者都不见了，他们摇身一变成了付钱者和收钱者，或逍遥法外，或中饱私囊。

法律呢？法律在犯罪者和执法者之间，帮他们核算犯罪成本讨价还价呢。

沉默的大多数

武大捉奸被踢伤后,潘金莲依旧和西门庆每日做一处。但他们也知道,武二总是要回来的。这让他们的好兴致骤然降温。好在,他们有王婆,王婆给他们出了个主意,让他们分两步走:

第一步,把武大结果了,一把火烧得干干净净的,没了踪迹,便是武二回来,待敢怎地?

第二步,等待夫孝满日,大官人娶了家去,做个长远夫妻,偕老同欢。

当天夜里,潘金莲就亲手用西门庆提供的砒霜毒死了武大。

杀人不难。难在能不能做到干干净净,没有踪迹,这才是关键。

因为,只有不露痕迹,瞒住所有的人,才可以保证下一步顺理成章。

但是,要干干净净,没有踪迹地瞒住所有的人,是不可能的,这不仅是因为没有不透风的墙,也不仅是要想人不知,除非己莫为,也不仅是《水浒》所说的"好事不出门,恶事传千里",还因为,这事,早就四处透风了——紫石街谁不知这段轰轰烈烈的奸情?用《水浒》的话,是"街坊邻舍,都知得了"。

其实,王婆之聪明,不在于她有什么高招瞒住所有的人,而是她知道根本无须瞒住所有的人——因为，在没有人权保障的社会，人，在面对恶人恶行时，往往是沉默的。

所以，王婆的自信，不是来自对坏人能力的相信，而是来自对好人沉默的判断。只要确信好人在恶人恶行面前会沉默，那就可以无恶不作了。

我们往下看。

第二天一早，邻舍坊厢都来吊问。潘金莲虚掩着粉脸假哭。众街坊问道："大郎因甚病患便死了？"那婆娘答道："因害心疼病症，一日日越重了，看看不能够好，不幸昨夜三更死了！"又哽哽咽咽假哭起来。众邻舍明知道此人死得不明，不敢死问她，只自人情劝道："死是死了，活的自要过，娘子省烦恼。"那妇人只得假意儿谢了。众人各自散了。

你看，"众邻舍明知道此人死得不明"，但是，他们怎么样呢？他们散了！连围观都没有！

因此，我们完全可以相信：如果没有武松，武大将冤沉大海！

可问题是，现实中，历史上，几人有武松那样的兄弟，几人有窦娥那样的父亲，几人能碰到包拯那样的清官？

那么，有多少人死得不明不白，死得冤深似海？！

当然，王婆还是担心一个人，那就是阳谷县殡葬协会的会长——团头何九叔。

王婆对西门庆、潘金莲道："只有一件事最要紧。地方上团头何九叔，他是个精细的人，只怕他看出破绽不肯殓。"

注意王婆的话：只怕他看出破绽不肯殓。

"只怕他"的是两个事：一是看出破绽；二是不肯殓。

是怕他看出破绽吗？不是。邻舍坊厢都会看出破绽。要让这方面经验丰富的专家何九叔看不出破绽，是不可能的。

那王婆担心何九叔的是什么呢？——是怕他"不肯殓"。

因为，何九叔作为入殓师，干系在身，有可能因为害怕承担责任而不敢沉默。

但是，西门庆不担心。

何九叔来了，西门庆截住他，拉他到一个小酒店里，送给何九叔一锭十两银子。

何九叔心中疑忌，但银子还是收了。何九叔并不贪财，他收西门庆的银子，是因为——怕。

一怕：西门庆是个刁徒。

二怕：西门庆把持官府。

接下来，他现场确定武大定是中毒身死，他假装中了恶，昏迷不醒，被人用门板抬回家，离开了是非之地。

他悄悄告诉老婆："武大……定是中毒身死。我本待声张起来，却怕他没人作主，恶了西门庆，却不是去撩蜂剔蝎？待要胡卢提入了棺殓了，武大有个兄弟，便是前日景阳冈上打虎的武都头，他是个杀人不眨眼的男子，倘或早晚归来，此事必然要发。"

声张起来，不敢，怕西门庆。

不声张，又不敢，怕武二郎。

权力社会和法治社会的区别是什么？

权力社会里，一个人会怕另一个人。

法治社会里，一个人不用怕另一个人。

何九叔明明知道武大是被毒死的，但是，他怕西门庆，选择了沉默。

他之所以又保存武大的骨殖以作证据，不是因为良知，而是因为他也怕武松。

又怕西门庆，又怕武二郎，何九叔是可怜的。在权力社会里，所有的人都是可怜的，都是满腹惧怕的何九叔。

因为怕，何九叔，武大的众邻舍们明知道他死得不明，但谁都不愿意站出来，揭开真相，还武大一个公道。

都成了同谋。

这样的沉默，我们在林冲被迫害时，看到过。

在金翠莲父女被镇关西欺凌时，看到过。

在整个《水浒传》故事里，举凡弱者被欺凌的地方，必有沉默的大多数，站在一旁，沉默不语。

假如这个世界堕入黑暗，那么，吹灭最后一盏灯的，不是坏人的嚣张气焰，而是好人的忍气吞声。

主持正义的成本核算

潘金莲、西门庆在王婆的策划下杀死武大郎后,面临的最大的危险,是武松。所以,善后工作的关键,是要让武松回来后相信武大是病死的,即使怀疑,也查不出真相。

要做到这一点,必须把事情做得不知不觉,瞒住所有人的眼。

而这是万无可能的,因为,此前西门庆、潘金莲偷情通奸在紫石街已是沸沸扬扬,武大捉奸被西门庆踢伤也是人人皆知。如果此时武大蹊跷地死了,根本无法控制别人往谋杀上去联想。

既然不能瞒住所有人的眼,那就换一个思路:封住所有人的口。

其实,王婆在给潘金莲、西门庆出这个杀人的主意时,她的前提,就是对于封住所有人嘴巴的信心。

要知道,王婆是一个深通人性并特别善加利用的人。这在前面她计啜西门庆、套牢潘金莲时我们就已经见识了。

果然,在潘金莲毒死武大后,第二天早晨,虽然邻舍坊厢来吊问时明知道此人死得不明,却不但不敢质疑潘金莲,反而都装糊涂说人情话安慰潘金莲,然后——各自散了!

这一切都在王婆的意料之中,她此时一定躲在门后冷笑。

当然,她还担心一个人。那就是阳谷县殡葬协会的会长——团头何九叔。

因为何九叔是入殓师,承担着相当于今天法医的职责,他要对一个非正常死亡的人出具相关证明,并为此负责——至少,武松回来,一定会找到他了解情况。这种责任会让他不得不较真。这正是王婆担心的。

但是,西门庆不担心,他只用十两银子就搞定了何九叔。

其实,搞定何九叔的,不是十两银子,而是西门庆。何九叔不是贪十两银子,他是怕西门庆。

西门庆只是用这十两银子暗示何九叔:这事是我的事。你要是不明白这个事,你就摊上事,摊上大事了。

何九叔一下子就明白了这是怎么回事了,一下子就不敢草率从事了。

为什么何九叔那么怕西门庆呢?两个原因:

西门庆是个刁徒。

西门庆把持官府。

在封建社会,普通百姓最怕的,就是这两样东西:流氓和贪官。

关汉卿《窦娥冤》中窦娥碰到的,不就是流氓张驴儿和贪官桃杌吗?不就是这两个东西把窦娥送上了断头台吗?

读《水浒传》,常常让人联想到元杂剧。

二者产生于相同的时代,同一个社会。

何九叔来到武大家,揭开盖在武大脸上的千秋幡,见武大面皮紫黑,七窍内津津出血,唇口上微露齿痕,他的专业知识和多年的经验使他很快判断出:武大定是中毒身死。

何九叔大叫一声，望后便倒，口里喷出血来，但见指甲青，唇口紫，面皮黄，眼无光。正是身如五鼓衔山月，命似三更油尽灯。众人赶紧扶住。

王婆便道："这是中了恶，快将水来！"喷了两口，何九叔渐渐地动转，有些苏醒。王婆道："且扶九叔回家去，却理会。"

两个处理尸体的火家寻扇旧门，抬何九叔到家里，何九叔觑得火家都不在面前，悄悄告诉老婆："武大……定是中毒身死。我本待声张起来，却怕他没人作主，恶了西门庆，却不是去撩蜂剔蝎？待要胡卢提入了棺殓了，武大有个兄弟，便是前日景阳冈上打虎的武都头，他是个杀人不眨眼的男子，倘或早晚归来，此事必然要发。"

于是，急中生智，假装中邪，昏迷过去。

老婆便道："如今这事有甚难处。只使火家自去殓了，就问他几时出丧。……你到临时，只做去送丧，张人眼错，拿了两块骨头，和这十两银子收着，便是个老大证见。他若回来不问时，便罢。却不留了西门庆面皮，做一碗饭却不好？"

可怜的武大，他的性命，就做了何九叔夫妻的一碗饭了！

当人们主持正义却要砸了饭碗时，人们往往选择的是饭碗而丢弃正义。对利害的考虑总是压过是非的判断，这是一般人性。

像何九叔这样的普通小民，心中是有是非，有良知的，但是，假如他们得不到保护，独自主持是非的成本太高，高到他们无法承受，他们只能选择沉默，并且，在沉默中成为罪行和恶人的同谋。

那样一个时代，大多数情况下，芸芸众生既不具备保护自己的能力，更不具备保护他人、维护正义的能力。邪恶肆虐之时，普通人就是鲁迅先生所沉痛揭示的两种人：

一是被踩践的示众材料；

二是沉默不语的看客。

何九叔明明知道武大是被毒死的，但是，他在权衡利弊之后，选择了做沉默的看客。

假如没有武松，或武松永不回来，或回来不去威逼他说出实情，他就会永远沉默，让无辜者永远冤沉大海！

其实，只要大多数不再沉默，人们本来无须英雄。人们可以自己救自己。

英雄爆发的时候，正是大多数人沉默的时候。

英雄挺身而出的时候，正是大众不敢出头的时候。

因此，有《水浒》式英雄的时代，一定不是一个好时代。

孳生和需要英雄侠客的世道，也一定不是一个好世道。

在委屈和凌辱中只会巴望英雄侠客出手的人，一定是个懦夫。

问题是：是什么把大众变成了懦夫？

答案是：是成本核算。当一个人为了主持正义，却不得不付出不该付出的代价时，这个社会的大多数人，就变成了懦夫。

谁的快活林，谁快活

武松杀嫂，刺配沧州牢城。牢城"小管营"施恩不但帮忙免了武松的一百杀威棒，还好酒好菜侍候武松。弄得武松丈二和尚摸不着头脑。

原来，此间东门外有一座市井，地名唤作快活林。

照施恩的说法，快活林还真是快活。

第一，快活林是个跨省区的贸易场所。商铺、客栈、酒店达百十处之多。山东、河北客商都慕名而来；

第二，赌场、兑坊有三二十处。所谓兑坊，乃是专为赌徒而设的钱庄。赌徒进赌场前，到此把大锭银子兑成小额，以便下注。赢了的，再把碎银子兑成大锭；输了的，这兑坊又是当铺，把身边值钱的东西当些钱再来翻本。

第三，妓院林立，妓女如云。

问题是，施恩是如何让快活林变成他的快活林的？

第一，是"倚仗随身本事"。说白了，就是打砸抢。但他的本事有多大呢？用他自己的话说，"自幼从江湖上师父学得些小枪棒在身"。江湖上的师父，大概也就像史进在碰到王进之前所经的那"七八个有名的师父"，本领不值半分。但是这样的本事，唬唬普通老百姓，打打那些开店的小老板，绰绰有余了。当然，如果碰到真功夫的，一定立马现出原形。

第二，根本原因在于，他老子是管营，也就是监狱长或者劳教所所长。他呢？人称"小管营"，他倚仗老子，在监狱中为非作歹，以致竟然能够动用八九十个"拼命囚徒"，当作打手，组成了一个相当规模的黑社会，而他呢，就是黑社会的老大。

施恩独霸快活林之后，他又如何快活呢？

第一，他去那里开着一个酒肉店，店中酒肉都分与众店家和赌钱兑坊里，也就是说，他垄断了此地的酒肉专卖。

第二，坐收保护费。百十处大客店，三二十处赌坊、兑坊，每朝每日都有闲钱。月底还固定有三二百两银子进账。

施恩在快活林里很快活。

只是，你要快活，别人也要快活。快活林这样一个快活的地方，你在那里快活，总有人觊觎着。你施恩够狠，够黑，从妓女到客店、赌坊、兑坊老板都怕你，都不得不孝敬你。但是，你能这样干，别人也能这样干，只要他比你更狠更黑。

这个人出现了，他就是蒋门神蒋忠。

为什么说蒋门神比施恩更狠更黑呢？

第一，蒋门神更狠，他的武功远在施恩之上。

他有九尺来长身材；因此，才有"蒋门神"这样的诨名。那厮不特长大，还有一身好本事，使得好枪棒；拽拳飞脚，相扑为最。据施恩说，他自夸大言道："三年上泰岳争交，不曾有对；普天之下没我一般的了！"

他就凭着这身武艺，来夺施恩的财路。施恩不肯让他，吃那厮一顿拳脚打了，两个月起不得床。武松在点视厅上见到施恩时，兀自包着头，兜着手，直到如今，疮痕未消。

施恩不是还有他老子这个监狱长后台吗？不是还有八九十个"拼命囚徒"的打手吗？

但是，蒋门神的后台比施恩的更硬。所以——

第二，蒋门神更黑。蒋门神此时的后台乃是本营内张团练（宋代至民国初年，于正规军之外就地选取丁壮，加以训练的地主武装组织，称"团练"，亦以"团练"称其头目，相当于武装部部长）。张团练不仅地位高过监狱长，而且手下有着经过训练的丁壮，且是合法武装。

蒋门神有了这样的两个绝对优势，对施恩取而代之，易如反掌。快活林还是那个快活林，但是，快活的人变了，现在轮到蒋门神快活了。

星星还是那个星星，月亮还是那个月亮。怎么偏偏快活林不是自己的快活林了呢？

施恩仰天长叹，施恩不快活了。

但是，他无可奈何。

谁让自己打不过蒋门神，自己老子的官职大不过张团练呢？

问题一：快活林是谁的快活林？

答：权力和暴力的快活林。

问题二：谁在大宋王朝快乐而自由？

答：官员和流氓。

问题三：谁在主宰那个世道？

答：黑白双煞：白政府和黑社会。

李逵撒娇

李逵上了梁山之后，不久，宋江的父亲宋太公被接上山来，一同快活了。公孙胜触景生情，也要回乡看望老母，大家一起为公孙胜饯行。

众头领金沙滩送别公孙胜，却待回到山上，只见黑旋风李逵就关下放声大哭起来。

宋江连忙问道："兄弟，你如何烦恼？"

李逵哭道："干鸟气么！这个也去取爷，那个也去望娘，偏铁牛是土掘坑里钻出来的！"

我统计了一下，李逵一生，哭过三次。

这是第一次，还有就是他的老母被老虎吃了时，第三次是他吃了宋江的药酒，自知必死之时。如果说还有一次，那就是一百二十回本里的第九十三回，李逵梦见老娘，在梦中哭过一次。

我们看，后面的那三次哭，无论是醒着还是梦中，都出于真情，情不自禁，不得不哭。而这次在酒席上放声大哭，就颇有些做作，要回家接老娘来，至于哭吗？再看看他自称"铁牛"时的声口——既不称李大，也不称黑爷爷——称起自己的小名了，毫无疑问，这是撒娇的哭，装憨的哭。

看起来粗鲁且笨头笨脑的李逵，其实是个很会撒娇的人，他常常很乖巧地撒娇。他一撒娇，不仅晁盖、宋江和众兄弟们都随顺了他，就是李贽、金圣叹这样的大家也很受用，他们都很欣赏他，我们读者也一样，都很喜欢他。

可以说，李逵的撒娇，与他的板斧一样有威力。板斧与撒娇，是李逵的两大法宝：板斧对付敌人，撒娇征服朋友。

不信？请接着往下看——看他撒娇的收获。

晁盖便问道："你如今待要怎地？"

你看晁天王这口气，就是家长对孩子的口吻。

李逵道："我只有一个老娘在家里。我的哥哥，又在别人家做长工，如何养得我娘快乐？我要去取她来这里快乐几时也好。"

晁盖觉得李逵说的在理——其实是哭得妩媚，便要放行。你想想，梁山多少好汉，父母健在且在家里活得不快乐，至少不如梁山快乐者，当不在少数。晁盖会一一同意他们回去接来父母吗？不会。问题还在于，他们会用这种撒娇术来实现自己的诉求吗？不会。

为什么？因为，撒娇，必须是有资格的。

孩子可以在父母面前撒娇，父母则不可以在孩子面前撒娇。当然，随着时移势迁，年老的父母在壮年的儿女面前也就可以撒娇了。

可见，撒娇的前提，或资格，乃是：不能自主之人。

但孩子不能在陌生人面前撒娇，老年人也一样。所以，还有一个前提或资格是：与被撒娇者有托身依附关系。

我们知道，在江州，李逵初见宋江，宋江就用十两银子，买到了自己的主导地位，买到了自己的心理优势。

同样，李逵也因为十两银子，丢掉了自己的身份，并幸福地被宋大哥罩着了。

但出人意料,这次李逵撒娇,晁天王都受用并答应了他,宋江却不同意。

为什么呢?

因为宋江认为李逵莽撞,又被官府缉捕,此去凶多吉少。

李逵焦躁,叫道:"哥哥,你也是个不平心的人。你的爷,便要取上山来快活,我的娘,由她在村里受苦。兀的不是气破了铁牛的肚子!"

你看这样的话,如果换一个人说,比如林冲,比如武松,就非常不合适,就会引发矛盾。但是李逵说,就非常自然,不但宋江不会计较,其他人听了,也不觉得刺耳。为什么?因为他是撒着娇说的。

人们为什么对撒娇不计较,反而很受用呢?因为,撒娇不光是一种对对方说话表达的方法,更是一种说话表达的态度:撒娇者总是主动地把自己放在依附的位置上,通过一种人格上的屈尊来换取对方的恩宠。结果是双赢:不仅自己达成了目的,还满足了对方的心理需求——对方在满足他的时候,不仅没有感觉到自己受损失被绑架,反而觉得自己赚了:自己成了主子了。

重阳节上,宋江乘着酒兴作《满江红》一词,令乐和演唱,唱到"望天王降诏早招安,心方足"时,李逵睁圆怪眼,大叫道:"招安,招安,招甚鸟安!"只一脚,把桌子踢起,颠作粉碎。

宋江大怒,要监押他时,李逵道:"你怕我敢挣扎。哥哥杀我也不怨,剐我也不恨,除了他,天也不怕。"说了,便随着小校去监房里睡。

刚才好生猛,此时好乖顺——简直是个乖宝宝的样子。

我们注意这最后一句:"除了他,天也不怕。"这是当众表忠心,也是当众撒娇,还是当众做榜样,当众立威风。谁不服宋江,我李逵就放不过谁。

一句话,不但消了宋江的气,反而让宋江念起他的好。

次日清晨,众人来看李逵时,故意吓唬他:"你昨日大醉,骂了哥哥,今日要杀你。"

李逵道:"我梦里也不敢骂他,他要杀我时,便由他杀了罢。"

撒娇到这种水平,宋江舍得杀吗?

心腹人

　　李逵为了救柴进，要和戴宗去蓟州寻找公孙胜。

　　到了蓟州，找到了公孙胜，公孙胜的本师罗真人却不放公孙胜下山。李逵杀心又起，连夜砍杀罗真人。被真人教训，一阵恶风，把李逵吹到蓟州府厅屋上，又骨碌碌滚将下来。被蓟州知府当作妖人，打得一佛出世，二佛涅槃，羁押在蓟州大牢。

　　这可急坏了戴宗。戴宗一连五日，每日磕头礼拜，求告真人，乞救李逵。罗真人道："这等人只可驱除了，休带回去。"

　　戴宗告道："真人不知：李逵虽是愚蠢，不省理法，也有些小好处：

　　"第一，鲠直，分毫不肯苟取于人；

　　"第二，不会阿谄于人，虽死，其忠不改；

　　"第三，并无淫欲邪心、贪财背义，敢勇当先。

　　"因此宋公明甚是爱他。不争没了这个人回去，教小可难见兄长宋公明之面。"

　　值得我们注意的是，戴宗对罗真人说的话里，透露出了一个秘密：那就是宋江很爱李逵。

宋江爱李逵的理由，戴宗这里说了三点。但戴宗这里说的李逵的三点，乃是李逵的公德，而宋江之爱李逵，还有李逵和他的私人关系。

当宋江在江州第一次见到李逵时，就刻意加以笼络。江州劫法场一役，李逵表现出来的对宋江的肝脑涂地的赤胆忠心，给宋江留下了难忘的印象。

更何况此前，宋江在狱中时，李逵还能克制自己的散漫与嗜酒恶习，对他悉心关照，送茶送饭。

劫法场后，打破无为军，活捉黄文炳，是李逵亲自主刀，割了黄文炳，为宋江报仇雪恨。

当时宋江很想以自己的名义笼络众位好汉上山，增加梁山的力量，也增加自己的资本，他很夸张地跪在地上，恳请众位好汉随他一起上山。这时，李逵又不失时机地跳出来，挥动他那双令人生畏的板斧，大叫："都去都去！但有不去的，我一斧头砍做两截便罢！"

一个唱红脸，一个唱白脸，一个用膝盖，一个用大斧，配合得天衣无缝。

这也算是李逵在众人面前第一次显示自己作为宋江心腹人的角色。

从此，宋江私下里，就把李逵看作心腹人了。

在一个封闭性的、一切祸福擢谪都由系统内部决定的体系里，有无"心腹人"，对于一个领导来说，是很重要的。

王伦在被林冲火并时，大叫"我的心腹在哪里？"回答是一片沉默。他没有心腹，因此，下场很惨。

卢俊义称呼燕青是"我的那个人"，因为有了燕青这个心腹，卢俊义虽九死而终于一生。

那么，宋江有没有心腹人？

当然有。宋江的心腹人，就是李逵。

这从宋江自己的话也可以证明。

元宵佳节,宋江与柴进、燕青、戴宗、李逵同到李师师家。李逵素来缺少男女之事的兴趣,但他并不缺乏对别人这类事的兴趣——看见宋江、柴进与李师师对坐饮酒,打情骂俏,自肚里有五分没好气,圆睁怪眼,直瞅他三个。

李师师便问宋江道:"这汉是谁?恰像土地庙里对判官立地的小鬼。"众人都笑,好在李逵听不懂东京口音,否则说不定会劈了这个娘们。

且看宋江的回答:"这个是家生的孩儿小李。"

什么叫家生的孩儿?就是家中的奴仆生下的孩儿。

这一句话透露出李逵在宋江心目中的地位:

宋江亲近他,但不会敬重他。

因为是家生的,所以天然一损俱损,一荣俱荣,休戚与共,生死以之;但是,同样因为是家生的,生下来就决定了他们之间的不平等的主奴关系、依附关系。

宋江这样对李师师说,当然是随口诌编,但正因为是随口诌编,从心理学的角度来说,恰恰反映的是现实中本质性的关系。

再往下看。

李师师笑道:"我倒不打紧,辱莫了太白学士。"

李师师错了,宋江要的不是能够对等交谈的朋友,他要的,是赤胆忠心、随时可以肝脑涂地的保镖。

宋江道:"这厮却有武艺,挑得三二百斤担子,打得三五十人。"

宋江称呼李逵,不过就是"这厮""黑厮"等等。宋江在骨子里,对李逵是缺少敬重的。

而在宋江心目中,李逵的价值,就是担得起担子,打得过人。

这正是心腹人的关键要求。

宋江知道他忠心而无头脑心计,更无自己的野心。这样的人,是最好的手下。

宋江被蔡京、童贯、高俅、杨戬四个贼臣下药之后,请来李逵吃酒食,把那药也给李逵下了,并坦然相告,约他死后同葬蓼儿洼。

不是主人,岂敢决定人的生死,并自信对方不会翻脸?

果然,李逵见说,亦垂泪道:"罢,罢,罢!生时伏侍哥哥,死了也只是哥哥部下一个小鬼!"言讫泪下。

不是心腹人,岂能生死交付对方,心甘情愿?

做主而至于生死大事,是主人。

依托而至于生死不渝,是心腹。

吴用反水

吴用本来是晁盖的知交,一起策动了智劫生辰纲,一起上梁山,一起火并王伦,一起主持梁山大业,算是晁盖的嫡系班底。

他与宋江并不认识,金本第十七回《美髯公智稳插翅虎 宋公明私放晁天王》,宋江跑去晁盖庄上报信,晁盖让宋江见一见尚留在庄上的三位好汉。

宋江来到后园,晁盖指着道:"这三位,一个吴学究;一个公孙胜,蓟州来的;一个刘唐,东潞州人。"宋江略讲一礼,回身便走——这三人他都是第一次见,包括同在一县的吴学究吴用。

因为他走得急,弄得吴用等人丈二和尚摸不着头脑,待晁盖说完宋江来报信搭救的原委,吴用道:"若非此人来报,都打在网里。这大恩人姓甚名谁?"晁盖道:"他便是本县押司,呼保义宋江的便是。"吴用道:"只闻宋押司大名,小生却不曾得会。虽是住居咫尺,无缘难得见面。"

但是,几乎是宋江一上山,他就站到了宋江一边。

为什么呢?这其实很好理解:

第一，他是有志向有能力的人。

第二，他是聪明人。

因为他有志向，有能力，他与宋江一样，有强烈的自我实现的欲望。这样的人，谁给他自我实现的机会，他就会倾向谁。他和晁盖在梁山很久了，他一定发现，晁盖不是一个有志干大事的人，而宋江是。

因为他是一个聪明人，他岂能看不出来，这梁山迟早是宋江的？宋江带着江州一帮好汉上梁山后，有意无意地让旧头领和新头领左右分立，吴用不但看出了晁盖、宋江双方的实力对比，也一定看出了宋江的真实心思。

作为领袖，宋江确实比晁盖更具有战略眼光，更有远见和谋划。他不像晁盖那样，把梁山只是当作一个江湖好汉作奸犯科以后的遁逃薮，在此胡吃海喝，没有明天。宋江的远见和谋划是：作为一个初具规模的反叛朝廷的军事集团，要有前途或出路，必须实力足够大。大到什么程度呢？

第一，最好当然大到可以推翻朝廷，自己取而代之。但是，宋江深知这是不可能的。大宋气数未尽，梁山龙形未具。

第二，大到朝廷不能轻易消灭你，然后长期共存。宋江也深知这是不可能的，梁山的经济主要来源于打家劫舍，周围方便之地的家舍总有打尽劫光之时，而梁山好汉也终有英雄暮年之时。

可见，这两条都不易实现，但没关系，还可以有第三条：

第三，大到可以和朝廷谈判，争取自己的权益。

当朝廷意识到，招安梁山的成本低于剿平梁山的成本时，梁山就有机会获得招安，彼时，梁山好汉不仅可以有了一个好的归宿，还可以洗刷盗匪的名声，为自己的家族、后代留下后路。

这就是宋江对梁山未来的大规划。这个规划的关键是，梁山需要有实力。

而梁山此时的实力显然太小。

于是，发展成了硬道理。

要发展，就不能太保守，要主动出击。

宋江在等待机会，而机会竟然很快就来了。

杨雄、石秀杀了潘巧云，和时迁投奔梁山，在祝家店投宿，时迁恶习难改，偷了店里报晓鸡吃，与店小二闹将起来，放火烧了人家的店，还杀伤他们好几个人。结果，时迁被抓，杨雄、石秀上山来求救。

没想到刚说到时迁偷鸡，晁盖大怒，喝叫："孩儿们将这两个与我斩讫报来！"

宋江慌忙劝住，道："哥哥息怒。两个壮士，不远千里而来，同心协助，如何却要斩他？"

晁盖道："俺梁山泊好汉，自从火并王伦之后，便以忠义为主，全施仁德于民。一个个兄弟下山去，不曾折了锐气。新旧上山的兄弟们，各各都有豪杰的光彩。这厮两个，把梁山泊好汉的名目去偷鸡吃，因此连累我等受辱。今日先斩了这两个，将这厮首级去那里号令，便起军马去，就洗荡了那个村坊，不要输了锐气。孩儿们快斩了报来。"

为什么要斩他们？

一是，偷别人的鸡，玷辱了梁山的名声。梁山上都是豪杰，都有豪杰的光彩，哪能容得下偷鸡摸狗之徒？

二是，被别人活捉，折了梁山的锐气。

但是宋江的看法不一样。他认为：

第一，鼓上蚤时迁原是此等偷鸡摸狗之人，并非是杨雄、石秀要玷辱山寨。所以，不该杀。

第二，眼下山寨正要招兵买马，不可绝了贤路。

宋江接着便请求亲领一支军马，带上几位兄弟下山，去打祝家庄，并分析打下祝家庄的好处：一是与山寨报仇，不折了锐气；二乃免此小辈被他耻辱；三则得许多粮食，以供山寨之用；四者就请李应上山入伙。

宋江的话音刚落，吴用便马上表态："公明哥哥之言最好，岂可山寨自斩手足之人？"

这不仅是支持宋江，而且是批评晁盖。

吴用从此，就站到了宋江一边。

吴用的话音刚落，戴宗便道："宁乃斩了小弟，不可绝了贤路。"这简直是要挟晁盖，挑战晁盖。

接下来，便是众兄弟一边倒地支持宋江。

打无为军时，大家一致听了宋江，否决晁盖。

打祝家庄时，大家又一致否决晁盖，听了宋江。

如果说，打无为军还是晁盖在某一件具体事务上屈从宋江；那么，打祝家庄这件事情就标志着，在事关梁山未来方针的方向性大事上，晁盖交出了决策权。

晁盖交出决策权的关键因素，就是吴用：

他选择站在了宋江一边。

宋江搞怪

宋江在江州写反诗，被黄文炳告发。晁盖带众好汉下山，千里奔袭江州，大闹法场，救了宋江，接着又打了无为军，活捉并活割了黄文炳，为宋江报了仇。就在众好汉都来草堂上与宋江贺喜时，宋江突然对着众兄弟跪了下去。

这是一个出人意料的举动，弄得众头领也慌忙跪下，齐道："哥哥有甚事，但说不妨，兄弟们敢不听？"

宋江到底有什么重大事情，要如此大动干戈呢？

宋江先是绕很大的弯子，叙述生平、志向和遭际，然后话锋一转，道："感谢众位豪杰不避凶险，来虎穴龙潭，力救残生，又蒙协助，报了冤仇。如此犯下大罪，闹了两座州城，必然申奏去了。今日不由宋江不上梁山泊投托哥哥去，未知众位意下若何？如是相从者，只今收拾便行；如不愿去的，一听尊命。只恐事发，反遭负累，烦可寻思。"

原来，就是要说服众位兄弟一起上山！这至于要跪下说吗？

何况这本来不是问题。因为，除了晁盖从梁山带来的十七人，其他的十三人里，要说对以前的生活还有留恋的，最多也就是大地主身份的穆弘、穆春兄弟。

再说了，正如他们自己认识到的，"杀死了许多官军人马，闹了两处州郡，……朝廷必然起军马来擒获。今若不随哥哥去，同死同生，却投那里去？"

所以，宋江此番言论，很没有必要，尤其不值得如此煞有介事。

但宋江此举，绝不是他糊涂，他有他的用意。

这个用意就是要表明：这一帮兄弟，乃是我宋江的兄弟，是我把他们拉上山的。

本来，此次晁盖亲征江州，聚集了江州包括宋江在内的十三条好汉，如果就这样顺理成章上了山，还真的就是晁盖带上山的。

但宋江这么一跪，这么一说，立马形势大变：这一帮兄弟，是我拉上山的。

如此，就不再是梁山寨主晁盖号令大家一起投奔梁山，也不是大家自己投奔梁山，而是——宋江带着大家投奔梁山。

如此，就不是宋江到晁盖的梁山公司谋职找工作，而是带着资本去和梁山公司合伙，甚至，由于他的资本超过了晁盖的梁山公司，他还能玩以大吃小鸠占鹊巢的把戏。

接下来，大家果然都表示要"随哥哥去"，注意，这个哥哥，指的是宋江哥哥啊。

而"宋江大喜，谢了众人"。我们该明白宋江为什么"大喜"。"谢了众人"，好像是人情自己担上，其实是功劳自己揽上了。

接下来是浩浩荡荡上梁山。

大队人马分作五起，节次进发，只隔二十里而行。第一起晁盖、宋江、花荣、戴宗、李逵五骑马，带着车仗人伴，在路行了三日，途经黄门山，只见山嘴上锣鸣鼓响，山坡边闪出三五百个小喽啰，当先簇拥出四个好汉,各挺军器在手,高声喝道:"你等大闹了江州,劫掠了无为军,杀害了许多官军百姓,待回梁山泊去?我四个等你多时!会事的只留下宋江,都饶了你们性命。"

此时,宋江身边,有花荣、戴宗、李逵这样的战将,按施耐庵的写法,连晁盖都执刀在手保护着他,何况,后面还有大队人马,他根本不需要怕。

但是,让我们大跌眼镜的事情又发生了。

宋江听得,便挺身出去,跪在地下,说道:"小可宋江被人陷害,冤屈无伸,今得四方豪杰救了性命,小可不知在何处触犯了四位英雄,万望高抬贵手,饶恕残生。"

你道这来的四个所谓好汉是谁?

欧鹏、蒋敬、马麟、陶宗旺。就这四个鸟人。

面对四个鸟人,身后还有四个猛人,宋江竟然跪求饶恕。就算你自己没有自尊心,你的身边,那可是花荣、李逵这样的一流高手啊!晁盖也不错,戴宗也不弱啊!

花荣、李逵、戴宗,都是位列天罡的人物,而欧鹏四个,都在地煞星里。哪有天罡怕地煞的啊!

宋江这样做,不是侮辱花荣他们吗?

而晁盖,还是天下英雄向往的梁山寨主。他这一跪,置晁盖于何地?置梁山于何地?

但是,非常令人奇怪的是,那四个猛人竟然一声不吭,连李逵这样的火爆人物,此时也傻站着。

只有一个解释:他们和我们一样,完全被宋江弄糊涂了,一时之间,无法做出反应。

宋江为什么这样窝囊，这样丢人现眼？

他心里其实很明白：在对方点名要留下他的情况下，他定要出头，以显示他敢于承担。可是他没有什么武功，不能上前搏杀。他又不能指手画脚，派李逵等等的出战，毕竟晁盖在旁。他又不愿意等晁盖发号施令，这三个人，都是他的兄弟，他不想他的兄弟习惯了被晁盖指挥。

于是，他只能做出如此奇怪的举动。

事实上，宋江一直是善于搞怪的。

问题是，我们要见怪不怪。这世界，一切搞怪背后，都有着非常合理的逻辑。

宋江：半生轨迹两封信（上）

晁盖智劫生辰纲，宋江担着血海也似的干系救了晁盖，晁盖上山做了寨主，宋江依旧在郓城县做他的"鄙猥小吏"。晁盖做强盗，做得越来越有滋味；宋江做小吏，做得越来越没滋味。晁盖的人生，越来越有声有色了；而宋江的人生，如同阎婆惜，声色倒是有些，却是别人的了。

二者好像两条铁轨，似乎不可能再相交了。

但是，有一天，晁盖派人来了。

派谁来了呢？刘唐。

干啥呢？送感谢信来了，送金子来了。

刘唐传书，是改变宋江人生轨迹的一个大关节。

实际上，就有人认为，刘唐传书，乃是吴用的一个阴谋，其目的，就是逼宋江上山。

提出这个惊人见解的学者是《水浒传》研究者马幼垣先生。

马幼垣先生曾为此专门写过一篇文章，叫《刘唐传书的背后》。他认为，吴用派刘唐来给宋江送感谢信，送金子，其目的绝不是简单地表达感谢，而是另有更大的所图。那就是故意拖宋江下水，逼他上梁山。

马幼垣先生认为，这是吴用不惜牺牲刘唐，让宋江暴露，逼宋江下水。

我觉得马幼垣先生的推论对了一半：吴用确实想拉宋江上山，但不是用什么计策让他暴露，逼他上山，而是无论在信中，还是让刘唐传话，都极力描述梁山的兴旺，晁盖等众兄弟的得志，以此吸引宋江上山。

至少给宋江一个深刻的印象，在他的心里埋下一个大大的伏笔。

这个目的，吴用还真的达到了。

我们来看看刘唐对宋江说的话。

刘唐道："晁头领哥哥，再三拜上大恩人。得蒙救了性命，现今做了梁山泊主都头领。吴学究做了军师，公孙胜同掌兵权。林冲一力维持，火并了王伦。山寨里原有杜迁、宋万、朱贵，和俺弟兄七个，共是十一个头领。现今山寨里聚集得七八百人，粮食不计其数。只想兄长大恩，无可报答，特使刘唐赍一封书，并黄金一百两，相谢押司并朱、雷都头。"

说的，全是山寨的兴旺发达。

信里又写了什么呢？这封信后来阎婆惜看了，发现"上面写着晁盖并许多事务"。你表示感谢，何必写着梁山的许多事务？

可以想见，这许多事务，不外乎就是描述山寨的兴旺气象。让宋江感觉到，那是一个可以大干一场的地方！

马幼垣先生非常正确地指出，如果仅仅为了表示感谢，为安全计，叫刘唐口头表达即可。即使吴用觉得有封书信才够礼貌，也尽可以十分含蓄，简函一纸："日前承助，功同再造，铭感不在言宣，详情容来者面陈不赘。"即可。何必来一封总报告式的长信？

马幼垣先生的答案是：吴用寄望于这封信落入他人之手，让宋江暗通梁山之事暴露，逼宋江上山。

我觉得马幼垣先生的这个推想太大胆了。

因为，宋江是个极其谨慎的人，这封信落入他人之手的可能性微乎其微。

我的答案是：吴用的真正目的是，让宋江读完此信后，对梁山产生向往之情，诱宋江上山。

我的答案马上就应验了。

宋江慌慌张张地送走了刘唐，自慢慢行回下处来，一边走，一边肚里寻思道："早是没做公的看见，争些儿惹出一场大事来！"

这是惊吓的。但是，与此同时，他又在想：

"那晁盖倒去落了草，直如此大弄。"

这里面有多少暗中的羡慕啊！面对着以前兄弟的"大弄"，自命不凡的宋江，胸中顿起波澜。

宋江是一个有着强烈的自我价值实现欲望的人。

押司这样的一个身份，无法满足他的自我实现的需求。

押司，宋时办理文书、狱讼的地方胥吏，在官员指挥下，负责处理具体政务，特别是经办各类官府文书的低级办事人员，他们主要是具有一定文化水平和经济水平的平民，在身份上与一般经科举入仕的官员，截然不同，政治、社会地位都相当卑下。而且，在唐以后，逐渐严格区分官、吏，一个人一旦做吏，一般情况下就不能再做官，所以，宋江实际上已经自断前程。

但是，他这样的人，让他一辈子屈沉吏员，他是不能容忍的。

所以，晁盖现在呼风唤雨、统御众多头领和七八百喽啰的风光，触动了他心中隐藏很深的那根弦。

吴用为什么派刘唐给宋江送信送金子？吴用其实知道宋江一不缺金子，而并不等待他们用金子来表达感谢。他送金子，其实只是告诉宋江：我们现在位尊而多金。

比下级小吏如何？

宋江果然心中波澜顿起。

《水浒》特意安排的细节就是，宋江送走刘唐，就撞见阎婆。就被阎婆惜看到了那封信，就杀了阎婆惜而逃亡在路上。

而这条路，却通向梁山。

我们暂时还看不出，宋江自己也未必知道，但是，事实会证明这一切。

在清风山，他凭着自己在江湖上的名声接连折服了清风山上的三位江湖强盗，接着是花荣、秦明和黄信三位朝廷将官，从江湖到朝廷，这些人都入了他的彀中，成了他手下俯首帖耳、服从指挥调度的战将。打下了清风寨，反了花荣、秦明、黄信，直接震动了朝廷。

五七日后，消息传来，朝廷要起大军来征剿，扫荡清风山。清风山这么个小地方，能够抵御朝廷大军的征剿吗？

当然不能。但是，宋江早已有了后手：那就是去梁山。

刘唐传书，就是要在宋江的心中，刻下梁山的深刻印记，让他时时想着梁山。他在活捉秦明，打青州，打清风寨的时候，早就想好了这一步棋。没有这样的后手，没有梁山作后盾，他前面敢如此大张旗鼓地与朝廷作对吗？

一句话，心中有梁山，才敢大闹清风山。

宋江：半生轨迹两封信（下）

大闹清风山后，朝廷震动，大军来剿。宋江不慌不忙，托出心中早就想好的去处：梁山。

当秦明怀疑梁山不肯接纳时，宋江大笑，洋洋得意地把自己和梁山的渊源和盘托出。

接下来，三二百匹好马，三五百人，浩浩荡荡，分作三起，上梁山去。路过对影山，宋江又拉拢了吕方、郭盛，一起上梁山泊去。一下子就给梁山送去八条好汉。

而宋江自己，却中途变卦了，没有上梁山。这是为什么呢？

因为，宋江又收到了一封信。

原来，为了不出意外，宋江和燕顺二人带领随行十数人，先投梁山泊来接洽。在路上酒店歇脚吃酒时，碰到石将军石勇，石勇给宋江带来了宋清的家书。家书上说，宋太公因病身故，现今停丧在家，专等宋江回家迁葬。

宋江读罢，叫声苦，不知高低，自把胸脯捶将起来，自骂道："不孝逆子！做下非为，老父身亡，不能尽人子之道，畜生何异！"自把头去壁上磕撞，哭得昏迷，半晌方才苏醒。

接着，他分付燕顺道："不是我寡情薄意，其实只有这个老父记挂，今已没了，只得星夜赶回去，教兄弟们自上山则个。"宋江问酒保借笔砚，讨了一幅纸，一头哭着，一面给梁山晁盖写信推荐众位弟兄上山，交与燕顺收了。秦明、花荣等人也不等，飞也似独自一个去了。

刚刚还雄心万丈，义气冲天。雄心万丈是要展现自己，要大干一场；义气冲天是要照拂兄弟，要甘苦与共。怎么一下子就完全变了，既不要上山实现自己了，也不要兄弟了呢？

这就要讲到宋江自己的内心矛盾问题了。

而这个矛盾，其实有着更为深刻的中国文化上的矛盾。

从中国的传统文化观念上讲，"孝""义"有不同的价值取向，有时甚至是互相冲突的。

孝直接延伸到忠。

孔子的学生有子就说过，一个在家庭里懂得孝悌的人，不可能犯上作乱。

《战国策·赵策二》上说："父之孝子，君之忠臣也。"

《吕氏春秋·孝行览》上说："事君不忠，非孝也。"

王通《文中子·周公》："孝立则忠遂。"

所以，古话常常说"求忠臣必于孝子之门"。

一般人，只要想到孝，必然想到忠。孝心萌动之时，忠心也就占了上风。

那么，义呢？

义往往延伸到侠。

而侠却往往会导致对国家法度的触犯。韩非早就发现了这一点,他说:"侠以武犯禁。"就是这个意思。

忠孝是垂直上下的关系。
是天命,是无可逃于天地之间,是不容怀疑与推脱的,甚至极端到不管是什么样的父母,你都得孝;不管是什么样的君主,你都得忠。所以,忠孝需要的是无条件服从,而无须思考和判断。

但是,义却不然,义很多时候是横向的平等关系。
义者宜也。是否适宜,就要判断,判断以后,才能决定是否施行。
所以,义的核心,恰恰是判断。孔子说,见得思义,义是要思考的。

忠孝和侠义往往使人成为气质不同的人。
忠孝可以让人变成温顺的良民。
而侠义却常常使人成为豪杰。
因为"忠孝"是服从他者,而侠义却是显示自我。
"见义勇为"这个词,就说明,"义"可以让人勇于作为。所以,胸中有义气在的人,往往有着强烈的自我肯定自我欣赏,往往有着强烈的自我实现的欲望。
宋江,就是胸中既有忠孝顺从的一面,又有强烈的自我实现愿望的一面。

宋江救晁盖,实行的是江湖之"义",违背的却是朝廷之"忠"。他在晁盖命悬一线之时,"义"占了上风,使他毫不犹豫地放弃了"忠"。
但是,当晁盖上了梁山,接连干了两件惊天动地的大事,犯下弥天大罪的时候,宋江"忠"的一面又开始抬头,又觉得晁盖太过分了,很是担忧晁盖的下场。

再后来,他接到刘唐带来的梁山书信,看到晁盖等人在江湖上弄得有头有脸有声有色,他又不免暗中羡慕,他的心中,从此有了梁山情结,江湖情结。

不过,他此时还没有落草为寇的想法,所以,流亡途中,他去柴进庄上,去孔太公庄上,去清风寨花荣处,就是不去梁山泊。

但是,流亡途中,他接触了柴进、武松以及清风山上的众位好汉之后,从这些人对他的无比尊崇的态度中,他突然发现自己很有江湖资本,完全可以据此有所作为。恰好又被刘高陷害,几种因素结合起来,他的江湖情结一瞬间爆发出来,心中潜伏很深的枭雄欲望爆发出来,以至于大闹清风山,纠集众多强盗豪杰,一起浩浩荡荡投奔梁山。

但是,一封报告父亲死讯的家书,让他发热的头脑一下子冷了下来,他突然如梦初醒,几乎在一瞬间,他的思想完全变了。

忠孝来了,侠义去了。

宋江的前半生,可以用两封信来概括:刘唐传书和石勇传书。

一封来自江湖,一封来自家庭。

一封来自江湖朋友,一封来自家中老父。

两封信都在拉他:一封拉他入伙,一封拉他回头。

江湖朋友热心,家中老父苦心。

刘唐传书,让他心向江湖,野心勃勃;

石勇传书,让他归心家国,忠心耿耿。

于是,我们看到,就在这一瞬间,宋江完全变了一个人,让燕顺等人摸不着头脑。

大家是他撺掇来的，到了半途，却抛开大家，自己走了，何等不义！

但是，假如他此时仍然继续上山，置老父遗体于不顾，那又是何等不孝！

人生，常常就是这样让我们左右为难，左右不是，左支右绌，捉襟见肘，留下人生和道德的破绽。

《水浒》的义与不义

《水浒》中,宋江的出场,是在何涛去郓城县捉拿晁盖等人之时。宋江一出场,就干了救晁盖这件大事,而且干得如此周密,如此成功,在极度惊险之中,他完成了一个几乎不可能完成的任务。

从救晁盖这一点来说,宋江确实非常地讲义气。

用他自己的话说,是"舍着条性命"来救晁盖。用晁盖的话说,是"担着血海也似干系"来报信,"我们不是他来时,性命只在咫尺休了"。用吴用的话说,"若非此人来报,都打在网里"。所以,晁盖感慨地说:"四海之内,名不虚传。结义得这个兄弟,也不枉了。"

我们读《水浒》至此,也感叹宋江的冲天义气。

但是,"义气"是这样的一种东西:对义气永远不可能做单纯的评价。

当甲对乙讲义气时,往往会牵涉到他人,比如牵涉到了丙,甚至损害了丙,我们如何评价这样的义气?

当我们不问是非,为朋友两肋插刀大打出手时,我们如何面对来自对方的评价？

我这样说，是因为，当我们赞赏宋江对于晁盖等人的大义之时，不要忘了，他同时是在损害别人。

首先就是何涛。

何涛此人，从个人来说，并无劣迹，不过也就是一个济州公安局刑侦科科长，他的弟弟何清喜欢赌博，他就生气；被上司责罚，回到家，和老婆一起发愁，可见也是一个不失正派的普通的居家过日子的人。

他摊上这样一件倒霉的事，被上级无端责罚，脸上刺了字，已经很是值得同情。他侦破此案，并来到郓城县抓人，是他的职责，是职务行为，与他个人品性无关。

你是贼，我是警察，警察抓贼，是职责所在。你既选择做贼，你可以怕警察，但你不能恨警察，不能视警察为仇人。

因此，我们不能因为何涛是缉捕人员，要缉捕晁盖等人，就说他是坏人。

何涛碰到宋江，倒地便拜，说道："久闻大名，无缘不曾拜识。"宋江请何涛上坐，何涛道："小人是一小弟，安敢占上。"要知道，何涛是上司衙门的人，如果不是敬重宋江，他完全没有必要在下级小吏面前如此谦恭。

何涛对宋江不仅非常尊重，而且还非常信任，马上就把真实情况对宋江和盘托出。要知道，对这件案子，何涛自始至终，都非常谨慎，非常注意保密，务求把正贼一举抓获。那么，他为什么对宋江如此信任呢？

第一，出于对宋江本人的敬重，宋江在江湖上的名声太大，太好，所以，他相信这样的人绝不会坑害自己。

第二，出于对宋江身份的信任，宋江是郓城县押司，这样的案子，正是他主办的范围。办好这件案子，是宋江的职责所在。

但是，宋江对得起何涛的尊敬和信任吗？

从何涛的角度来看，宋江真是一个君子吗？

正是由于对宋江的信任，他才最终办砸了事。后来在石碣村，他被阮小七割了两只耳朵，成了残废，获得了济州知府的宽恕，没有被流放，这是他的最好结局了。

仔细想想，他又何辜？是谁导致他如此悲惨的下场？

答案是：宋江。

所以，在宋江对晁盖的"义"的另一面，是对何涛的"不义"。

江湖义气的致命问题，即在于不问是非，只问兄弟。

这样的江湖义气，与孔子、孟子所说的人生大义，有极大的区别。

孔孟的"义"，乃是"正义"，关键在于一个"正"字。

而江湖义气，顾名思义，致命处在于一个"气"字。

气，有正气和邪气的区别。

只问兄弟，不问是非，结果往往就是沆瀣一气，沆瀣一气了，当然是"邪气"。

于是，江湖侠义，往往变为江湖"狭"义——很狭隘的、对局外人极其不公的"义气"。

宋江岂止对何涛不义，他还对县令不忠。

郓城县县令时文彬，对宋江颇为关照，后来宋江杀了阎婆惜，因为"知县却和宋江最好"，他还百计为宋江开脱。

但是，当知县拆开公文，要马上差人去捉晁盖时，宋江说："日间去,只怕走了消息,只可差人就夜去捉。拿得晁保正来,那六人便有下落。"

宋江知道,吴用、公孙胜、刘唐都在晁盖庄上,从县城到晁盖的东溪村,不过半个时辰的路程,马上去捉,即使有人报信,那消息走漏的速度也不会快过缉捕人员的速度,即使偶然脱逃,大白天也易于抓捕。

宋江这是明摆着愚弄知县。

太相信宋江的知县就听从了宋江的建议,一直等到夜里,才派人去抓捕,结果是晁盖等人,全部逃脱。

济州知府由于没有捕获晁盖等人,而被撤职,回东京听从处罚,政治前程被葬送了。

如果照此处理,晁盖等正贼七人从郓城县脱逃,而且是郓城县延误时机,县令时文彬能逃脱处罚吗?如果他的官场前程被毁,难道不是拜他平时"最好"的宋江所赐吗?

所以,宋江办的这件事,从不同的角度,我们会得到不同的评价。

从晁盖的立场上看,那真是义薄云天。

但是,换一个角度,情况就大不相同。

晁盖等人逃出东溪村以后,在石碣村全歼何涛带来的五百多官兵,五百多做公的,一千多人命丧黄泉。晁盖等人上了梁山后,火并了王伦,晁盖成为新的山寨之主,接着又大败团练使黄安,歼灭近两千人,生擒黄安,黄安后来死在山上。对黄安的家人来说,是活不见人,死不见尸。

对近三千无辜丧命的人,宋江有无负罪感?

《水浒》中的懂事

武松杀嫂，刺配孟州牢城营。到了牢城营的单身房里，早有十数个一般的囚徒来看武松，开口便是指点："好汉，你新到这里，包裹里若有人情的书信并使用的银两，取在手头，少刻差拨到来，便可送与他，若吃杀威棒时，也打得轻。若没人情送与他时，端的狼狈。我和你是一般犯罪的人，……只怕你初来不省得，通你得知。"

武松道："感谢你们众位指教我。小人身边略有些东西。若是他好问我讨时，便送些与他；若是硬问我要时，一文也没！"

武松还是天真，一个人，一旦做了差拨，有几个还会说好听话呢？狗嘴里吐不出象牙，差拨嘴里说不出人话。再说，差拨收钱，哪里还需要开口讨呢？

很明显，没有在体制里面混过多长时间（他做阳谷县刑警大队长时间太短），又没有做过公家囚徒的武松，还是不大懂得这里的奥妙。

而这里的囚徒对此却深有体会，他们马上劝武松道：

"好汉！休说这话！古人道：'不怕官，只怕管'，'在人矮檐下，怎敢不低头！'只是小心便好。"

话犹未了,只见一个道:"差拨官人来了!"众人都自散了。

武松解了包裹坐在单身房里。只见那个人走将入来问道:"那个是新到囚徒?"武松道:"小人便是。"

解了包裹,是准备拿银子;自称小人,态度也很谦卑。显然,武松还很配合。

但是,差拨哪里有耐心慢慢地等你拿银子?一见武松没有主动及时地奉上银子,破口便是大骂:"你也是安眉带眼的人,直须要我开口?说你是景阳冈打虎的好汉,阳谷县做都头,只道你晓事,如何这等不达时务!你敢来我这里!猫儿也不吃你打了!"

对差拨大人的这番义正词严,我感兴趣的是,第一,他骂武松不懂事。第二,他骂武松本该懂事却如此不懂事。

先看其一。我们常常说人要懂事,但含义不一样:

小时候,父母和老师让我们懂事,是让我们做一个好孩子,将来做一个好人。

但是,待到我们长大了,常常被人告诫要懂事,那意思是什么呢?

是让我们懂得一些潜规则,按潜规则办事。

不懂潜规则,不按潜规则办事,那就叫不懂事。

问题是,真正的好人,正人君子,质朴厚道之人,往往恰恰是对潜规则缺少悟性并不会按照潜规则办事的人,这样的人,就被大家认为是不懂事了!

然而,在这个世界上,春风得意的,常常是"懂事"——懂得并且奉行潜规则的机灵人。

再看其二。差拨很纳闷:你武松好歹也是个都头,也在咱大宋官场混迹过,头上也安着眉带着眼,你怎么不懂事呢?

他的意思是：在官场学习过，但凡头上安眉带眼的，哪能就这么不进步？不觉悟？

官场的作用，就是让你懂事。懂得那些不好说出来的事。你怎么能"直须要我开口"？组织白培养你了吗？

此前，林冲的故事里，我们就知道，牢城营里有很多规矩，比如一百杀威棒以及种种收拾犯人甚至置犯人于死地的手段，也有很多的潜规则和猫腻，这个潜规则的核心，就是银子。林冲到牢城营，经人指点，马上送银子；凭着银两，凭着柴进的书信，搞好了管营和差拨的关系，所以，没受什么罪。林冲懂事啊。

更懂事的是宋江。

宋江根本不需要他人指点。他是吏员出身啊，真正的受政府教育多年，什么潜规则他不懂？这种事不知别人对他干过多少，他也不知对别人干过多少，在那个时代的官场混，谁不是受贿和行贿的专业户？

所以，宋江做得自然而然：差拨来，他马上送了十两银子给他；管营处又自加倍送十两再加其他礼物；营里管事的人，并使唤的军健人等，都送些银两与他们买茶吃，因此无一个不欢喜宋江。

既然宋江如此懂事，一百杀威棒自然就免打了，这是我们能够想象得到的。但还有我们没想到的：着他在本营抄事房做个抄事。

别的囚犯风里来雨里去，毒日头下晒，宋江可以在抄事房里抄抄写写，说白了，除了没有工资，干的活和他以前在县里当押司一样一样。

众囚徒见宋江有面目，都买酒来与他庆贺。次日，宋江置备酒食，与众人回礼。不时间，又请差拨牌头递杯，管营处常常送礼物与他。宋江身边有的是金银财帛，自乐得结识他们。住了半月之间，满营里没一个不欢喜他。

武松是经人指点仍不开窍，林冲是一经指点就开窍，宋江是不用指点，他的窍，早就在官场被开了。

武松是英雄，林冲是老实，宋江是小人。

英雄遭磨难，老实人不吃亏，小人常得志。

林冲听人话送礼，武松不听人话不送礼，宋江自己就知道送礼——官场混过的，就是懂事。

但是，必须指出的是，人各有命。最懂事的宋江，最后在牢城营里最惨：装疯、吃屎、受毒打、送刑场杀头。林冲次之：被陷害，差点成了烤肉。而武松最好：单身牢房如同宾馆，有人侍候，每日大鱼大肉美酒佳肴如同贵宾。

做人，懂事当然好。有些事，不懂，更好。

坏人会自己保护自己，好人有天保护，就是俗语说的：天佑善人。

戴宗教李逵文明用语

宋江到江州,结识戴宗,二人在江州临街的一家酒肆吃酒。

才饮得两三杯酒,只听楼下喧闹起来,过卖告诉戴宗:"便是时常同院长走的那个唤做铁牛李大哥,在底下寻主人家借钱。"

戴宗便起身下去,不多时,引着一个黑凛凛大汉上楼来。宋江看见,吃了一惊。

其实,宋江也是黑的。黑宋江见了黑李逵,还吃了一惊,可见李逵之黑。

但是,宋江见李逵黑,只是心中暗吃一惊,嘴上可没说,这就叫修养。

李逵看宋江黑,可就说出来了。

李逵看着宋江问戴宗道:"哥哥,这黑汉子是谁?"

什么叫口无遮拦?就是心口如一。口无遮拦,实际上是心无遮拦。

这是宋江和李逵的对比:一个为人有教养,一个为人无遮拦。一个被文化,一个纯自然。

李逵的可爱，主要就得益于这种个性。绝大多数人都是说话经过斟酌的，猛然见到李逵这样的说话不经过大脑的，我们有一种清新的感觉，还有一种轻松的感觉，在他面前，我们无须设防——因为他是透明的。

但是，正因为透明，他对我们的观感也毫无遮拦地呈现出来，我们也会因此不胜尴尬。

戴宗对宋江笑道："你看这厮怎么粗卤，全不识些体面。"

其实，就在刚才，牢城营里，戴宗自己也因为宋江没有给他送常例钱，辱骂宋江是"黑矮杀才"，现在反而笑李逵粗卤，"黑汉子"总比"黑矮杀才"好听啊。

这又是一个对比：李逵淳朴，戴宗凶恶。李逵是最初一念之本心，戴宗是利害计较之算计心。李逵心中无恶意，戴宗心中有歹意。

李逵便道："我问大哥：怎地是粗卤？"

人家说他粗卤，他竟不知何为粗卤。这真是鱼在水中不知水，人在道中不觉道。李逵可能不明白：我说出我心中所想，怎地就是粗卤了呢？

戴宗教他：如果你是说："请问这位官人是谁？"这样便不粗卤。可是你说的是："这黑汉子是谁？"这便是粗卤。

原来——

按社会世俗观念，称呼对方时，能联属、体现对方社会性的体面身份或头衔，就叫说话文明。

不管是什么人，哪怕是宋江这样的脸上刺字的囚犯，都要称他一声官人——官人就是领导。

我回老家安徽合肥，饭店服务员对客人一律称"领导"，就是古代"文明"的遗义。

相反，按照生理特征，直接说出对方的个体性自然特点，就叫粗卤，不尊重人。

比如，称呼一个女人，直接说某某"女人"，她一定不高兴。要是称她某某"女士"，她就高兴了。因为，"人"是生理性界定，"士"，就是一种社会性身份。

知道不知道在语言上尊重人，既是修养的表现，也体现一个人的世界观。

但是，从另一个方面看，这种"文明"的说话方式，实际上包含着客观上的虚假和主观上的虚伪。

而所谓粗卤的说话方式，不过是直指真相而已。

所以，李逵这样的人，在表现出粗卤和缺乏教养之外，也显示出质朴和真实的一面。而这一点，又是非常可贵的品格。

所以，我相信，不管戴宗怎么教，李逵肯定永远不明白为什么要那样假兮兮地说话。

李逵是教不好的。从另一角度看，他是教不坏的。

接下来，戴宗告诉李逵："这位仁兄，便是闲常你要去投奔他的义士哥哥。"

你看，又是"仁兄"，又是"义士"。其实，戴宗平时也不这样斯文，今天却为何刻意得如同幼儿鸡鸡文绉绉的？

答案：一来以示和李逵的区别；二来以示和宋江的接近。

在他看来，显示和李逵的区别，就能远粗鄙。显示和宋江的接近，就是近风雅。

李逵冲口而出："莫不是山东及时雨黑宋江？"

一句话，就写出了平日里李逵对宋江的向慕之情。但是，即便如此，还是直呼宋江，而且还不忘加上一个"黑"字。

我们知道，古代人们相称，平辈之间，一般都称字不称名，这是礼貌。直呼其名者，不是长辈就是老师。比如《论语》之中，同学相称，都是称字；而孔子称呼他们，又一般都是直呼其名。

不是师长辈而直呼对方姓名，就是故意冒犯。

所以，戴宗喝道："咄！你这厮敢如此犯上，直言叫唤，全不识些高低，兀自不快下拜，等几时？"

李逵道："若真个是宋公明，我便下拜；若是闲人，我却拜甚鸟！"

改称宋江的字"公明"了，看起来很文明了。

可是，下面却赫然出来一个"鸟"字。这个人，若是宋江，便是哥哥；若不是宋江，便是鸟。

大丈夫不能随便下拜，是哥哥，当然拜；是鸟，却拜甚鸟！

完全正确。

至此，宋江只好自己站出来，说明自己是宋江，不是鸟。

宋江便道："我正是山东黑宋江。"

也顺便在自己的姓名前加一"黑"字。

这可能是《水浒》中宋江唯一的一次幽默。

是李逵天性中的自然和天真，焕发出了宋江的幽默。

幽默需要三个条件：

一是智慧。能在瞬间化严肃为轻松，逆来顺受，并将对方的锋芒化解于无形，必要智慧。

二是自信。能自嘲者必有自信。

三是心态。自由放松。

宋江当然不乏智慧，他也有足够的自信。

但他一直缺少这样的放松。是李逵给了他。

李逵拍手叫道:"我那爷!你何不早说些个,也教铁牛欢喜。"扑翻身躯便拜。

你看这动作、语言、心态,是不是一个孩子?

李逵自己毫无艺术细胞,毫无艺术欣赏的意识和能力,但是,出人意外的是,他自己的一举一动,都是极好的艺术。

为什么呢?因为他完全出于自然,美丑妍媸,全在天性,全无意识,全凭那最初一念之本心:童心。

难怪李贽特别喜欢他。

我们都喜欢他。

鲁达智深

　　鲁达打死了郑屠，成了我们心中的英雄，却也成了官府的逃犯，他东逃西奔，急急忙忙，《水浒》甚至带着调侃来写他的逃亡："饥不择食，寒不择衣，慌不择路，贫不择妻。"用另外的三个"不择"来衬托鲁达的"慌不择路"，煞是好笑。

　　顺便说一下，鲁达每一次倒霉，引起我们的，都不是至少主要不是同情，而是好笑。这不仅是他的强大足以使我们感觉到笑他不会对他造成伤害；更主要的是，他是放得下一切的人，他放下了，我们也就放下了，他对他的得失不以为怀，我们也就对他的得失不再介意，既然失去的东西对他并不重要，为什么我们不可以笑一笑拉倒呢？于是，我们面对他的"不幸"发笑，也就不再有道德上的阻碍。

　　其实，此刻的他不是"慌不择路"，他是无路可择，他根本就不知道他的路在哪里，不知道要往哪里去。半月之后（一说四五十日后），走到代州雁门县，不期然在此遇到了被他解救的金老父女，原来这对父女逃到此处，金翠莲嫁给此间的一个财主赵员外，衣食丰足，颇得宠爱，金老父女几乎有翻身得解放的幸福感，所以，他们也就"吃水不忘挖井人"，对鲁达感恩戴德，加上赵员外也很热情，鲁达便在赵员外的庄上住了五七日。

但鲁达来到此间的风声传出，几个做公的来街坊邻舍打听得紧，鲁达一听此情况，便说，"洒家自去便了"。

赵员外一听鲁达要走，就说：若是留提辖在此，诚恐有些山高水低，教提辖怨怅；若不留提辖来，许多面皮都不好看。赵某却有个道理，教提辖万无一失，足可安身避难；只怕提辖不肯。

这段话有几个很有意思处要注意。其一，很显然，赵员外的这一个什么"道理"，并不是他这一时想出来的，这几天来，他早已琢磨在心里了，这就与鲁达形成了极鲜明的对比，当鲁达对自己的去留曾不萦怀、毫无盘算计划时，赵员外却有了筹划，这就是"做家的人"——普通"过日子的人"与鲁达这样的人的区别。过日子需要的就是这种精细的、实用的、一丝不苟的周到与计划，而鲁达则不耐烦于这些琐碎的考量与算计，往往率意而行。

其二，他一口一声"提辖"，固然是乡间员外的客套与尊敬，但却好似一声声调侃，在提醒我们鲁达已经不是什么提辖了，如果还是提辖，哪里用得着一个乡间小地主留与不留，哪里要一个乡间小地主帮忙出主意叫他什么"万无一失"？"提辖"前接许多"留"与"不留"，"提辖"后又接什么"安身避难"，让人哭笑不得：既觉得好笑，又令人一哭；既令人一哭，又觉得有些好笑——这是什么提辖啊？世界上有这样走投无路的提辖吗？有这样走到哪睡到哪，走一步是一步，不忧不愁，没心没肺的提辖吗？

其三，赵员外此话说一半留一半。既说有一计可以叫鲁达万无一失，足可安身避难，却又提醒鲁达："只怕提辖不肯。"令人心疑这也不是什么好主意。但鲁达并不在意，说："洒家是个该死的人，但得一处安身便了，做甚么不肯？"

此前他也说过自己是个该死的人，他并不觉得自己除暴安良的行为多么高尚，应该获得社会的赞扬与他人的报答，因此成了逃犯，那也就自认是个该死的人，这是一尘不染的佛的境界。所以，当赵员外说出要让鲁达去做和尚时，鲁达说："洒家情愿做和尚。"当时就说定了。金圣叹在这句下面批曰："说定者，难之辞也。当时说定者，易之辞也。极力写鲁达爽直。"

从前途无量的提辖，突然变为走投无路人，人生这么大的跌宕，他竟然如此坦然淡定。这个没有什么文化的粗鲁人，偏偏体现出一种难得的洒脱气质。也是，若说坎坷，人生何处不坎坷？哪一条道儿不艰难？若说顺畅，那也是条条大路通罗马，行行都能出状元，当初做提辖，现在做和尚，不都是在做人么？变的是外在的身份，不变的是为人的赤子之心。

何况，和尚也是人做的，并且往往是好人做的。玄奘不就是好人么？和尚还往往是一些猛人做的，朱元璋不就做过和尚么？可见，做和尚，不仅可以成佛成祖，还可以成王成帝。明白了这个道理，就是智慧。

鲁达鲁达，粗鲁通达，虽是粗鲁，然而通达。什么叫达？达就是大路朝天，就是四通八达，无有阻碍。明白这个道理的，往往不是精细人，算计人，恰恰是鲁莽人，是粗心大意人。所以，"鲁达"这个名字好，暗含着深刻的道理和智慧。送这么一个好名字给他，作者施耐庵是真的喜欢他笔下的这个人物，或者说，就是用这个人物来表现他对生活的认识和领悟吧？

庄子说"嗜欲深者天机浅"，鲁达对自己的人生，无那么多孜孜以求，无那么多欲望，他天机极深，智真长老说他将来"证果非凡"，并赐法名"智深",就是智真长老的法眼,看到了鲁达的慧根所在。人有智慧,且天机深厚,可不就是智深么?"鲁达"必然"智深","鲁达"就是"智深",愚鲁通达就是智慧深厚。慧根之"慧",不是智力,而是性格,是心灵,有一种智慧来自性格,有一种性格即是智慧。来自性格的智慧,才是最大的智慧。

一百零八人之外的大英雄

林冲被诱骗，持刀误入白虎节堂，高俅想借开封府的刀砍林冲的头。这时，林冲的丈人张教头买上告下，使用财帛，要救林冲性命。林冲刺配沧州牢城，董超、薛霸押送林冲出开封府，林冲的丈人和众邻舍在府前接着，到州桥下酒店里坐定，翁婿之间此时有一段对话，明万历袁无涯刻本眉批曰："此一番往返语，情事凄然，使人酸涕。"金圣叹的眉批曰："一路翁婿往复，凄凄恻恻，《祭十二郎文》与《琵琶行》兼有之。"他们都看出了这段对话中伤情伤别的内容，但却没有看出，这段翁婿对话不经意之间写出了一个真正的英雄。

当林冲对泰山丈人说要休妻之时，张教头也就是林冲的丈人，说：

贤婿，甚么言语！你是天年不齐，遭了横事，又不是你作将出来的。今日权且去沧州躲灾避难，早晚天可怜见，放你回来时，依旧夫妻完聚。老汉家中也颇有些过活，便取了我女家去，并锦儿，不拣怎的，三年五载，养赡得他。又不叫他出入，高衙内便要见也不能彀。休要忧心，都在老汉身上。你在沧州牢城，我自频频寄书并衣服与你。休得要胡思乱想。只顾放心去。

这个特别爱惜林冲、看重林冲（所以当初把女儿嫁给林冲）的教头，因为敬重林冲是条好汉，所以把女儿嫁给他；把女儿嫁给好汉，又当然是爱女儿。此时，林冲倒霉，他爱惜林冲的方式就是为他保存一个家庭，为他保护他的家小；而他爱女儿的方式，便是在女婿充军发配时，将女儿领回家去，养起来，保护起来，不让她受到高衙内的骚扰。

张教头的这番话，说了三个意思，分别针对三个人：

一是对林冲，是理解，并不责怪，这场大祸，乃是天年不齐，而非自作自受，去沧州后，休要胡思乱想，"我自频频寄书并衣服与你"。只顾放心去，早晚天可怜见，回来后，依旧夫妻完聚。——这是丈人做得好。

二是对女儿。女婿刺配沧州牢城，他就接女儿回家过活，并且连锦儿也接去，三年五载，养赡得她。——这是父亲做得好。

三是对高衙内。张教头为什么要接女儿回家过活？就是为了防止高衙内骚扰，接回家去后，不叫女儿出入，让高衙内连面也见不着。——这是做人有骨气。

他明确告诉林冲说："休要忧心，都在老汉身上。"

什么东西"都在老汉身上"？

两个：一是林冲老婆，二是高衙内。

——老婆我替你养着，危险我替你担着。

这个"老汉"，年岁一大把的人，垂暮之年，竟能大包大揽，天塌下来了，他冲上去顶着。把他和正当壮年的林冲一比，还真把林冲比下去了！

不客气地讲，林冲自始至终，他都只担心自己：

先是担心自己的名誉受损；

后是担心自己的前程被毁；

现在是担心自己的性命被害。

而张教头淳朴，他从一般人情之常上考虑，以为林冲此时最担心的是两样：

一是妻子在自己离开之后的生活；

二是高衙内威逼这头亲事。

所以张教头一边保证接女儿回家养着，解决女儿的生活问题；一边又担当起保护女儿不受高衙内骚扰的重担。这恰是林冲此时急于卸下的重担。

林冲接着对丈人说道：

感谢泰山厚意。只是林冲放心不下。枉自两相耽误。泰山可怜见林冲，依允小人，便死也瞑目！

甚至在遭到张教头拒绝，众邻舍也都纷纷说不行时，他发了一个毒誓："若不依允小人之时，林冲便挣扎得回来，誓不与娘子相聚！"

金圣叹在此下批曰："截铁语。"

林冲截铁，张教头无奈。但他仍然坚持，他说：

"既然恁地时，权且由你写下，我只不把女儿嫁人便了。"

金圣叹在此下又批曰："截铁语。"

林冲截铁，是截几载夫妻之情；张教头截铁，是决不屈服！

他不是不向林冲屈服，恰恰相反，他是在为林冲着想，是在维护林冲的生活，维护林冲的家庭，维护林冲的世界。他是不向这个邪恶的世道屈服，不向高太尉、高衙内屈服！

此时，林娘子号哭着寻到酒店。按说，林冲本该好言安慰，但是他却告诉她，已写好了休书，并说："万望娘子休等小人，有好头脑，自行招嫁，莫为林冲误了贤妻。"

林娘子听罢，大哭，说："丈夫！我不曾有半些儿点污，如何把我休了？"

还是丈人张教头真英雄，他说：

> 我儿放心。虽是女婿恁的主张，我终不成下得将你来再嫁人？这事且由他放心去。他便不来时，我也安排你一世的终身盘费，只教你守志便了。

我们想想，假如张教头有一丝贪缘攀升趋炎附势的念头，高衙内看中了他的女儿，林冲又自愿退出，他不正好可以将女儿嫁入高家，从此和顶头上司高太尉成了儿女亲家，他不是要风得风，要雨得雨？

但是，他就是决不屈服！宁愿让女儿守寡，决不向衙内屈服！

有此等父亲，才有此等女儿。林冲走后，在张教头的保护支持下，林冲娘子誓死不从高衙内，自缢而死，这位垂暮老人，也随之而去！

林冲丈人张教头，这是一位隐藏在《水浒》之中，数百年无人识破的大英雄！

第二辑

《水浒》的解读困境及其可能性

一 《水浒》的道德困境和解读冒险

在中国古代的小说批评里，有一个通常的视角：从人性和道德的角度，透视出小说，以及小说中人物形象里包含的社会学、伦理学意义和文学价值。其中，对小说中虚构的人物做实在的道德和人性批评，几乎是我们一贯的文学批评传统。这种批评，自有其深刻性和启示性。李贽（我们姑且在此假定评点《水浒》的真是李贽本人）和金圣叹对《水浒》的评点，就体现出这样的特征。

但是，当这种伦理学的文学批评手法碰到《水浒传》时，就显示出其左支右绌的矛盾。

《水浒》不是一般的小说，《水浒》太特殊了。

《水浒》描写的对象，或者说，《水浒》的内容太特殊了：它竟然把强盗当作绝对的主角来写，把反抗朝廷当作正面事件来写。《水浒》的这种内容及其倾向性在古代中国这样一个特别强调忠臣孝子的国度里，是一个奇迹。

如果说，芸芸众生之中有一两个这样冒天下之大不韪的作者，汗牛充栋的人类著述里有一两部这样颠倒是非唐突人伦的作品，还可以理解；那么，这部小说在问世之后，获得如此大面积的传播，小说中的人物作为正面形象为朝野民众如此大面积的热爱，甚至延展到其他类型的艺术作品比如戏剧中，则是一个更大的奇迹。

还不仅如此。这样一部"以庙廷为非，歌颂草野英杰"的作品，竟然也得到了历代官府的认可与宽容，历代官府从来没有认真地查禁这部小说，更没有人因为阅读、出版、传播这部小说而获罪。这在明清那样文字狱猖獗的时代，更是一个不可思议的奇迹。

为什么？《水浒》的产生及其传播奇迹是如何发生的？与小说本身的哪些特质或气质有关？

我想，这种情形的出现，可能是因为《水浒》借"强盗之身"，承载了"忠义之义"；或者，以"忠义之义"，粉饰了"强盗之身"。以朝廷为代表的官方社会在道义上的失守，使得以《水浒》为代表的江湖社会获得了道义的优势，甚至他们对社会风俗良序的破坏和对法律的践踏都获得了道义的支撑。于是，读者在崇尚"忠义之义"之时，忘记了那些人物其实都是"强盗之身"。

从这个意义上说，对《水浒》人物做人性和道德评判非常合适，也很容易获得认可，这就是李贽、金圣叹批注《水浒》广泛流传并且获得大家一致叫好的原因。

但是，从另一方面来看，《水浒》英雄的道德品行并非无可挑剔，恰恰相反，这部小说中的人物，他们道德上的污点和缺点大大超过了一般小说中的正面人物。鲁智深、林冲、武松、李逵、宋江等无疑都是《水浒》着力描写的正面人物，但是，除了鲁智深一人外，其他人都有着明显的道德硬伤。有些人物更是劣迹斑斑，如五虎上将中的董平，其人品之卑劣，简直可以说是十恶不赦。而他们对法律的践踏，对风俗良序的破坏，是一个更加严重的问题。

《水浒》中的很多正面人物，其道德记录并不能通过传统道德的检验，也不能通过一般人类良知的检验。他们的行为，只有在屏蔽了整体的道德原则之后，在局部的细节或孤立的事件中，才能找到伦理依据和审美意味。

这就给李贽、金圣叹带来了道德上的风险。你无法给予《水浒》人物一个统一的道德标准，或者说，你无法用统一的道德标准去衡量他们，你无法一直肯定他们。比如，如果你认为华州的贺太守强抢玉娇枝是必须得到惩罚的行为，你就无法对董平残杀同僚程太守一家然后把程太守女儿据为己有心安理得；如果你认同武松自己说的"专打天下不明道德的人"，那么，你就无法理解武松在孔太公庄上一巴掌把店小二打得半边脸都肿了。

但是，《水浒》的描写绝对真实，否则就不可能是一部深入人心的伟大著作。

那就一定要找到一种方法，或者角度，可以解释这些人物以及他们身上出现的道德上的矛盾。

一种可能的做法是：从文化和制度的角度切入。

二 文化与制度的角度

中国自秦始皇实行郡县制以后，就一直致力于建设权力社会。

> 故失道而后德，失德而后仁，失仁而后义，失义而后礼。夫礼者，忠信之薄，而乱之首。(《老子》第三十八章)

实际上，在此之前，在道—德—仁—义—礼都逐渐失效以后，从荀子开始，就注目于所谓的法。

而他以及他的学生韩非的"法"，不过是君主手中鞭策天下的"二柄"之一。

也就是说，"法"是权力的工具。

法家法家，实际上是"势家"——"权力家"。

法家是权力的崇拜者，更是权力的维护者。

韩非有一篇文章，叫《难势》，讨论了权力的危害，并天才地提出要以法来约束权力，并要求最高权力者"抱法处势"而治。

但是，作为战国思想流派，尊君抑臣的法家不可能让君主处于法治之下，法律只是君主宰割天下的手段而已——所谓的"二柄"之一。"势"——权力的本体和功能，才是法家真正关心维护的东西，从荀子就鼓吹的"君本"思想，在法家那里，是不折不扣地执行了。法与术，都不过是"势"——君的打手而已。

接下来，韩非的崇拜者嬴政主宰了中国，韩非的同学李斯倡导废封建而立郡县。必须指出的是，西周封建的依据是基于血缘的道德，而郡县的基础，就是权力——中央集权。

秦制代替周制，郡县取代封国，从此，权力，成了社会秩序的主导，成了社会运作的动力，成了一切资源分配的依据，成了一切是非善恶的最终裁决。

直到今天，我们还悲哀地看到，凡是谈论权术、潜规则、阴谋的东西，仍然最有市场，而权力崇拜，仍然是我们的心结。

最初，荀子也好，韩非也好，他们设计出这样的自上而下的权力金字塔社会结构，是基于这样一种幻想：最高权力拥有者，也同时是最高道德代表者。至少，是整个国家、社会的责任人，国家的利益就是他个人的利益，二者高度重合。

所以，出于责任感，出于维护自己的个人利益的需要，他们也会公正地使用权力，以权力来维护社会的公正，实现社会的稳定，从而实现自己的权力的稳定。

但是，这样的幻想实在是太幼稚。

因为，也许这些独裁者会认可在整体上必须尊重民意，但是，在面对每一个具体的个体的时候，他们并不觉得拥有绝对权力的他们必须尊重眼前的这一个势单力薄的个体。

于是，一个滑稽的情形出现了：

一方面，独裁者宣称要代表大众的利益，他甚至是真诚的；但另一方面，却又肆无忌惮地损害每一个单个个体的利益。

更何况，各级基层权力，由于是复制中央权力的，所以，在相应的行政范围之内，也是绝对权力。

权力的方向总是自上而下的。

而这些拥有一定行政范围内绝对权力的人，他们并不觉得整个国家的利益就是他个人的利益。在此情况下，我们又如何保证他们在他们管辖的范围内公正地使用权力呢？

这样的情况下，我们可以假设一种最好的情况：

皇帝是好皇帝，是负责任的皇帝，是爱护他的臣民的皇帝。

但是，他如何能够有效地管住他下面庞大的官僚群体，使他们也从国家利益出发，做到克己复礼？

直言之，假如在某个地方出现了这样的贪赃枉法的官吏，他如何尽快地发现并有效地处置？

更何况，这样的人，这样的事，往往是大面积发生，大家一起贪赃枉法，然后一起糊弄皇帝，一起欺压小民，皇帝怎么可能对此有效地制止？

结果就是：大家一致认为皇帝还是好的，就是下面的贪官太坏了。

就连宋徽宗这样糊涂、昏聩、荒淫、毫无责任心的皇帝，宋江都要说他"至圣至明，只被奸臣蔽塞，暂时昏昧"。连鲁智深也说："只今满朝文武，多是奸邪，蒙蔽圣聪。"

实际上，宋江、鲁智深等人的话，代表了古代大多数人的观点，从理论上讲，从统治逻辑上讲，皇帝确实与更广大的普通人民的利益一致，因为，只有这些人服帖了，国家才能太平，他的统治才能维持。

但是，另一方面，隔在二者之间的官僚阶层，正是上传下达的中介——上传民意，下达圣恩。皇帝必须依赖他们才能进行统治，所以，皇帝也不能得罪他们。

所以，最好的情形是这样的：广大的官僚阶层以国家利益为本，自觉地克己复礼，克服自己由对下的绝对权力带来的膨胀的私欲，为人民服务，替皇帝分忧。

但是，我们知道，无论从理论上，还是从历史现实中，我们都发现，这是不可能的。

因为，权力天然具有反人民性。反人民性是权力的内涵和本质。

有意思的是，在中国，对权力弊端的反思，首先不是出现在思想界，不是出现在哲学论文里，而是出现在小说里。

明清小说，尤其是《水浒传》，非常深刻地向我们展示了权力对于社会的侵害，以及最终，对于人性的侵害。

三　权力与古代社会

权力与道德

首先，权力使人们不相信道德和法律。

比如，从晁盖等人智劫生辰纲，到宋江怒杀阎婆惜，一件惊天大劫案，一件人命案，在所有的涉案人员里面，从盗匪、凶身到官厅缉捕人员，没有一个谨守法度尊重法律的。

中国是世界上最早的具有比较完备的刑法和民法的国家。

但是，我们从《水浒》及其衍生的种种文化现象中，悲哀地发现，如此漫长的法制历史，却没有培养出国民对于法律的基本信仰。

为什么？

因为权力。在中国古代，权力才是中国封建社会真正的操控者。

是权力决定百姓的生死，决定官员的升迁，决定官司的输赢。

于是，大家一致崇拜权力，服从权力，依照潜规则办事！潜规则是权力的派生规则。

林冲看见一个男人拦住他的老婆纠缠，怒火万丈，但是当他准备下拳打时，却先自手软了——因为他认出了这人乃是高衙内，是他顶头上司的养子。

反而是高衙内对他大喝一声：林冲！干你甚事，你来多管！

这一场冲突非常有寓意，在那样的时代，什么最厉害？是道德法律，还是权势？

当高衙内为无计得到林冲老婆纠结时，富安道："有何难哉！衙内怕林冲是个好汉，不敢欺他，这个无伤。他见在帐下听使唤，大请大受，怎敢恶了太尉？轻则刺配了他，重则害了他性命。"

富安他看出了问题的关键：权力。

是的，这其实不是善恶冲突，而是权力较量。

在绝对权力面前，人的生存权都不会存在，更不用说其他的权利。林冲有生存权么？那要看高俅想不想让他生存。

中国现在有不少人很向往皇权时代，老是**写小说、写电视剧歌颂封建帝王**，他们根本不知道那是一个连生存权都被皇帝老儿及其各级爪牙捏在手里的时代。

权力与暴力

其次，权力招来了暴力。

高唐州的知府是高廉，高廉是东京高太尉的叔伯兄弟，倚仗他哥哥的权势，在这里无所不为。他又有一个妻舅殷天锡，又倚仗他姐夫高廉的权势，在高唐州横行害人，最后逼死了柴进的叔叔柴皇城。

太尉作恶于朝廷。知府作恶于州府。衙内作恶于市井。

是什么在作恶？是权力。

面对殷天锡，柴进要告，李逵要打。

李逵这样的人，从来目无王法，不信王法。

目无王法，是个人的问题。

不信王法，一定是社会的问题。

目无王法，根源在于不信王法。

所以，从目无王法角度看问题，看到的只是现象，只是个人的德性。从不信王法看问题，才可以看出本质，看出社会的症结。

从目无王法看问题，我们只会发现个人的问题，并且致力于解决那些目无王法的个人。

从不信王法看问题，我们才会看出社会的问题，并且致力于解决造成全社会不信王法的制度问题。

我们接着看《水浒》。

面对殷天锡的流氓行径，柴进要告状，他相信，有"明明的条例"，有"丹书铁券"，一定可以打赢官司。应该说，这种思路是典型的"守法"良民的思路。如果国家和法律顺应"良民"们的这种思路，并且兑现他们的期待，人们就会相信法律。

但是，一听柴进说什么"明明的条例"，李逵说了两句话。

第一句话是："条例，条例，若还依得，天下不乱了！"

条例为什么依不得了？

因为条例之上有权力。

只要权力大于条例，条例等等，就永远是一纸空文。

所以，法家的"法术势"，看起来是三个社会治理的手段，其实是一个：那就是"势"，权力。而另外两个：法和术，不过是权力操纵的手段而已。悲剧的是，韩非也好，商鞅也好，他们本来就是这样设计的：他们所有的理论都基于这样的两个目标：第一是富国强兵；第二是为君主富国强兵。所以，帮助君主战胜本国国民和大臣，战胜他国的国君，把他国的国民和大臣变为自己的国民和大臣，是他们视为天职的理论追求。

既然他们的顶层设计是为了君主，为了集权，则"势"才是目标，势之外的法和术，不过是手段而已。

所以，我们看到，《水浒》用最没有文化最粗鲁的李逵之口，告诉我们一个最本质的事实：是什么乱了天下？是权力。

权力是一切动乱的根源。

既然条例已经不能约束，那就只好上板斧了。

所以，紧接着的李逵的第二句话是：

"我只是前打后商量。那厮若还去告，和那鸟官一发都砍了！"

就这样，李逵拳头脚尖一起上，殷天锡转眼之间，呜呼哀哉。

殷天锡在被李逵打死前，完全不知道这是一个什么人（他没见过），但他一定知道：这是一个对他施加致命暴力的人。这也就够了：权力只能理解暴力。他得到了他一直奉行的，他获得了他能够理解和服从的。

同样，李逵在打死殷天锡之前，他对殷天锡也一句话都没说。李逵在柴皇城、柴进和殷天锡的交涉里已经发现：殷天锡根本不会说人话，根本不会讲道理。因为，权力的本性天然拒绝一切权力之外的原则。它只认权力，或者说，只认比他更大的权力，或更直接的权力：暴力。

李逵是崇尚暴力的。 李逵有强烈的正义感，有朴素的是非观，但他却非常残忍,他常常草菅人命。

但是,读者就是喜欢李逵。为什么?因为李逵这样的人,固然不道德,但是,他的出现,却偏偏有着十分道德的起因。他是对国家暴力——权力的反抗。

国家暴力,就是绝对的权力。

权力是暴力的一般形式。

暴力是权力的极端形式。

而绝对的权力,本质上即是绝对的暴力。

对绝对的权力,只能用暴力来推翻它——因为绝对权力自己已经把任何一种对它温和的文明的反对形式消灭了。

殷天锡杜绝了柴皇城、柴进等等一切温和的反对和规则下的博弈,最终只能引来李逵的暴力。

不受约束的权力,最后招来的,一定是暴力。

而这种暴力,因为它是对权力的反抗,是对普遍的人人感受到其暴虐受到其戕害的权力的反抗,也就自然获得了道德的默许甚至嘉奖,获得了普遍大众的直觉的好感和欢呼。

阅读《水浒》,我们对其中的暴力及其人物如李逵不但不反感,反而很喜欢,就是这个原因。

权力与人性

我曾经有一个观点:一部《水浒》,从小说中的虚构人物到作者到读者,全面展示了一个民族的精神变态。在权力社会里,权力戕害了人性,使人性变态。

我在央视"百家讲坛"的《鲍鹏山新说水浒》中,提出了一个概念:带气生存。

假如一个社会,总是处于一种无道德状态,总是人压迫人,人剥削人，总是强者暴弱，众者欺寡，总是强者制定规则，弱者被动接受，强者通吃，弱者无告，那么，弱者在无法反抗的情况下，也就只能压抑着怒火，带着满腔的怨气，很压抑地生存。这就是我说的"带气生存"。

《水浒》所反映的，就是这样的社会。

为官为吏，如花荣，如雷横，受上司的气；

在朝廷，有高俅，于是王进不得不逃，林冲九死一生；

在市井，有镇关西，有泼皮牛二，于是金翠莲暗无天日，杨志再入囚牢；

在乡间，有毛太公父子翁婿的权力网，解珍解宝只能惨死黑狱……

有了这么多的气积压在心头，年长日久，越积越多，人们的心理健康也就自然受到严重影响，以至于全社会都充满一股可怕的暴戾之气。而这样的暴戾之气，是需要释放需要发泄的。

有镇关西，我们就盼着鲁提辖；有镇关西的欺男霸女，我们就会盼着鲁提辖的三拳头；

有西门庆与潘金莲之杀武大郎，我们就会快意于武二郎杀嫂杀西门庆；

有张都监张团练的陷害，我们就快意于武松血屠鸳鸯楼；

有毛太公父子的陷害，我们就会盼望着顾大嫂夫妻的杀戮；

有牛二的欺人太甚，我们就心里急吼吼地盼着杨志抽刀宰了他。

在不知不觉中，我们全都赞成以暴易暴，全都倾向于用暴力解决问题。《水浒》作者，如此成功地使我们全都成了暴力崇尚者。不，是社会先让《水浒》作者成了暴力崇尚者。

就权力对人性的戕害而言，

林冲仗义，威武，又朴实忠诚，却为什么那么懦弱？

李逵正义，雄桀，又赋性天真，却为什么那么残忍？

是什么让林冲如此惧怕懦弱以至于交出尊严？

是什么让李逵如此无法无天以至于兽性发作？

也许武松的前后变化可以给我们一个答案。

武大被害，武松回来，找到物证和人证，要官府捉拿嫌疑人。他此时试图通过官府解决问题，这是他对法律的尊重，对秩序的尊重，对官府的尊重。

但是，阳谷县县令等一干官吏接受了西门庆的银子，不给他立案。

于是，他只有用刀自己解决问题。此前，武松并没有杀过人，从杀嫂开始，武松就杀人不眨眼了。

一个人，就这样变成了暴民。

在《水浒》时代，无力自己解决问题的，成了无依无靠的顺民。有力自己解决问题的，成了无法无天的暴民。

一个强大的国家和民族，既不要暴民，也不要顺民，要的是：公民。

揭示权力社会的悲惨场景，这是《水浒》这部古典小说的"古典新义"。

安身立命与等待戈多

　　高俅上任的第一天就大发淫威，逼走了八十万禁军教头王进。
　　这王进可是一个武艺高强的人，读《水浒》的人都知道林冲很厉害，但是林冲只是八十万禁军的枪棒教头，也就是说他只能教枪棒。而王进则是八十万禁军里面的十八般兵器的教头，所以王进的武功应该在林冲之上。
　　宋朝本来就武备空虚，北方外敌的压力巨大。王进这样的教头对国家来说实在是难得而又急需的人才，应当好好爱惜才是。但却被国防部部长逼走了。
　　从王进个人理性上讲，他出走，是最佳选择。
　　从国家理性上讲，王进出走，是最差结果。
　　作为国防部部长，高俅这样做无异于自毁国家的长城。

一

　　王进逃走了，去投奔延安府的老种经略相公。他说："那里是用人的去处，足可安身立命。"这是"安身立命"这个词在《水浒》里的第一次出现，后来鲁达、林冲、杨志都说过这个词。一说一怆然，一说一悲凉。一个有正义感的人，或者只是一个不愿同流合污、不作恶而活着的人，在一个没有正义的世界，如何安身立命，这是《水浒》的主题，也是人生的命题。

天下人都不过是以一己之才养一己之口，安一己之命，立一己之身。天高地厚，求一安身立命之处而不可得，很多人便只好铤而走险，为盗为寇。

安身立命不仅仅是有房住，有饭吃，有衣穿，有车开，衣食住行都有了就可以安身立命了吗？不可以。安身立命，安身立命，安身容易立命难。

安身，衣食住行有了就可以了。但是立命不同。什么叫立命呢？立命是立我们的道德之命，立我们的人性之命，立我们的灵魂之命，这很难。安身立命，必须有以下三个条件：

第一，身安。衣食住行基本无忧，不能吃了上顿没下顿，衣衫褴褛，上无片瓦，下无立锥之地。

第二，心安。衣食住行解决了。但你能安心于此处吗？

第三，理得。有一个词叫"心安理得"，什么叫理得呢？就是得理，就是你的生活合乎道德，合乎伦理，这样才能活得坦坦荡荡，仰不愧于天，俯不怍于人，问心无愧。

《水浒》中很多人实际上一开始就不能够做到身安，比如说阮氏三兄弟，活得很艰苦，打鱼都打不到了，所以吴用去勾引他们，让他们参与打劫生辰纲。他们一下子就答应了，他们求什么？他们首先求的就是身安：能大块吃肉，大碗喝酒，成套穿衣服，论秤分金银。

但有更多的人，其实是衣食不愁的，比如这里的史进，比如后面的晁盖、吴用、宋江、柴进等等，不仅衣食不愁，甚至活得相当滋润，但是，他们心不在这里，用《大学》上的话说，叫"心不在焉"，所以就

"视而不见，听而不闻，食而不知其味"。所以还不能安身立命。

王进比较特殊，与后来的林冲有点像。他本来有很安逸的生活和很好的社会地位，是东京八十万禁军的教头，有身份且有目标，本来很是心安理得，所以很有安身立命的感觉。但是被高俅威逼，地位不保，乃至于有性命之忧，于是他连身安也没有了，便只好一路往西，去延安府投奔老种经略相公。

在路上，经过史家村，碰到史进，被史进的父亲史太公挽留，教史进武功，半年以后，史进的十八般武艺都一一学得精熟，件件都得了奥妙，王进就要辞别，继续上路去延安府找老种经略相公去。史进要挽留师父王进在他家里，给他养老。王进说：在这儿养老，当然是十分之好，但是只恐高太尉追捕到来，连累了你，我还是一心要去延安府投奔老种经略相公处。那里镇守边庭，用人之际，足可以安身立命。

史进家产富足，养活王进母子不成问题。王进为什么不愿意？因为缺少安身立命的第二个条件：心安。

王进让史进给自己养老，他心安吗？当然不安。他明说是怕高俅追来，连累了史进。其实主要原因就是：一个人，尤其是大丈夫，有一身本事的英雄，怎么能就这么样收拾起雄心壮志，安心养老呢？一头猛虎，愿意潜伏爪牙在动物园里面被养着吗？

所以，在和史进的这一段话里面，他再一次提到了"安身立命"这个词。大丈夫安身立命，这身得安在自己的地盘上，这命得立在自己的身手上，不能够听命于人。

二

王进走了，一去再无消息。王进的背影是《水浒》留给我们的一大空白。这个空白显得很奇怪：施耐庵绝不会是因为疏忽才留下这个空白，要知道，细心的施耐庵，对上场的人物绝不会如此绝情，他连林冲丈人张教头都有后续交代，甚至连董超、薛霸这样的人渣都有下场，对开篇第一好汉，孝子忠臣，却如此不明不白撒手不管了？施耐庵一定另有考量。

其实，这个空白处有施耐庵的无奈，有他的叹息。

师父王进走了，不久父亲史太公也死了，史家村的村长就是这十八九岁的史进了，他也是"里正"，"里正"者，正里也，负责村里的秩序、治安和赋税。

而史家村附近的少华山有三个强盗：神机军师朱武、跳涧虎陈达、白花蛇杨春。你看这三个人，又是神，又是虎，又是蛇，你是不是觉得这又是一个龙虎山呢？——龙虎山，《水浒》开卷第一回《张天师祈禳瘟疫　洪太尉误走妖魔》里面出现的山，是《水浒传》里写的第一座山，而少华山则是第二座——这两者之间，有着玄妙的呼应。你自己去想吧。

负责村里治安的史进，按说和山上的强盗是对头，一开始他们也确实是对头，但是一来二去，他们反而成了兄弟，暗中来来往往，最终被官府发觉。史进为了脱身，一把火烧了庄园，与三人逃到了少华山上。

史进本来在自家庄园，可以安身立命，不但自己可以安身立命，还想留住师父王进也在此安身立命。但是，此刻他安身立命的第一个条件就没了：没有了庄园，衣食住行都成了问题，不用说立命，身都没法安了。

当然，还有少华山。少华山上的朱武等三人也要请他做寨主。按照朱武的说法，没了史家村，少华山照样可以活得很快活。但问题是：这是一个能立命的地方吗？

不是所有的强盗山都可以让强盗安身；不是所有的社会都可以让

社会人安身；不是所有的体制都可以让体制人安身。二龙山，在邓龙手下，鲁智深就不能安身；梁山，在王伦时代，林冲就不能安身。清河县、阳谷县市井，就不能让武大、武二安身；东京城国防部，就不能让王进、林冲安身。

还有，有些山固然可以安身，但未必能立命。梁山，在晁盖的时代，就可以安身，而不能立命。为什么？因为呆在山上没有理由，不能安心。

只有到了宋江的时代，打出"忠义"的旗号，一百零八人，就可以立命了。

这就要回到我刚才讲到的安身立命的第三个条件，这个条件是"理得"，也就是说，在山上当强盗，打家劫舍，吃香的喝辣的，你觉得心安理得吗？天下有这样快乐的道理吗？打家劫舍、杀人放火，抢夺别人的财产，杀死别人的生命，然后自己享受，这种快乐生活是合理的吗？

所以史进不愿意。后来很多被迫上梁山的人，比如那些来自朝廷的降将，也不愿意。

史进说，我要找我的师父，也要到边疆为国效力，讨个出身，然后寻半世快乐。

史进对朱武说："你劝我落草，你再也休提。"这话何等庄严，何等义正词严，史进要的是一个清清白白的快活，只有清清白白，才是真正的安身立命。

只是史进不知道，在浑浊的世道，一个人，要清清白白地安身立命，却是十分之难。一百零八人正是因为不能够"身安"才上了梁山，上了梁山正因为不能够"心安"才打出"忠义"的旗号，下山招安。按说这样，"理得"了，但结局呢？最终七零八落，七死八伤。

这世界，终究是难以让我们安身立命的。

你以为《水浒》只是在写那些强盗的人生吗？

你把它看成寓言吧。它是所有人的人生寓言。

三

当初师父王进无路可走，要投奔延安府，现在史进又无路可走，要投奔王进这个自己也无路可走的人。当初史进要留师父在庄上，为他养老，师父觉得这不是一个了，走了。现在朱武要留史进在山上，一起打家劫舍，史进还是觉得这不是个了，也还是走了。

《红楼梦》里《好了歌》，好就是了，了就是好。不好便不了，不了便不好。

《水浒传》里应该有个《好了歌》，了才是好，好才是了。不了就是不好，不好是因为不了。

人生就是图个安身立命，人生就是图一个了。

什么叫"了"呢？安了身了，立了命了，就是了。身不安，命不立，就是不了。

但是，求个安身立命的了往往不可得，于是人们往往是抬起脚"走了"。王进走了，史进走了。走了，走了，就是以走为了。但是，走就能了吗？

人生谁不愿意安歇，人生又谁不在路上呢？很多人都是以走为了，我们现在把它称之为逃避。不是我们不敢面对，不是我们软弱，而是如果我们不走，此刻就不得了。

高俅陷害王进，王进不得了，只好以走了之。

史进要留王进，王进觉得还是不了，还是以走了之。

现在朱武要留史进，史进也觉得这样下去不是一个了，还是以走了之。

走，只是换一个姿势，把此刻了了。至于接下来还有什么，先就不去想了。但是烦恼就像影子一样，你无法抛开得了。

王进自家就是一个不得安身立命的人，漂泊江湖，不知如何是了。没有想到，他反而成了史进的依靠，成了史进安身立命的寄托，史进以为找到王进，就可以了了。其实，即使找到王进，又能了什么？

想想这些，是不是很悲凉，又很荒诞？

读《水浒》，读到史进离开少华山，要找他的师父王进，不知道为什么，我就觉得鼻子发酸。一个十八九岁的小青年，师父走了，父亲死了，庄园烧了。师父已走了，父亲已死了，庄园已烧了，他的世界没有了，只有他兀自没了。那么突兀，那么凄惶。什么叫"没了"？没了不是消失，而是没完没了——世界处处都把他了了，注销了，他却兀自未了，慌慌张张，惶恐无地。茫茫大宋，滚滚红尘，他在这个世界上唯一的希望就是那个走远了的，在江湖中杳无音讯的王进师父。我们可以看出他对这个师父的感情，这种感情现在成了他的唯一的依托，这种感情是这个世界最后的温暖——这温暖，不是世界给他的，是他自己内心残存的。我们知道，一个人如果落入冰冷的大海，他自救生存的第一要务，是蜷缩身体，夹紧腋窝和大腿，保持自己心脏的温度。史进此刻，他心中对师父的感情，就是他心脏最后的温暖。

他哪里是找师父呢，他实际上是在找他失去的世界，失去的温情。他能找得到吗？

四

爱尔兰现代主义剧作家贝克特，在1953年首演了一部荒诞派戏剧：《等待戈多》。

《等待戈多》的剧情是，两个流浪汉苦等一个叫作戈多的人，但是戈多不来，等不到。其中有一句著名的台词，是：希望迟迟不来，苦死了等的人。

贝克特写《等待戈多》，施耐庵写寻找师父。

贝克特其实不是在等待戈多，史进其实也不是在寻找师父；贝克特在等待希望，史进在寻找方向。但是戈多是等不来的，师父也是寻不到的。

史进找师父是一个寓言，是一个象征，象征着我们终身有目的而无方向的寻找，最终往往一无所获。

人生最大的痛不是我们没有目标，而是有了目标，却不知道方向。于是我们看起来一直在寻找，其实是一直在瞎撞。最痛的是：我们知道自己不过是在瞎撞。

戈多等不来，师父找不到。

等不到的戈多才是戈多，找不到的师父才是师父。

意义不在"等"和"找"里，而在"等不到"和"找不到"里。

等待戈多，这四个字里面，"戈多"不是关键词，关键词是"等待"。贝克特告诉我们，当我们无能为力的时候，我们只有等待，只要我们还在等待，还在期待，戈多就在，希望就在。

不是因为戈多在，我们才等。而是因为我们在等，戈多才在。

不是因为戈多会来，我们才等，而是因为我们在等，戈多才可能来。

一旦我们放弃，不等了，戈多就消散在遥远的空气中。

这看似荒谬，其实才是生活真正的逻辑。

同样，施耐庵写王进寻找师父，师父也不是关键，也不是意义，意义是什么？是寻找。

施耐庵在告诉我们，当我们手足无措的时候，我们只有寻找。只要我们还在寻找，还在探求，师父就在，方向就在。在《水浒》的叙事里，只要史进还在寻找，我们就觉得王进在。后来史进终于不找了，和鲁智深说，要回少华山了，我们也就彻底把王进放下了——《水浒》的后文，再也没有了王进。我们对他，也不再有惦记。

史进当下时空一放弃，王进就在另一个时空烟消云散。

当我们对一个人绝了念想，他也就彻底消失。

所以，虚幻的希望，也胜过绝望。鲁迅怎么说的？

"绝望之为虚妄，正与希望相同。"

鲁迅还说过，人生最痛苦的是梦醒了无路可走。等待戈多，寻找师父，不过是让自己觉得有路可走而已。

施耐庵写史进的寻找，很让人伤感："史进一路上饥餐渴饮，夜住晓行，独自行了半月之上，来到渭州。""饥食渴饮"，"夜住晓行"，何等艰苦。而且，"独自行了半月之上"，这轻轻落下的"独自"一词，有不可名状的悲凉，有无可言说的寂寞。

人生，都是孤身前行。

王进有行踪却无消息，戈多有消息而无踪影。史进寻找王进，其实就是几百年前的等待戈多；等待戈多，也就是几百年后的寻找王进。

王进在另一个时空的烟消云散，史进此在的"安身立命"就没了着落。——史进回少华山，就是他对"初心"的遗忘与放弃。初心是什么？就是安身立命啊。从少华山开始，后来的桃花山、二龙山、清风山，乃至水泊梁山，都只是"暂住"，最后招安，便是大结局，是终了之了。

伥鬼与平庸之恶

金本《水浒》第二回《史大郎夜走华阴县　鲁提辖拳打镇关西》，鲁达、史进、李忠在潘家酒楼喝酒，碰到在此卖唱的金翠莲父女，得悉其被郑屠镇关西欺诈奴役之事，鲁达决意搭救他们，于是牵头集资资助金翠莲父女逃离渭州。结果是，鲁达出了五两银子，史进出了十两银子，共十五两银子，交给了金老，让他回去准备，而鲁达则答应他们，第二天一早去客店保护他们平安离开。

为什么他们离开还得鲁达去保护他们呢？

因为，金老告诉鲁达：镇关西"着落店主人家追要原典身钱三千贯"。他们居住的客店的主人，帮着镇关西看住金老父女呢。

>　　店主人家如何肯放？郑大官人须着落他要钱。

所以，让金老父女在渭州不能喘息也不能逃走的，不仅有镇关西，还有如店主人这样的人。

这其实也交代了前文的一个疑问：为什么金翠莲父女不逃走呢？

其实，金翠莲父女被镇关西欺压，镇关西对金翠莲从欺骗到霸占到遗弃到讹诈到逼人做挣钱奴隶，这样令人发指的罪行，在渭州，不光是金老父女赁住的客店主人，就是他们来卖唱的渭州酒楼的主人、店小二，谁不知道这件事？可以说，凡是认识或知晓金老父女的，认识或知晓镇关西的，街坊邻居，都知道这件事。但他们都事不关己高高挂起。

我们不能说这些人没有正义感。其实，正义感与生俱来。正义感是人性中自在的东西。

但是，正义感又是人性中最容易脆断的东西。正义感的天敌，是恐惧。

而邪恶，是最能给人制造恐惧的东西。邪恶借其制造的恐惧而肆虐。

所以，凡邪恶猖獗的地方，必使恐惧如瘟疫流行；而恐惧之瘟疫感染之处，正义感就被恐惧吞噬了。

正义感被吞噬的地方，生态就坏了。

鲁达在渭州，原先是处处都感受到温暖的。他刚刚在茶坊，喝完茶，并不急于付钱：

> 鲁提辖挽了史进的手，便出茶坊来。鲁达回头道："茶钱，洒家自还你。"茶博士应道："提辖但吃不妨，只顾去。"

一个闲笔，让我们看出鲁达在渭州的惬意，人头熟，彼此热络，互相方便。现在，鲁达突然感知到，原先他生活的渭州，在他没看见的深处，恰恰是寒意深深，一片人性的荒凉。

现在回头看，此前鲁达听到隔壁哽哽咽咽啼哭，鲁达焦躁，把盏儿碟儿扔到地板上，怪罪店小二，还是有道理的。这店小二肯定知道这哭声里的冤屈，只是他充耳不闻。鲁达一定洞察到了这一点，所以才用这种办法逼着小二说出真相。

于是,鲁达不仅要为金老父女筹钱,还要亲自去保护他们离开:

你父子两个将去做盘缠,一面收拾行李。俺明日清早来发付你两个起身,看那个店主人敢留你!

金老得了这一十五两银子,回到店中,安顿了女儿:

先去城外远处觅下一辆车儿;回来收拾了行李,还了房钱,算清了柴米钱,只等来日天明,当夜无事。

为什么觅车要去城外、远处,而不是就近?

因为就近那些知道镇关西金翠莲故事的,都不会、不敢帮金老,车主人也肯定不会、不敢赁车给金老,说不定还会去给镇关西报信呢。

一个气焰嚣张的歹徒,就能让一片土地奴性遍地。这人性的荒寒,世道的黑暗,如何让人不感叹!

而施耐庵施大爷用笔之细密,之天衣无缝,之毫无破绽,就在这"城外远处"四字之中。

次早,五更起来,父女两个先打火做饭,吃罢,收拾了。

那边,鲁达气了一晚上,饭也没吃。

天色微明,鲁提辖大脚步走入店里来。

"大踏步"是鲁达的标志性动作。鲁达总是堂堂正正。救人,是光明正大,杀人,是明火执仗。他不屑于偷偷摸摸,不屑于机关算尽。

你看他,来了,就高声叫道:

店小二，那里是金老歇处？

偏偏明白告诉店小二。

一者鲁达光明正大，二者鲁达绝对自信。

金老父女要走，他们小心翼翼甚至偷偷摸摸，雇车都去城外。鲁达不需要偷偷摸摸，鲁达只是光明正大。

做好事，为什么要偷偷摸摸？有能力做好事，为什么要偷偷摸摸？

　　小二道："金公，鲁提辖在此寻你。"

一句显示出小二并不知鲁达的来意，也不知道金老父女要离去。知道了，早报告郑屠去了。

说明什么？说明金翠莲父女守口如瓶且行事隐秘。说明他们早就试图出逃而没有成功。

　　金老开了房门，道："提辖官人，里面请坐。"
　　鲁达道："坐什么？你去便去，等什么？"

没有一点拉扯，没有一点客套。

鲁达是个不耐烦人。但这个不耐烦人，偏总是不厌其烦把很多烦难事主动招揽。佛也是到处惹事的吧。

　　金老引了女儿，挑了担儿，作谢提辖，便待出门。店小二拦住道："金公，那里去？"

果然小二拦住了。一切在情理之中，一切在意料之中。

鲁达问道："他少了你房钱？"

小二问的是金老，但出来回答的却是鲁达。为什么？

一者金老胆怯，不敢回答；二者鲁达在此，大包大揽，用不着金老回答；三者鲁达已经非常不快。

鲁达的反问里，有着威严，并且抓住了本质：你们之间，只有房钱的关系。若是监管金老，进行人身控制，那就侵权了——小心挨揍。

小二道："小人房钱，昨夜都算还了；须欠郑大官人典身钱，着落在小人身上看管他哩。"

果然坚决执行镇关西的指令。但也还可以理解：他怕镇关西。

鲁提辖道："郑屠的钱，洒家自还他，你放这老儿还乡去！"

洒家自还他，大包大揽。

放这老儿还乡去！一句话，让人下泪！

金老父女当下闻言，当放声一哭！

这么多年，受尽屈辱，何时不想着还乡？但何人不挡着不让他们还乡？此刻，眼前这个人，大包大揽，要为他们主持公道，护着他们还乡！

放这老儿还乡去！这是佛的语言。这是大慈大悲的语言。你咂摸咂摸其中的悲哀，其中的悲悯，其中的悲愤，其中的悲凉，其中的悲慈！

读《水浒》，光看到杀人放火，是目光短浅。你能不能看到救人于水火？

读《水浒》，光看到英雄豪杰热血迸发，是眼光粗浅，你能不能看到芸芸众生血泪横流？

那店小二那里肯放。鲁达大怒,挣开五指,去那小二脸上只一掌,打得那店小二口中吐血;再复一拳,打落两个当门牙齿。

一掌不足,再添一拳。吐血不足,再加折齿。鲁达为什么对店小二如此下手?

一者,一晚上气愤愤,先出口恶气。

二者,这小二该打。

如果此前因为怕郑屠而看住金老父女,还可以理解;现在,既然鲁提辖已经大包大揽并且承诺:"郑屠的钱,洒家自还他",你不落得解套?况且,一个人若有做好人的意愿,当有一分做好人的担当,冒一点做好人的风险。此刻你还加以拦阻,就是为虎作伥,该打!

什么叫"为虎作伥"呢?

一般词典会这样给你解释:古时传说被老虎吃掉的人,死后变成伥鬼,专门引诱人来给老虎吃。替老虎做伥鬼,比喻充当恶人的帮凶。

什么叫伥鬼呢?一般词典会这样解释:被老虎吃掉而变成老虎仆役的鬼魂,品行卑劣,常引诱人给老虎吃。

好吧,说个伥鬼的故事。

宋李昉《太平广记》卷四三〇引唐裴铏《传奇·马拯》,讲了一个很恐怖的伥鬼故事。

唐朝长庆年间,有一位隐士名叫马拯,在山上遇见一个老虎变成的老和尚,老和尚吃了马拯的仆人,马拯与山人马沼设计打死了这个老虎变成的和尚逃下山。将近黄昏,他们遇上一个猎人。猎人在道旁张开弓弩,设下暗箭,在树上搭了一个棚子,藏在上面。猎人对他们说:"离山下还挺远,老虎正游荡,何不暂时到棚子上来避一避?"两人害怕,就爬了上去。不久,有三五十人打此路过,和尚、道士、男子、妇女等等,唱歌吟诗,玩笑起舞,吵吵嚷嚷来到树下,见到猎人埋设的弓弩机关，他们很生气，说："早晨两个贼小子杀了我们的和尚，现在正追捕他们，这里还有人敢张弓杀我们的将军？"于是他们破坏了机关，走了。猎人对马拯、马沼说："这些都是伥鬼，是被老虎吃了的人。他们这是在前边为老虎开道，帮老虎破坏陷阱窝弓，扫平道路。老虎马上就要来了。"猎人重新布置机关，张弓搭箭，然后又爬树上棚来。不久，果然有一只老虎吼叫着来了，触到机关，利箭射出，正中它的心窝，它便倒下死了。那些伥鬼一齐跑回来，趴到虎身上，哭得很伤心，叫骂："是谁又杀了我们的将军？"马拯、马沼二人跳下树，怒斥这些伥鬼："你们这些无知的下贱鬼，让虎咬死了，我们为你们报了仇，你们不回报不感谢，还要为它恸哭？做鬼真的这么幸福吗！"他们悄悄不说话了。

你看这些伥鬼，是不是很可恶？

还有更可恶的伥鬼。

清吴沃尧《趼廛笔记》里，记载着这样一群伥鬼：有一老汉，其长子、媳妇、妻子先后被虎吃了，这时，他的小儿子梦见母亲托梦给他，说在某山的某树下藏有金子，取来可吃用不尽。其实是他的母亲死后成为伥鬼，想引诱自己的儿子给老虎吃！

其实，这一家的情形是这样的：长子被老虎吃了，成为伥鬼，引诱自己的媳妇给老虎吃。媳妇被老虎吃了，又做伥鬼，引诱自己的婆婆给老虎吃。婆婆被老虎吃了，又做伥鬼，竟然引诱自己的亲生儿子给老虎吃！

这伥鬼的世界，其实，就是一部分人类的心理世界！

这位店主人和小二，他们本来没有为镇关西监视看守、禁锢金翠莲父女的义务和责任，是镇关西强加给他们这样一份负累和缺德的任务，这本来是对他们权利和德性的伤害，他们迫于淫威不敢反抗也就罢了，但可叹的是，到了最后，他们竟然忠心耿耿一丝不苟履行这份差事，竟然把施害者的强迫当成自己的使命！受害者心甘情愿死心塌地接受施害者驱遣，为其前驱开道，摇旗呐喊，肝脑涂地，还乐在其中！

这是何等黑暗的人性，这是何等黑暗的社会心理！

我们还可以从另外一个概念来理解这种人性的黑暗：平庸的恶。

"平庸的恶"这个概念，来自犹太裔政治思想家汉娜·阿伦特。这种恶的基本特征，就是一个看起来正常的人，智力和德性都与常人相仿并不低下的人，盲目地服从某种外来的强权（体制或个人），执行其指令，犯下罪行。

二战期间，纳粹德国的阿道夫·艾希曼（Adolf Eichmann），是对犹太人大屠杀"最终方案"的主要负责者，被称为"死刑执行者"。二战结束后，艾希曼被美国俘虏，但之后逃脱到阿根廷。1961年以色列情报部门摩萨德查出艾希曼下落，将其逮捕，并于耶路撒冷审判，法庭判决他所犯的人道罪名有十五条之多。1962年6月1日艾希曼被处以绞刑。

汉娜·阿伦特当时是《纽约客》特约撰稿人，她现场报道了这场审判，并于1963年出版了《艾希曼在耶路撒冷——关于艾希曼审判的报告》，报告中这样描述审判席上的纳粹党徒艾希曼："不阴险，也不凶横"，完全不像一个恶贯满盈的刽子手，坐在审判席上，彬彬有礼。他宣称他的一生都是依据康德的道德律令而活，他所有行动都来自康德对于责任的界定。艾希曼为自己辩护时，反复强调"自己是齿轮系统中的一环，只是起了传动的作用罢了"。作为一名公民，他相信自己所做的都是当时国家法律所允许的；作为一名军人，他只是在服从和执行上级的命令。

据此，汉娜·阿伦特提出了著名的"平庸之恶"的概念。汉娜·阿伦特认为，罪恶分为两种，第一种是极权主义统治者本身的"极端之恶"，第二种是被统治者或参与者的"平庸之恶"。第二种恶比第一种恶的祸害有过之而无不及。

何为"平庸之恶"？对于显而易见的恶行不加制止，对于显而易见的违背人伦的使命不加拒绝，以受命的理由直接参与，不折不扣执行，甚至创造性执行，加倍执行，就是"平庸之恶"。

这种恶的基本特征是：不思考、无判断、盲目服从权威，放弃自我选择，服从体制安排，默认体制和社会本身隐含的不道德甚至反道德行为，对体制和社会的不道德毫不质疑。作恶之后，毫无道德愧疚。

为什么没有道德愧疚？因为他把自己所做的一切都理解为服从命令，甚至只是遵守纪律和法律，即使偶尔良心不安，也会以体制和社会的理由为自己辩护，从而解除个人道德上的负疚感。

鲁达所呆的渭州，就充斥着这样的"平庸之恶"。

渭州哪里只是一两个坏蛋如镇关西郑屠，渭州有更多的如店主人、店小二这样的普遍存在的道德麻木之人。

渭州，有两种恶：镇关西为代表的极端之恶，普通民众为载体的平庸之恶。渭州，不仅有镇关西这样的老虎，更有无数的伥鬼！

讲清楚了这个概念，我们就可以说明为什么这个店小二该打了：如果说郑屠是《太平广记》所载《传奇·马拯》中的"大将军"老虎，则店主人、店小二等人就是那一群变形为和尚、道士、男人、女人的伥鬼；如果说郑屠就是那个"极端之恶"，那么，这个店小二就是"平庸之恶"。他完全服从一个邪恶的外来的强权，并为其爪牙。这种人，怎能不打！

纳粹艾希曼和渭州店小二，他们都以服从命令或不得已为借口，但是他们忘了：作为一个具有独立人格的人，该有自己的良知判断。说到底，任何一个人，都是自己的道德主体，都没有权利推卸自己的道德责任。

我们再来看武松血溅鸳鸯楼的故事。武松确实嗜杀。从武松大闹飞云浦，到血溅鸳鸯楼，飞云浦杀掉四人，张都监家里杀掉张都监、张团练、蒋门神，还有张都监一家老小，包括他的夫人，养娘玉兰，以及亲随、丫鬟，共十五人。武松，一天之内杀掉了十九人，骇人听闻！

现代人解读《水浒》，讲到这一段，都要说一下武松嗜杀。确实，在被武松杀掉的人里，有很多是无辜的局外人。但是，殃及无辜的罪名，也不能由武松一人承担。张都监难辞其咎：是他，为了设计陷害武松，为了布下骗局，调动了府上众多人员，包括玉兰这样的无知少女，让武松觉得张都监阖府都是坏人，全家从上到下都欺骗他、陷害他，于是，他一怒之下，玉石俱焚，好人坏人，有罪无辜，全都遭他毒手。在他的思想里，大概也是宁可错杀一千，决不放过一个。在那样的形势下，他也无法先甄别再下手。

但是，换一个角度，站在武松的立场上，他早已做了甄别：当他在张都监家被一帮人设计陷害捉拿时，当他被这些人一步一棍打到张都监面前时，有一个人为他说一句话，鸣一声不平吗？在飞云浦武松杀掉的四个人：两个押送公人，两个蒋门神的徒弟，这四个人与武松无冤无仇，并且深知武松的冤情。但是，他们却都或听命于张都监，或听命于师父，对武松不仅毫无同情怜悯，还必欲扑杀之而后快。这样的人，真的无辜吗？

当武松潜回张都监家，在马院边问后槽（养马人）"认得我么"时，这个后槽一听是武松，冲口一句话是："不干我事。"这话特别有味道，意思是我知道你的事，但不干我的事。可是，当一个无辜者被陷害时，知道此事的"好人"们都"不干我事"保持沉默，他们还是好人吗？一念"不干我事"之时，恰是"正干我事"之日。

沉默是一种参与罪恶的方式，所有在罪恶旁边沉默的人，其实都是有罪的，武松的刀下，其实并无完全的无辜！

奴隶与奴才

鲁达送走金老父女,救人完成。接下来,就要干第二件事:打人。

鲁达寻思,恐怕店小二赶去拦截他,且向店里掇条凳子,坐了两个时辰,约莫金公去得远了,方才起身。

鲁达起身了。回家吗?不!

径到状元桥来!

你有没有感觉到一团煞气,陡然升起?
状元桥,是镇关西肉铺所在地。场景转换到这里,施耐庵这样描述镇关西的肉铺:

且说郑屠开着间门面,两副肉案,悬挂着三五片猪肉。郑屠正在门前柜身内坐定,看那十来个刀手卖肉。

有十来个屠夫做员工听从使唤,又是小种经略相公猪肉专供店,如在今天,他一定会在自己店招上写上"大宋军方唯一专供猪肉",在自己名片上印上"总经理""董事长"或"总裁"了。但在那个时代"商人"没有地位,有地位的是"官人",所以,镇关西要的不是"大商人",而是"大官人",是大官人的感觉和派头。别人喊他"郑大官人",他感觉好极了,还自己弄了个绰号——镇关西,简直是坐镇一方的方面大员的感觉。这个称呼和绰号,不仅是为了狐假虎威欺压百姓,主要还是为了那种当官做老爷的感觉。你仔细揣摩这一句:

郑屠正在门前柜身内坐定,看那十来个刀手卖肉。

很多人在体制里面往上爬,就是希望在高处"坐定",看下面人干活。如果进不了体制,没有体制的台阶怎么办?那就自己造一个系统,在这个自造的系统里"坐定",看那下面人干活。

"坐定"这个词,其独特的政治学和心理学含义,是在皇权制度和皇权文化下沉淀下来的。有"打江山坐江山"的文化,就一定有作为政治学语汇的"坐定"这个词。这个词,由"坐"和"定"构成,"坐"者,座也,汉语里有"御座""宝座",这是名词,显示的,是君临天下的威风。妙的是,当"座"变为"坐"的时候,就有了动词的意思,有镇压的意味在,于是,才有后面的"定"。"坐定",对"坐"者来说,是"一坐而定"的意思;对被镇压者来说,是"一坐而服"的意思。这个词,最早的来源,可以追溯到孟子,《孟子·滕文公上》:"夫仁政,必自经界始,经界不正,井地不钧,谷禄不平;是故暴君污吏必慢其经界。经界既正,分田制禄,可坐而定也。"这颇有孔子"为政以德,譬如北辰,居其所而众星共之"(《论语·为政》)之意,但正如韩非说的,"民者固服于势,寡能怀于义"(《韩非子·五蠹》),最后坐定天下的,常常不是孟子所讲的"王者",孔子所期待的"德政",而往往是强力霸恶之人和黑暗残忍之政。让人恐惧的政治,比让人爱戴的政治,更能捕获人心——这也许是因为恐惧相比于爱恋,是更加有力的人类情感;也许是因为,人性中与生俱来的奴性。这是一个令人伤感也抑郁的话题,就此打住。

而用"坐定"这个词写郑屠,是施耐庵的神来之笔。非对这类社会心理把握深透者,道不出。而一旦对群体心理了然于胸,写出这个词,又自然而然。这叫什么?这叫"自然高妙"。做一个普通写手,三流作家,学学文章做法差不多够了。要做一个伟大作家,则定要自身有俯瞰众生的高度,还要有洞悉人性的深度。

下面的一大段文字更是精彩,我要几乎一句一句和你说说。

鲁达走到门前,叫声"郑屠!"

一声"郑屠",实在是煞风景。为什么叫"郑屠"?提醒他认得自己。你不是自称郑大官人吗?渭州老百姓不也都喊你郑大官人了吗?你不是很有官样地"坐定"着吗?我鲁达偏偏要喊你一声"郑屠",提醒你:就是一个屠夫!这一回叫"鲁达拳打镇关西",其实,在"拳打"之前,鲁达的一声"郑屠",已经"口打",直接打击他的自我感觉。

顺便提一下:前文施耐庵的叙述语言里,也已经口口声声称他"郑屠"了。这是什么?这是作者和作者塑造的人物的高度一致感。这种高度一致感,使得作者不是在"虚构"人物,而是在呈现一个"实有"的人物。比如此时,在施耐庵那里,鲁达是一个"真实"的存在,施耐庵只是把他"认识"的鲁达及其行为转述给我们,他不是在"虚构故事",他只是在"陈述故事",是在把实际上"真实发生"的事描述给我们。

郑屠看时，见是鲁提辖，慌忙出柜身来唱喏，道："提辖恕罪。"便叫副手掇条凳子来。——"提辖请坐。"

鲁达叫他"郑屠"，他叫鲁达"提辖"，这才是双方真实身份。看郑屠慌忙的样子，可见鲁达平日英雄，所以郑屠怕他；也可见郑屠平日对官府人的谄媚，所以郑屠讨好他。

但郑屠此刻还没有完全回归原形，他没有自己动手搬凳子，而是"便叫副手掇条凳子来"。毕竟，他也是有差遣的人了；毕竟，他也是可以差遣别人的人了。

你想想，如果是二三流作家，此刻会写出**"便叫副手掇条凳子来"**这样的句子么？

真实，是细节的真实。

细节的真实，是人物言行的真实。

言行的真实，是社会心理的真实。

而你只有洞悉社会心理，才能知道"必然"，写出人物的"必然"。"必然"才是真实。写出"必然"，才是写得真实。

什么是"文学真实"？文学真实就是"逻辑必然"。

为什么伟大的作品比现实世界上发生的一切更加真实？

因为，现实中发生的事实，容有偶然，容有莫名其妙，容有不可思议，容有怪力乱神。这些，都不是生活的本质。

而伟大作家笔下所呈现的，是必然的、不可逃脱的生活逻辑。

伟大的作家根本不是"自己"在写作，而是"必然"在写作。

他只是"必然"的提线木偶。不是他提着笔，是"必然"提着他的手，他只是"执笔"而已。

为"必然"执笔的作家，才是伟大的作家。

好，我们接着往下看，看这"必然"如何"发生"。

鲁达坐下。

郑屠是"坐定"，因为他在自己的地盘，他有地主之心，坐定肉案，睥睨天下，手执屠刀，傲视群雄。

鲁达是"坐下"，因为他是来客，是砸场子来的。有一种"我来了，我是主"的气度。鲁达来"坐下"，郑屠就不能"坐定"了。

郑屠慌忙站起来出柜身，鲁达大咧咧进柜身坐下。记住了，此刻，是鲁达坐着，郑屠站着。

道："奉着经略相公钧旨：要十斤精肉，切做臊子，不要见半点肥的在上面。"

不要见半点肥的在上面，这个要求却是奇怪。但既是相公钧旨，什么奇怪也都平常。

郑屠道："使得，你们快选好的切十斤去。"

让手下人搬凳子，让手下人切肉，果然是个大官人的派头。

署名《李卓吾先生批评忠义水浒传》（容与堂本）中，此处的"使得"，是"使头"。"使头"也者，员工中的"那摩温"也，则郑大官人已经在封官许爵任命官员了。真是有派头。

但鲁提辖今天偏偏不让郑屠夫有派头。

鲁提辖道："不要那等腌臢厮们动手，你自与我切。"

你那些手下的，什么"使头"等等的，不过都是一些"腌臜厮们"。

叫一声郑屠，是叫你记住自己的姓名和职业；

叫你亲自切，是叫你别忘了自己的专业和身份。

"你自与我切"，这句话说得威严。这是直接命令。这是当着众人面，更是当着他手下刀手的面，跌他的份，掉他的价。

郑屠能怎么样？只好认栽：

> 郑屠道："说得是，小人自切便了。"

也不知道为什么鲁达这话就"说得是"。其实，关键不在鲁达"说得是"还是"不是"，关键在于，在这样的关系中，只要是鲁达说的，咋都是。

> 自去肉案上拣了十斤精肉，细细切做臊子。

自去，细细，乖巧得紧。郑屠极力讨好鲁达。

> 那店小二把手帕包了头，正来郑屠家报说金老之事，却见鲁提辖坐在肉案门边，不敢拢来，只得远远的立住，在房檐下望。

忽然插入此一段文字，在意料之外，又在情理之中，还能衬出当时气氛的紧张。好笔力！

> 这郑屠整整自切了半个时辰。

这半个时辰一个小时，郑屠站着切肉，鲁达坐着看他切肉，双方不交一言，为什么？此时无声胜有声啊！你看出了什么？

第一，空气的紧张；

第二，鲁达的可怕；

第三，郑屠的惧怕。

此时坐着看切肉的，是鲁达；此时卖力切肉并且大气不敢出的，是郑屠。

还有，还有，大气不敢出的，还有郑屠手下的那十来个刀手。还有，那个头上包着手帕的店小二。这些都没写，却也写了。为什么没写？因为这些人没有言语动作。为什么没有言语动作？因为大气不敢出，还有什么言语动作？所以，没写就是写了。

半个时辰后，郑屠切好了，——

用荷叶包了，道："提辖，教人送去？"

还是很乖巧。今天的郑屠，言语得体，礼节周到，谦恭自卑，哪像一个欺男霸女的恶霸，哪里还有一点"郑大官人"的派头，哪里还有"镇关西"的霸气！

鲁达道："送甚么！且住！再要十斤都是肥的，不要见些精的在上面，——也要切做臊子。"

郑屠道："却才精的，怕府里要裹馄饨；肥的臊子何用？"

不知何用。不独郑屠不知，我亦不知。

只有鲁达一人知道。

用处就是：不是相公家有用，而是折腾你有用：瘦肉以后有肥肉，肥肉以后有脆骨；脆骨以后有排骨；排骨以后有大肠……猪浑身是宝，无一处没有用，连猪毛都能做刷子。所以，不怕我没得要，只怕你没耐心。玩不死你不是好汉。

  鲁达睁着眼，道："相公钧旨分付酒家，谁敢问他？"

你敢问他，还是你敢问我？！这"睁着眼"三字，太可怕了。

  郑屠道："是合用的东西，小人切便了。"

郑屠吓傻了。

前面鲁达要他自切，他说"说得是"，也不知道"是"在哪里；现在说"是合用的东西"，也不知道合用在哪里。反正是：只要是你说的，都是对的。

我若是鲁达，此刻必再反问一句："合什么用？"答不出打三十棒，答出也打三十棒。

而郑屠呢？他早就看出来今天鲁达来意不善，但是，他只能忍。

好了，十斤肥肉臊子又切好了。

  郑屠道："着人与提辖拿了，送将府里去？"

语言委婉得体，举止谦恭有礼。他一直很配合，很听话，一直不折不扣地执行鲁达的指令。

执行指令有三种境界：

第一，理解的（愿意的）执行；

第二，不理解（不愿意的）也执行；

第三，不理解不愿意，但装着理解或努力理解，装着愿意甚至努力说服自己愿意，然后执行。

第一种境界，理解的愿意的执行，是自由人也是道德的人——因为他的行为出自自己的判断和意愿，出自道德主体的自由选择；

第二种境界，不理解不愿意也执行，是奴隶——因为不是自己的意愿，出于被迫；

第三种境界，不理解，但装着理解努力理解，最后甚至自己感动自己，还激动万分，甚至获得了一种崇高感，对强迫者高呼英明神武，然后感激涕零去执行，是奴才。

这最后一重境界，最难，但是，郑屠此刻做到了。

为什么他今天这么乖巧呢？恶霸怎么摇身一变，成了奴才了？

其实，这个逻辑很简单：仗势欺人者，必趋炎附势。

有人说，奴隶主的另一面就是奴隶。

这话不对。奴隶主的另一面，是奴才。

奴隶和奴才的区别是什么？

奴隶是被迫的，奴才是自愿的。

奴隶觉得痛苦，奴才觉得幸福。

奴隶要推翻的是奴隶制度，然后大家做自由人。

奴才要推翻的是奴隶主，然后自己做奴隶主。

所以，奴隶翻身了，要做自由人。奴才翻身了，定要做奴隶主。

在奴隶时代，奴隶不过是奴隶。而奴隶主，则一定就是奴才。奴才是奴隶主的本质。

郑屠和金翠莲，金翠莲是奴隶。而郑屠，一面是奴隶主，一面是奴才。本质是奴才。

奴隶的结局，可以是远走高飞。而奴才的结局——到底是奴才。

能用强权欺压金翠莲的郑屠，一定会对比他更有强权的人奴颜媚骨。你看鲁达来之前，郑屠是什么？是奴隶主。鲁达来了之后，郑屠是什么？是奴才。

奴才在没有机会翻身做奴隶主之前，最大的愿望，是坐稳了奴才。此刻的郑屠，一会儿鲁提辖"说得是"，一会儿十斤肥的臊子"是合用的东西"，哪里"是"，哪里"合用"呢？他此刻只想坐稳了奴才而已。

但鲁达不要奴才。鲁达是这样的人：

他不愿意别人奴役自己。

他也不允许有人奴役他人。他还不愿意自己奴役别人。

所以，无论郑屠如何表示愿意做奴才，鲁达也不会放过他。因为鲁达不允许郑屠奴役金翠莲。

所以，今天，这个郑屠，不但做不成奴隶主，他也做不成奴才了。

但郑屠一早上都毕恭毕敬，鲁达还一直找不到发作点。

但是，没有关系。鲁达有的是耐心。

一个高高在上坐着，一个低三下四做着——凳子上翘腿"坐着"和肉案上操刀"做着"，谁能坚持到最后，太简单了。

站着说话不腰疼，何况鲁达是坐着说话。

郑屠把十斤肥肉馅又切好了，不但切好了，还认真包好。不但认真包好，还殷勤问鲁达：

派人给您送上门去？

鲁达还是脸一拉：送什么！这郑屠今天简直是开口不得。

鲁达道："再要十斤寸金软骨，也要细细地剁做臊子，不要见些肉在上面。"

从此以往，不必再动脑筋，指着猪身，一件件要来即是。人有绝对权力时，便无须智力。

今天鲁达就有绝对的权力，所以他可以随便就这样玩郑屠，直到玩死他。

现在，郑屠终于明白，这样一件件要来，总躲不过。

杀了一辈子猪，郑屠今天才知道，猪，太难对付了。

猪全身都是宝，郑屠今天彻底领悟这句话了。

郑屠笑道："却不是特地来消遣我！"

恭喜你，答对了。

你想想，郑屠这个笑，是什么样的笑？

鲁达听得，跳起身来，拿着那两包臊子在手，睁着眼，看着郑屠，道："洒家特地要消遣你！"

把两包臊子劈面打将去，却似下了一阵的"肉雨"。

但是，有意思的是，当接下来鲁达把郑屠踢倒在当街上，再入一步，踏住胸脯，提着他那醋钵儿大小拳头，却并未马上打下去，而是开始数落他的罪行：

洒家始投老种经略相公，做到关西五路廉访使，也不枉了叫做"镇关西"！你是个卖肉的操刀屠户，狗一般的人，也叫做"镇关西"！

叫一声屠户，还你本色。叫一声狗一般的人，还你等级。

接下来的事，我们都知道了：不能容忍奴役别人的人活在世上，鲁达三次出拳，打死了镇关西。

死前，郑屠曾经讨饶。但鲁达不饶：

> 鲁达喝道："咄！你是个破落户！若只和俺硬到底，洒家便饶你了！你如今对俺讨饶，洒家偏不饶你！"又只一拳，太阳上正着……

就这最后一拳，彻底了结了他。

鲁达，不能容忍奴隶主，更不能容忍奴才。

鲁达终结的，不仅是作为奴隶主的郑屠，也是作为奴才的郑屠。

天　杀

鲁达送走金翠莲以后，直接来到状元桥郑屠的卖肉店铺，先消遣他，一会让他切十斤瘦肉臊子，一会让他切十斤肥肉臊子，最后竟然让他切十斤脆骨，终于把郑屠惹火了，不顾一切要和鲁达拼命，他抄起一把剔骨刀，就要杀鲁达，鲁达飞起一脚，直接把他踢倒在当街上。

为什么要"踢倒在当街上"？

正义的实现，必须是公开的，亮亮堂堂的，乃至于是大张旗鼓的，大张旗鼓是正义实现之必需内涵和不可或缺的部分，公开是公正得以实现之不可或缺的环节，悄无声息的正义是正义的偃伏而不是正义的张扬；偷偷摸摸的正义不是正义，至少不是充分的正义。实现于大庭广众众目睽睽万众瞩目之中的正义，才是充分的正义。正义不需要卷甲衔枚，正义必须旗帜高扬。

正义的实现，也是一个让人解恨的过程。

"踢倒在当街上"，就是让满大街的人看着解恨啊！

解恨解恨，就是解放仇恨，就是宣泄仇恨，这是社会不良心理能量的一种释放。仇恨释放了，解了，人心才会再次归于平和。

我们常常听到这样的话：不杀不足以平民愤。什么叫"平民愤"？就是平息人民心里的怨恨和愤怒，就是让人们相信正义必然实现。让人们相信正义，既是社会治理的重要方法，也是社会治理的崇高目标。

我们接着往下看。

鲁达跨上一步，踏住郑屠的胸脯，骂道：

你是个卖肉的操刀屠户，狗一般的人，也叫做"镇关西"！

但如果仅仅是欺世盗名自大狂妄，虽然可厌，还罪不至死。

所以，鲁达说到此处，并未出拳。

"你如何强骗了金翠莲？"扑的只一拳，正打在鼻子上。

强骗了金翠莲，你死定了。

有此一句，拳头与语言同时出来了。

人生在世：好事必须做彻，坏事不可做绝。

好事做彻的典型，是鲁达；坏事做绝的典型，是郑屠。

鲁达救金翠莲，先为她筹款，再护送她离开，最后在冷板凳上坐四个小时等她走远。这就叫好事做彻。

为她筹款了，行了吧？下面你自己办吧。

不行。她虽然有了盘缠，却无法摆脱店主人的拦阻和纠缠。

那好，护送你离开了，行了吧？下面山高路远，自己走吧。

还不行，走不远就会被追回来。

于是，鲁达搬条凳子，坐在店门口，堵住店主人和店小二出门的路，四个小时，让金翠莲走远。

然后，鲁达到了状元桥，他还要这样慢慢捱时光，让金翠莲父女走得更远。

如此才能万无一失。

为你筹款——保你离开——让你走远。

这三步,都不能省。省了一步,救人都可能救不成。

救人,是出于对他人的慈悲。

因为慈悲,所以无法放手,直到对方获救。

这就叫:好事必须做彻。

用鲁达自己的话说,叫"救人救彻"。

救人救彻才是彻底的救人,彻底的救人才是真正的救人。

什么叫坏事不能做绝呢?

这话的意思不是说可以做坏事,而是说:你能住手吗?

坏事不可做,但在做坏事时如果能幡然醒悟,及时住手,放下屠刀,虽然未必可以成佛,但也可以得到救赎,得到宽恕。

你得给自己回头的机会。《红楼梦》第二回智通寺一副对联:"身后有余忘缩手,眼前无路想回头。"你要记住缩手,想着回头。

但坏事一旦做绝,就变成了不可逆,只有死路一条。

坏事做绝了,就是恶贯满盈。

恶贯满盈了,你就天怨人怒,人不杀你天也要杀你了。

天怎么杀?天派人来杀。

郑屠就是恶贯满盈,鲁达就是天派来杀他的。他只有死路一条。

我们来看看这个郑屠,看看他怎么恶贯满盈,把坏事做绝的。

第一,强占金翠莲,把人家变成自己泄欲的对象,变成自己的性奴隶,是第一件坏事。

第二,强占人家身体,还要诈骗人家钱财,给人写了聘礼三千贯却不付,这是第二件坏事。

第三,始乱终弃,一脚把人踢出门,死活不问,这是第三件坏事。

第四，把人踢出门，还要拿那个卖身契约逼着毫无经济能力的金翠莲父女"交还"他本来没有支付的所谓三千贯，把人家彻底变为赚钱奴隶，这是第四件坏事。

第五，为了不让金翠莲父女逃脱，还着落客店主人看住他们，对人实行软禁，限制人身自由，这是第五件坏事。

这五件坏事，如果他在第五件之前任何一个环节停下来，住了手，他是大奸大恶的人，但还有可能逃脱天网。

比如，哪怕到了第五个环节，镇关西没让店主人看住金翠莲父女，金翠莲父女可能就逃走了。金翠莲父女逃走了，就不会在潘家酒楼碰到鲁达；他们碰不到鲁达，就不会给镇关西带来鲁达这个杀神，镇关西就可以逃脱一死。

所以，给别人留一条生路，实际上是给自己留一条生路。

为什么鲁达那天碰到史进？为什么要去潘家酒楼喝酒？

为什么喝酒就听到金翠莲的哭？

金翠莲这里不哭，那里不哭，为什么就要去潘家酒楼哭？

金翠莲早不哭晚不哭，偏要在那个时刻哭？

一切都有天意。

是天意要借鲁达的拳头，杀了这个恶棍。

还有，按照鲁达的想法，他本来也无心杀死郑屠，他只想揍他一顿，为什么却偏偏三拳打死了郑屠？

当然，鲁达的拳头厉害。但是，后来他骑在小霸王周通的身上，打了无数拳，为什么也没有打死周通？

周通罪不至死。

周通要娶刘小姐，虽然刘小姐和刘太公不愿意，但周通自己可是真心实意要娶个压寨夫人的，不是玩弄人家的。他要吹吹打打，明媒正娶，不仅聘礼早早送上，还想着以后怎么孝敬老丈人。

所以，周通只是欠揍，而郑屠死有余辜。

所以，打死郑屠者，天意也。

没想打死他却打死了他，是上天在帮着使劲。天意不能再容忍郑屠活下去了。鲁达实际上是替天行道。《水浒》说梁山是"替天行道"，鲁达是典型体现。天意借鲁达之手，实现自己的惩恶扬善的意志。

但是，天意在哪里？天意在人心里。周武王说："天视自我民视，天听自我民听。"（《尚书·泰誓》）要找天意，不要抬头看苍天，而要低头看人心，人心所向，就是天意所在。看了镇关西的恶劣行径，谁不想打死他？古往今来的《水浒》读者，都想。这就是人心，这就是天意。所以，打死镇关西的，不仅是鲁达，也是我们这些普通读者，帮着鲁达使劲，最终杀死这个恶棍的，是你、我的力量和意志，是几百年来《水浒传》读者的力量和意志。

我们来看看下面血腥的描写：

> 鲁达脚踏郑屠，大喝一声："你如何强骗了金翠莲？"扑的只一拳，正打在鼻子上，打得鲜血迸流，鼻子歪在半边，却便似开了个油酱铺：咸的，酸的，辣的，一发都滚出来。郑屠挣不起来，那把尖刀也丢在一边，口里只叫："打得好！"
>
> 鲁达骂道："直娘贼！还敢应口！"提起拳头来就眼眶际眉梢只一拳，打得眼棱缝裂，乌珠迸出，也似开了个彩帛铺的：红的，黑的，紫的，都绽将出来。两边看的人惧怕鲁提辖，谁敢向前来劝。郑屠当不过，讨饶。
>
> 鲁达喝道："咄！你是个破落户！若只和俺硬到底，洒家便饶你了！你如今对俺讨饶，洒家偏不饶你！"又只一拳，太阳上正著，却似做了一全堂水陆的道场：磬儿，钹儿，铙儿，一齐响。鲁达看时，只见郑屠挺在地上，口里只有出的气，没了入的气，动掸不得。

此段文字，写得十分痛快；却又写得十分"痛慢"：慢写细写，把这一"快"的过程放"慢"。

鲁达的三拳分别打在三个地方：鼻子上，眼睛上，太阳穴上。

第一拳，打在鼻子上。写完"打得鲜血迸流，鼻子歪在半边"，本来已经写足，偏要再写出"却便似开了个油酱铺，咸的，酸的，辣的，一发都滚出来"，鼻根是味觉，所以施耐庵施大爷帮着郑屠体会那种瞬间的味觉大爆发。太享受了！所以郑屠喊了一声："打得好！"

第二拳，打在眼眶际眉梢，写完"打得眼棱缝裂，乌珠迸出"，也已经写足，偏要再写出"也似开了个彩帛铺的，红的，黑的，紫的，都绽将出来"。眼睛是视觉，所以施耐庵帮着我们想象：这时候郑屠的眼前，一定是个五彩斑斓的世界，如同节日的焰火烟花。太美了！

第三拳，打在太阳穴上，又是一段精彩譬喻："却似做了一全堂水陆的道场：磬儿，钹儿，铙儿，一齐响。"水陆道场，是中国佛教最隆重的一种经忏法事，全名是"法界圣凡水陆普度大斋胜会"，是设斋供奉以超度水陆众鬼的法会。在这样的道场上，磬儿、钹儿、铙儿一齐响，多么盛大的视听享受啊！

你有没有读出施耐庵的幽默感？这种幽默感，是建立在郑屠痛苦的基础上的。

施耐庵这样写，是把这快意恩仇延长了，展开了，让读者慢慢享受！

现在很多人指出，这段描写太血腥。原先这一段因为文字的精彩，描写的生动，被选入中学语文课本。前几年有人提出，这段文字太暴力太血腥，不适合中学生阅读。我觉得，这个建议有道理。

但是，我还是很喜欢这段文字。《水浒》中类似的多处暴力血腥的文字，都是有文化意义的，它们的出现，反映了作者的心理，读者的心理，甚至，长期处于皇权专制黑暗政治下，一个民族的心理。这是复仇的心理，是复仇的快感！

《水浒传》的创作，从社会心理上讲，就是一种压抑的发泄，是社会被长期压抑后的一种文学发泄，是人民苦闷的象征。《水浒传》的血腥和残忍，是社会现实血腥残忍的自然反映。在上有皇权专制、下有权力蛮横、朝廷有昏君奸臣、市井有恶霸流氓的中国古代，人民心中积蓄的仇恨和压抑，催生了《水浒传》这样的暴力小说以及小说中暴力美学的出现，催生了《水浒传》世界中的血雨腥风。

当然，仇恨，不是健康的心理，文学作品也不能仅仅片面地渲染和赞美仇恨。但是，对这样普遍存在的社会心理，需要有以下两点：

第一，需要认知。也就是说，从社会学的角度，我们要面对，要认知到这种不良社会能量的存在，然后知道如何去防范它。认知的目的，用鲁迅的话说，是要"引起疗救的注意"。

第二，需要宣泄。从社会学的角度，这种心理一旦产生，就不可以压抑，因为，越压抑，这种心理的郁结越多，危害越大。所以，最好的办法，是宣泄，在宣泄中，让这种心理得到疏导。

文学的一个特别功能，就是让人、让社会宣泄。宣泄不良情绪，然后净化心灵。

应该说，施耐庵在这一点上做得非常成功。

明朝思想家李贽在鲁达打死郑屠这段文字面前，激动得简直不知道如何表达他的感受，只是连下了一连串的评语："仁人、智人、勇人、圣人、神人、菩萨、罗汉、佛！"

仁人、智人、勇人、圣人，是儒家人格的最高境界；

神人，是道家人格的最高境界；

菩萨、罗汉、佛，是佛家人格的最高境界。

三大家的最高人格境界，全部让李贽送给鲁达了。

实际上，李贽就是一个在现实中深感压抑的思想家，他敏锐地感受到了那个时代、那个社会、那个制度、那个文化传统对人的全面压抑，他几乎不能喘气。所以，他读《水浒传》，读鲁达，他也十分畅快。

其实，明清之际，中国社会越来越压抑，越来越黑暗，那时候的《水浒》读者，哪一个不是在生活中备受压抑而难以宣泄呢？

鲁达是不是圣人、神人、菩萨等等不重要，重要的是，他打死镇关西的行为，代表了一种社会不可或缺的正义。在满怀积怨之后，看到鲁达这样申冤报仇的拳头，读者确实非常快意。李贽在激动之际写下的这一连串评语，就是这种社会心理的表现。

鲁达的拳头，不仅打杀了仇人，而且几乎是我们心灵的按摩。他的拳头，打出了我们的快意，打出了我们心中的恨，心中的怨，心中的冤，心中的仇。打出了正义的力量，道德的力量，让我们相信，这个世界，还不全是黑暗，恶人也不是全无报应，好人也能等到公正。

渴望郑屠这样的人受到惩罚，是我们内心正义感的表现。这种淳朴的道德感，是维护一个社会道德水准的重要基础。

实际上，镇关西郑屠这样的人，在我们的生活中，是对我们生存环境的毒害，是对我们良心的蔑视，是对正义的亵渎，是对道德的嘲弄，还是对法律的调戏。

生活中有这种人，还不是最可怕的，最可怕的，是我们对这类人的容忍与沉默。我们若是容忍了他，就是降低了我们的人格，我们若是和这样的人和平共处，就是我们自身的道德耻辱。

这种人被社会容忍，社会必将丛林化，必将弱肉强食，人类世界必将成为禽兽世界。

可以说，郑屠是被鲁达和"我们"群殴而死的。如果法律要追究打死郑屠的责任，"我们"都是"犯罪人"！"我们"是谁？是古往今来所有的读者！古往今来几百年的读者，都参与了对郑屠的群殴！

所以，郑屠不是被打死一次，而是被打死无数次：古往今来，每一个读者，每读一遍《水浒》，郑屠就被打死一次！

什么叫天意？天意就是民意！

伟大的作家，不能自己决定笔下人物的生死。因为作品中人物的生死，有人物自身的命运，有自身的生死逻辑，还有那难以测度的天道与天威。

镇关西这种人，有着必死的逻辑。

我相信，郑屠的死，不仅鲁达没料到，连施耐庵也没料到。

对鲁达来说，是：打着打着，咋就把他打死了。

对施耐庵来说，是：写着写着，咋就把他写死了。

不是打死了，不是写死了，是该死了！

郑屠，是被天杀的。天，才是杀死郑屠的真正"凶手"。

在生活中，很多该死的人，偏偏活着，甚至活得很滋润。

这就是生活的荒谬，也是生活的不道德。

所以，生活是不完美的，生活是让我们遗憾，甚至含恨的。

但是，在文学中，该死的人，一定会死。

这就是文学的良知，文学的正义，文学的天道。

这也是文学超越生活的地方，这也是我们需要文学的原因。

有天道的文学，才是伟大的文学。

其实，《水浒》，就是一部写"天杀"的作品。

鲁智深随宋江征辽，去五台山拜见师父智真长老，智真长老对鲁智深说：

> 徒弟一去数年，杀人放火不易。

鲁智深坐化之前写的偈子，总结自己的人生：

> 平生不修善果，只爱杀人放火。忽地顿开金绳，这里扯断玉锁。咦！钱塘江上潮信来，今日方知我是我。

而那径山大惠禅师手执火把，直来龛子前，指着鲁智深，道几句法语，是：

> 鲁智深，鲁智深，起身自绿林。两只放火眼，一片杀人心。忽地随潮归去，果然无处跟寻。咄！解使满空飞白玉，能令大地作黄金。（第一百十九回）

自己总结自己的人生，是杀人。佛教领袖给予的最后法语，是杀人。问题是，这样一生不修善果只是杀人放火的人，竟然是佛！竟然"解使满空飞白玉，能令大地作黄金"！

我们再看看李逵。第五十三回里，罗真人对李逵的鉴定：

> 这人是上界天杀星之数。为是下土众生作业太重，故罚他下来杀戮。

天杀，就是正义在杀，就是正义在人间的实现。

是无正义的人间必须承受的杀戮。

权力社会及其话语句式

鲁智深到东京大相国寺做了菜头,大相国寺菜园隔壁是岳庙(开封府为泰山神建立的行祠)。林冲与娘子一同来间壁岳庙烧香,打此经过,见鲁智深演练兵器,林冲叫娘子和使女锦儿去烧香,自己与鲁智深相见。

林冲碰见鲁智深,林娘子到岳庙烧香,也碰到了一个人。

这个人,就是高俅的养子,高衙内。

说起高俅这个养子高衙内,倒也是好笑:原来却是高俅叔叔的儿子,也就是他的叔伯弟兄。因为自己没有亲儿子,就把这叔伯弟兄收作干儿子,辈分乱了。

这当然是《水浒》作者的杜撰,故意把高俅写得毫无伦理。

其实坏人无伦理不是最可怕的,坏人有权力才是最可怕的。这世界最必须关注的,不是道德问题,而是权力问题。

这个由叔伯兄弟改造成的干儿子,高俅竟然特别爱惜他,这小子也仗着这个叔伯大哥兼养父的权势,在东京专一淫垢人家妻女,京师人谁敢与他争执?给他取了个名字叫"花花太岁"。

京剧《艳阳楼》中的高登，就是《水浒》中的高衙内。高登出场有四句自我介绍：

我父在朝为首相，亚赛东京小宋王。
人来带马会场上，顺者昌来逆者亡。

李少春《野猪林》第一回，高世德高衙内这样自我介绍：

我父权威似首相，威风凛凛在朝堂。
人来带马会场上，顺者昌来逆者亡！

一个小衙内就能让人顺者昌来逆者亡，这是德性问题吗？不是，是权力问题。顺者昌，逆者亡，是绝对权力的基本特征。

专一爱淫垢人家妻女的"花花太岁"，如果换成一般人，首先不敢，其次被揍，结果被逮，最后判刑流放直至杀头掉脑袋。

试看高俅在没有发迹之前，哪有高衙内这般恶劣？也不过就是帮了一个生铁王员外儿子使钱，每日三瓦两舍，风花雪月，还真说不上有多大的罪恶。但就这样，还被断了二十脊杖，迭配出界发放。

为什么？因为那时他没权势。

现在他这个养子高衙内，专一爱淫垢人家妻女，这是多大的罪行？但却横行大街，荼毒百姓，没人敢管。

为什么？《水浒》这段文字说得清楚：京师人怕他权势，谁敢与他争口？

高俅真该给他这个养子来一段"忆苦思甜"。

所以，这个世界，不怕坏人没道德，就怕坏人有权力。

战国时的韩非子，早就说过这个现象：

> 桀、纣为高台深池以尽民力，为炮烙以伤民性，桀、纣得乘（势）四（肆）行者，南面之威为之翼也。使桀、纣为匹夫，未始行一而身在刑戮矣。
>
> 势者，养虎狼之心，而成暴乱之事者也，此天下之大患也！（《难势》）

所以，《水浒》看起来是写江湖，其实是在写朝廷。写朝廷的权力猖獗，不受约束，然后才造成了这悲惨世界。

回到小说。

就在鲁智深和林冲在菜园里结拜兄弟，举杯痛饮的时候，这花花太岁高衙内在酸枣门外岳庙里，见到了来上香的林冲娘子，他那惯常色迷迷的小眼就直了。按他一贯的做事风格，是，有条件要上，没有条件创造条件也要上，他有的是权力。林娘子身边只有一个丫鬟，天赐其便，他二话不说便上来调戏，纠缠着不放，一定要拉林冲娘子上楼去。

泰山在中国文化里是有特别象征意义的，象征着天意天道，泰山是天的象征，而皇帝是天子，代表着天，在人间行使权力。

所以，岳庙象征着神圣权力，既象征着神权，也代表着政权；既是道统的象征，也是政统的象征。

这样的神圣场所，却发生着这样的不公不义，这样的龌龊肮脏，哪里还有什么天道？

林娘子是来上香还愿的。她一定觉得这里的神灵是可以保佑良善的，保佑好人的，但是，偏偏从这个地方开始，从她给东岳大帝上香祷告祈求神灵庇佑开始，她的命运，她丈夫的命运，一步一步，走向塌陷。

好在，林冲就在不远的地方，岳庙隔壁的大相国寺菜园。锦儿慌忙来报知林冲，林冲撇下鲁智深，慌忙赶到岳庙，远远地就看见一个男人的背,正拦住他的老婆纠缠,一定要拉她上楼。林冲怒火万丈,从背后扳过那人,大喝一声:"调戏良人妻子当得何罪?"

但是当他准备下拳打时,却先自手软了——因为他认出了这人乃是高衙内,是他顶头上司的养子。他手软了,高衙内却被他扫了兴致,对他大喝一声:

  林冲!干你甚事,你来多管!

这句话显示出,林冲与高衙内是认识的,高衙内以前的欺男霸女,林冲不可能不知道,但林冲确实没管——这是一个很大的话题,我们且放下不表。

我们只来分析一下高衙内这句话的野蛮和逻辑。

这句话里面的野蛮,是权势者的野蛮,权势者强加给社会一个野蛮逻辑:当它作恶时,你必须闭眼闭嘴!

而当普通围观者真的在暴力淫威下,渐渐麻木,觉得一切不幸没有轮到自己头上,就心生侥幸,甚至觉得岁月静好时——林冲就是这样的典型——另一句话就会变成广为流传的格言,甚至被当作一个人"成熟""稳重"的标志,这句话是高衙内那句话的变种或进化版:

  干我甚事,我来多管!

这个句式,又一定会演变为第二人称句式,用来劝告他人:

  干你甚事,你去多管!

所以,高衙内的这个句式,再加上两个变化式,就是权力的野蛮逻辑，而这个逻辑通行的地方，就是愚昧、奴性和黑暗的地方，这样的地方，必然存在普遍的人格委琐。鲁迅曾经描述过这样的国民人格画像：

> 狮子似的凶心，兔子的怯弱，狐狸的狡猾……（《狂人日记》）

权势的最大愿望，就是面对一群愚昧的民众。

权势者的野蛮，可以造就被压迫者的普遍愚昧。

被压迫者的愚昧，又可以纵容和鼓励权势者更加肆无忌惮的野蛮。人民越愚昧，权力越野蛮。

被压迫者屈从权势的最终结果，就是全社会的愚昧。

越愚昧，就越崇拜权力；越崇拜权力，就越愚昧。

而愚昧又必然野蛮。于是，上层下层一起野蛮。人类退入丛林时代。

这是恶性循环，也是权力之圈。

愚昧不仅是教育学的结果，更是心理学的结果。

心灵的恐惧和麻木，最终导向愚昧。

从心理学的角度说，愚昧是一道良心的麻醉剂，使其面对无道无德无良而不感到痛苦，甚至觉得幸福。

愚昧的最高境界，是，身处地狱，却自觉活在天堂。

权势的最高追求，是，让地狱处处响起赞美诗。

高衙内之所以今天能对林冲如此气势汹汹理直气壮，与他此前专一淫垢人家妻女，而没有人敢于制止有关。

长期没人制止，所以他今天还觉得奇怪：林冲，干你甚事！你来多管！

这句话，其实也是在打林冲的脸：

你以前也没管！

是的，当高衙内淫垢别人妻女的时候，林冲在哪里？

不要以为什么事与我无关。
这世界，对任何人的不公，都是对每一个人的不公。
对任何人的伤害，都是对每一个人的伤害。
我曾经在一首诗里写道：

> 所有的伤口都是世界的伤口，
> 所有伤口流出的，都是世界的血（《致命倾诉·诗谶》）

好，回到小说，再往下看，有这么一句话，

> 原来高衙内不晓得他是林冲的娘子；若还晓得时，也没这场事。

真的吗？如果高衙内知道了这个女子是林冲娘子，他会住手吗？
不可能！
原因很简单，你往下看就知道：后来高衙内晓得了，事却越发做得绝了。对高衙内来说，管她是谁的娘子？谁的娘子都是我的娘子！谁不服就弄死谁！
倒是另外一种情形，是存在的：
若这个女子不是林娘子，林冲是不会管的。

再往下看。

> 众多闲汉见闹，一齐拢来劝道："教头休怪。衙内不认得，多有冲撞。"

你好好揣摩一下这句话的意思,你觉得你理解了吗?

你可能会说,理解了啊,这意思就是:如果衙内认识这是林冲的老婆,就不会冲撞了。

这还是看的字面意思,没有看到本质,没有看到这句话后面的观念。

观念,才是世界的本质。

这句话潜在的语言心理是:假如此女子不是林冲的老婆,那就想怎么冲撞就怎么冲撞,你林冲也就无须多管了!

它包含的观念是:权力可以任意占有它看上的一切,而别人无权多管。

再往下看林冲的话。

鲁智深赶过来,要帮林冲厮打。

林冲道:"原来是本管高太尉的衙内,不认得荆妇,时间无礼。林冲本待要痛打那厮一顿,太尉面上须不好看。自古道:'不怕官,只怕管。'林冲不合吃着他的请受,权且让他这一次。"

你看,林冲"不认得荆妇,时间无礼"这句话,是不是和那帮泼皮一个意思?第一,如果他认识我的老婆,他就不会动手。而如果不是我老婆,我又何必多管?

第二,在指出高衙内"无礼"的时候,林冲给出了一个前提:"不认得荆妇。"那么,其暗含的心理是:如不是"荆妇",则高衙内无论如何冲撞,都不算对林冲无礼!

这是深入人心的黑暗观念!是我们的集体无意识!是两千年的秦制,积淀下来的民族集体无意识!

何为"公道"?公道就是公共的道。只要不是冲撞自家老婆,就不算对自己无礼,在林冲的观念里,有公共的道吗?

这段话还有一层意思：本来欺负我老婆，我当然要打，但既是太尉的养子，我就放过他了。这里也有一个潜台词：如果不是高衙内，我就管了！

你看，林冲不是没有正义感，而是，当正义感碰到权势的时候，正义感就屈服了！

这是不是我们很多人共同的体会，共同的不堪，共同的卑微，共同的痛苦？

对权势的又怕又恨，不是林冲一人的悲剧，也不是林冲一人的性格。在权力社会里，它几乎是所有人的性格，所有人的悲剧。所以，就文学形象言，如果鲁智深的形象是一个类型，而林冲的形象就是一个典型，他是所有人的典型代表。林冲的形象比鲁智深的形象更有社会深度和广度。

马克思说，专制政治就是侮辱人，不把人当人。当权力决定一切的时候，一切都会堕落，当权力决定我们命运的时候，如果我们不能逃离，像王进那样，或者脱离体制，像鲁智深那样，我们只能以人格堕落和个人尊严的丧失获得可怜的生存权。在林冲身上，我们看到了很多人的人生与性格，甚至，看到了我们自己内心深处深藏的惧怕与懦弱。

而且，这可怜的生存权，仍然是随时可以丧失的。林冲有一个贤淑美貌的妻子，自身有一身好武艺，他的理想，就是到边疆，一刀一枪，博个封妻荫子。他此时的生活是很圆满的。他家的侍女的名字叫锦儿，这是一个很有寓意的名字，暗含着他的生活如锦上添花，美满幸福。

所以，林冲是颇有岁月静好的感觉的。当王进被逼离开殿帅府时，作为同事的林冲，仍然觉得岁月静好；当高衙内在大街上无恶不作，淫垢别人家的妻女时，他还是觉得岁月静好。他难道不知道衙内不安静高俅真不好？但是，没有轮到他头上，反正他就坚信：岁月静好。

他的太太林娘子，其实也是一个岁月静好婆。你看她在岳庙前，面对高衙内的纠缠，红了脸，道："清平世界，是何道理，把良人调戏！"

在陆谦家，面对高衙内，她再一次说："清平世界，如何把我良人妻子关在这里！"

在《水浒传》里，可爱的女人不多，林娘子是其中之一。但是，她这句话，让我觉得她"很傻很天真"：谁说这是清平世界？谁告诉你这是清平世界？在你之前，那么多女子被衙内侮辱，怎么就是清平世界？是不是没有轮到你，就是清平世界？

一个小小的花花太岁就能彻底地破碎他们的当下生活，使他们未来的前途破灭。这样的社会，这样的生活，哪里是什么岁月静好？

问题还在于，越是没有安全感，越是要小心翼翼，而越是小心翼翼，便越是没有安全感，人们几乎生活在一个悖论之中，生活在一个恶性循环之中不能自拔，这是真实的轮回。

比如，林冲总想委曲求全，但委屈就能求全吗？委屈的结果往往使自己的空间越来越小，能腾挪的自由越来越小，反抗与自卫的能力越来越小，而与此相应的，是社会对你的压迫越来越肆无忌惮。林冲忍了，让了，把高衙内放了，但高衙内放过他吗？能放过他的娘子吗？

再往下看。

> 林冲领了娘子并锦儿取路回家，心中只是郁郁不乐。

但那天晚上，闷闷不乐的还有一个人，这个人就是高衙内。

高衙内回到府中，几日纳闷，怏怏不乐，一般情况下，他看中的女子，他总能弄到手，但这一回不同了，这个让他心跳的女人，竟然是林冲的老婆。

按林冲的理解，高衙内之所以调戏他老婆图谋不轨，乃是因为不知道是他林冲的老婆，如果知道了，就不会了。

这显示出林冲天真幼稚的一面。真相是：除非高衙内没看上，如果高衙内看上了,没有什么能让他打消主意,没有什么能阻止他。

这就是权力的逻辑。

权力的逻辑是什么?我的是我的。你的也是我的。

韩非子曾经说过一个现象:

野地里一只兔子,所有的人都去追。市场货架上的兔子,那么多,却没有人去抢。

为什么?因为,野地里的兔子,没有主。谁抢到了就是谁的。于是大家都去抢。

市场货架上的兔子,是有主的,货主对这个兔子拥有所有权。所以,别人不会去抢。

韩非子说得好。

但韩非子最后要说的,不是私有产权的重要性,不是要我们尊重、保护私有产权,并由此建立尊重他人利益的道德体系。

他的目的是:要让野地的兔子,市场上的兔子,都归属权力。

好吧,我说通俗一点:中国古代的法家,他们所有的理论,最后的诉求都是,建立一个权力社会,让权力来控制所有的资源,所有的人!

他们真的做到了。

中国古代社会,别说什么封建社会,专制社会,中央集权社会,其实,就四个字:权力社会。

权力社会的原则就是:

市场上的兔子,是我的。野地里的兔子,也是我的。

因为,权力的绝对性,已经决定了:市场和野地都是我的。

林冲以为林冲的娘子是他的,只要他出现,亮出身份,高衙内就会住手。

这不是林冲自信，是林冲没明白自己的时代，自己的身份，自己的社会。

可笑的是，高衙内也没明白。所以他也郁闷：这个我看上的女人，竟然是林冲的娘子！

不过没关系。真相只要在，总会被挑破。

富安来了。

这个富安，是《水浒》中的第一小人。为什么我这么说他？因为他知道那个邪恶的真相，并且乐于挑破这个真相，怂恿人们利用这个权力真相，无所不为。

当高衙内承认看上了林冲娘子但发愁"只没个道理得他"时，这个小人笑了。

富安道："有何难哉！衙内怕林冲是个好汉，不敢欺他，这个无伤。他见在帐下听使唤，大请大受，怎敢恶了太尉？轻则刺配了他，重则害了他性命。"

这是一个深谙权力规则权力逻辑的小人。

也正是这样的人，告诉我们古代社会的真相。

是的，古代社会的真相，还真的不是描述在学者大师们的文集里，而是常常出现在这类小人物的口舌里。看道学家、理学家、经学家的文章，我们看到的是孝悌忠信的"道德社会"；听富安这些小人的话，我们看到的是无法无天的"权力社会"。——你觉得哪个才是真相？

权力选择题

在《权力社会及其话语句式》这篇中,我讲了一个关键词:权力社会。我还讲到了权力逻辑的简单表述就是:我的是我的,你的也是我的,天下都是我的。

但林冲不知道权力的这个逻辑,他还以为只要高衙内知道那个女人是有主的,并且这个"主"还不是一般人,而是大宋的高级军官,是大宋军事学院的枪棒教授,就会放手。

这不是林冲自信,而是林冲糊涂。

有意思的是,高衙内也没有搞清楚权力逻辑,他一看是林冲老婆,不是原先东京大街上的那些无名小民,他也觉得要得到这个女人,没有以前那么容易。

面对林冲,高衙内确实不自信了。但这是由于他和林冲一样糊涂:他没搞明白自己的优势在哪里,他只看到了自己和林冲的个体差距,从个体的角度上说,他确实无论哪一方面,都不是林冲的对手,所以他很郁闷。

他实在愚蠢,这么坏,还这么笨,他怎么就没明白,他一直以来肆无忌惮无法无天缺德无良，不都是靠着他养老子的权力吗？难道是靠他自己的男性魅力？这"花花太岁"的帽子，你以为什么人都可戴着招摇啊？

高衙内的坏，其实是权力的坏。权力借他的躯壳，来展现它的邪恶。

因此，读《水浒传》，要有道德的眼光，更要有穿越道德的眼光。对人对事，要有道德的判断，更要有超越道德的判断。这世界的很多问题，是人的道德问题；但这世界的很多问题，不是人的道德问题，而是国家的制度问题。衙内人性之丑，必借助权力，方可成害。所以，并非衙内生来较一般人为恶，而是权力使他的恶能够得逞。

高衙内的糊涂也难怪：高俅是泼皮刚刚暴得大官，衙内也是刚刚从草根变为衙内，除了吃喝玩乐，别的权力的好处，他还没有来得及去体会；权力的威力，他也没有充分感受；权力的效用，他还没有来得及充分使用。还在满足于在大街上欺男霸女，层次太低了。不见蔡京的儿子女婿都是坐镇一方的大员了吗？后来的高廉才算是进步了，去高唐州做知州了。

所以，值得提醒的是，高衙内此时的苦恼，不是出于良心不安：林冲的娘子，我怎么可以霸占？我怎么可以夺人妻女？

而是——他的苦恼是出于一种无力感：林冲不是一般人，是有身份的人，是武功很高的人，我斗不过。

但有一个小人，富安，出现了。

这是一个深谙权力规则权力逻辑的小人。他将指导高衙内，用权力这个无敌武器，碾压林冲，抢走他的娘子。

富安道：

> 有何难哉！衙内怕林冲是个好汉，不敢欺他，这个无伤。他见

在帐下听使唤，大请大受，怎敢恶了太尉？轻则刺配了他，重则害了他性命。

你听他的话："有何难哉！"

这句话，可恶之处，首先在于他毫无是非，他直接跳过了一个最重要的问题：这事能做吗？而直接回答：这事难做吗？

一般而言，我们决定做一件事，都必须经过两个逻辑阶段：做不做和如何做。

第一，做不做？这是价值判断。考虑该不该做，能不能做？这是一个不可逾越的阶段，需要反复论证和考量。

第二，如何做？这是方法判断。经过第一层判断，可以做，能做，该做，接下来，就考虑如何做，用什么方法做。

而富安给高衙内出主意，他如果是个正派人，就要掂量一下这件事该不该做。夺人妻女，破人家庭，这是很严重的罪行，古人说，"杀父之仇，夺妻之恨"，夺妻之恨是和杀父之仇并列的，而淫人妻女，情节严重的，在古代，是死罪。

而富安，与高衙内，对第一层次的问题，根本不去考虑，说明什么？

说明小人从来无伦理，只讲利害，从不计是非。说明权力所在，根本不怕法律，无视道德！

实际上，富安这段话的可恶，还有第二层的问题：不择手段。

哪怕一个正当的目标，我们要实现它，也得讲究手段的合乎道德，合乎规矩，合乎法律。

为什么我说富安是不择手段？

你看他的话：

"他见在帐下听使唤，大请大受，怎敢恶了太尉？轻则刺配了他，重则害了他性命。"

这是直接动用权力去剥夺人的权利乃至生命!

而他所说的林冲在帐下听使唤,不再是一种上下级的职务之别,而是上级对下级的人身控制!而人身控制权,其实是奴隶时代的权力。这种人生控制权,在制礼作乐的礼制(周制)时代,就被限制了。

而权力不受约束时,它一定会追求奴隶主的那种权力,它一定会努力让所有人变成奴隶,然后剥夺奴隶们所拥有的一切,只要是他看上的。

这就是秦制诱惑人的地方。

秦制的制度动力和魅力,来自对人性丑恶一面的激活和放大。

而且,富安的话里,还给我们透露了一个秘密,这个秘密是:

给人一个两难选择——我把它命名为"权力选择题":

"权力选择题"的题型是一个两难选择,给出两个选项,一个是它要的选项,一个是比它要的选项更加严重的选项,以逼着你选出它要的选项。

比如:

你是选择被砍掉一只胳膊呢,还是主动奉献出一根手指呢?

你是选择籍没你的家产呢,还是选择主动奉献出部分家产呢?

这里,富安给林冲的选择就是:

你是选择刺配甚至杀头呢(刺配杀头之后,老婆也就自然被衙内占有),还是选择让出你的老婆呢?

富安的可怕,是因为他**看出了问题的关键:权力**。而且他还能充分地利用权力。

当权力因素加进来之后，一切都失去了重量：因为权力是绝对的重量。在权力面前，强大的林冲不堪一击；有权力撑腰，虚弱的衙内却战无不胜。**没权的老虎**，不过一个病猫；**有权的老鼠**，顶得上一只狮子。权力是什么？权力是：**顺我者未必昌，逆我者必然亡。我的是我的，你的也是我的**，不仅你的前途、命运是我的，你的人格、尊严，甚至你的生命，都是我的。

既然如此，你的老婆，我看上了，那还是你的老婆吗？

可见，在绝对权力面前，人的生存权都不会存在，这就是那个时代、那个社会的现实。中国现在有不少人很向往皇权时代，老是**写小说、写电视剧歌颂封建帝王**，一些人还要穿越到古代，我想问问：你穿越到过去，你确定你是高衙内，不是林冲吗？你确定你是格格，不是林娘子吗？

现在，基本形势已经明朗。按自然法则，高衙内绝无胜算的可能，他不论在人品、能力诸多方面，都远远不是林冲的对手。但是，经小人富安一分析，他才发现，原来他拥有**百战百胜无往不胜战无不胜的绝对优势**，这优势就是：他是太尉的养子。所以，把权力这一社会性的因素一加进去，林冲个人拥有的那一切，瞬间就变得毫无分量，化为乌有，他的优势几乎一下子就蒸发了，而高衙内，却可以得意地奸笑着，为所欲为。

高衙内在经过富安的分析和鼓励之后，更坚定了霸占林冲娘子的信心和决心。目标确定了，方法就是关键。高衙内最苦恼的，也就是没有一个好办法。

既然林冲不足虑，主要就是林冲娘子的问题。

林冲娘子的问题是什么问题呢？

第一，如何接触到林冲娘子。林冲娘子呆在家里，怎么才能见上？

第二，光见上还不行，还得要有一个私密的空间，只有这样，才能让高衙内得逞其奸。

第三，最好还得林冲娘子愿意。

要这三项都能实现，还真不那么容易。

不过，办法总比困难多，而办法总是人想的，下流的办法是下流人想的。只要你身边有下流人，就不愁找不到下流的办法。**权力独大的地方，一定下流人麇集**。而衙内眼前的这个人，就是最最下流的下流人，并且，实际上，他在来高衙内这里之前，已经胸有成竹：

富安给高衙内献上了一条计，我们可以把它称为**"瞒天过海"计**再加**"调虎离山"计**。

"瞒天过海"计是"三十六计"中的第一计，原文是这样的：

备周则意怠，常见则不疑。阴在阳之内，不在阳之对。太阳，太阴。

意思是，自以为防备周到，就会麻痹大意；情况很常见，就不会疑惑。阴谋就隐藏在公开的行动之中，与之一同进展，并不与公开的行动相对立。最公开的行动隐藏着最阴险的阴谋。

我们来看看富安的计谋。

富安对衙内说：

（你们高家）门下知心腹的陆虞候陆谦，他和林冲最好。明日衙内躲在陆虞候楼上深阁，摆下些酒食，却叫陆谦去请林冲出来吃酒。不过不是去陆谦家，而是把林冲带到别处吃酒。小闲便去他家，对林冲娘子说道："你丈夫教头和陆谦吃酒，一时重气，闷倒在楼上，叫娘子快去看哩。"赚得她来到楼上。妇人家水性，见了衙内这般风流人物,再着些甜话儿调和他,不由他不肯。小闲这一计如何?

这条计,果然是好,而且完全符合"瞒天过海"计的基本要素。林冲自那日受气后,不会再让老婆出来,这样的防备,当然不会出意外。这就叫作"备周则意怠"。林冲怎么可能想到自己的老婆会出门呢?

让陆谦去叫林冲吃酒,陆谦是林冲的好朋友,这叫"常见则不疑":他们经常在一起喝酒啊。

大摇大摆地请林冲出来吃酒,这就叫"太阳"。

而里面包含着极大的阴谋,这就叫"太阴"。

利用林冲对陆谦的信任,光明正大地请他出来,然后骗奸他的老婆,这又是一招"调虎离山"计。

小人之心,太歹毒,小人之计,太阴损!

但是,这条计虽然是好,还有两个问题。因为,这条计涉及对一个人的品性判断,哪个人呢?

陆谦。

既然陆谦是林冲的好朋友,**他会配合他们,一起陷害林冲吗**?

实际上,这条计的最高明之处,正在这个地方。

简单地说吧,这条计最高明的地方还不是上面所说的那些陷阱的巧妙设计等等,而在于:

1. 对丑恶人性的准确把握和切实利用。
2. 对权力威力的充分估计和充分使用。

因为,这出计能否得以实施,**关键的人物是陆谦**,而陆谦则偏偏是林冲的好朋友。问题就在这:正因为陆谦是林冲的好朋友,所以才能实施"瞒天过海"计;但正因为陆谦是林冲好朋友,他可能会拒绝参与陷害林冲。

富安与高衙内在这里碰到了一个两难选择：不用陆谦，骗不出林冲；用陆谦，则陆谦是林冲多年的好朋友，很可能拒绝。

而陆虞候呢，也有两难选择：

参与陷害林冲吧？林冲是朋友，是多年的兄弟。陷害林冲，不仅兄弟之情一笔勾销了，自己还面临着道德良心的谴责，自己的内心，将永久留下道德创伤。

拒绝参与陷害吧？高俅是上司，是决定自己命运的上司。拒绝高俅，不仅前途一笔勾销了，甚至生命不保。

讲到这里，你有没有意识到，陆谦陆虞候，其实本来可以不做这样的选择题的。也就是说，他本来不需要用陷害林冲的方式来获得自己的前途，保住自己的生命。

而权力的可怕之处，就在于：它能逼迫所有人做"权力选择题"，让所有人的人格瞬间坍塌，和它一起作恶。

而人格坍塌，作恶，则又成了每一个人给权力交上的"投名状"，从此你将被绑在权力战车上，只好做它的爪牙和帮凶。

后来林冲上梁山，王伦让他交"投名状"，让他下山去杀一个人。其实，他的兄弟，自幼相交的兄弟，陆谦，早于他很久，就在高俅这里交了"投名状"了，而这个"投名状"，就是林冲的娘子和林冲的性命。

但是，我说的这两个两难选择：富安的两难选择和陆虞候的两难选择，只存在于逻辑上，伦理上。现实中，这两个人，还真是一点都没觉得为难。

先看富安。

富安在寻思这条计策时，**根本没把陆谦可能拒绝考虑在内，而他把**

这条计策告诉高衙内时，高衙内也同样对陆谦能听从他们而对朋友落井下石深信不疑：

> 就今晚着人去唤陆虞候来分付了。

时间就在"今晚"，态度则是"唤"，如唤一条狗，让陆谦做这样缺德的事，根本不怕他犹豫，更不会和他商量，直接是"分付了"即可。

其实，富安这条阴险的计谋里，不仅包含着对林冲的陷害，还包含着富安、高衙内对陆谦个人道德的贬低与蔑视。被别人这样看待，陆谦难道不觉得这是对他良心与人格的卑视？假如陆谦是个有道德良知的人，他一定会为此感到愤怒！

看一个司马迁《史记·刺客列传》中的故事吧。

燕太子丹找到田光，请他帮忙刺杀秦王。田光说：我老了。我给你推荐一个人吧，他叫荆轲。

太子说：好啊，麻烦您走一趟，帮我请荆轲先生。

田光说，好。我马上去。

太子说：我所讲的，先生所说的，是国家的大事，希望先生不要泄露！

田光俯下身，笑着说："是。"

田光见到荆轲，荆轲答应前往宫中拜访太子。

田光说："我听说，年长老成的人行事，不能让别人怀疑他。如今太子告诫我说：'我们所说的，是国家大事，希望先生不要泄露。'这是太子怀疑我不够老成持重。一个人行事却让别人怀疑他，他就不算是有节操、讲义气的人。您见到太子，就说我已经不会泄密了。"

说完，就拔剑自杀了。

你看，这个田光，只是因为别人对他有点不放心，甚至只是为了更加谨慎，他就觉得这是对他不够信任，对他品性有所怀疑，他自杀了。

为什么？伤自尊了。

再看《墨子·公输》：

  公输盘（班）为楚造云梯之械，成，将以攻宋。子墨子闻之，起于鲁，行十日十夜而至于郢，见公输盘。
  公输盘曰："夫子何命焉为？"
  子墨子曰："北方有侮臣者，愿藉子杀之。"
  公输盘不说。

公输班为什么不悦？因为这事不是光明磊落的事。你杀人，想起我了，在你眼里，我是什么人？

  子墨子曰："请献十金。"
  公输盘曰："吾义固不杀人。"

你看，公输班心中有一个"义"，心中有义的人，不仅不会无端杀人，还会对建议他杀人的人，很生气，因为，这侮辱了他的人品，贬低了他的人格。

又一个伤自尊的故事。

问题是，墨子其实并没有一个什么仇人在北方，要出钱请公输班帮他杀了。他编造这个故事，目的就是伤公输班的自尊。他知道，正常的人被人看成为钱杀人的杀手，都会觉得受侮辱。

再看一个故事。

皇甫谧《高士传·许由》载：

尧让天下于许由……不受而逃去。……又召为九州长，由不欲闻之，洗耳于颍水滨。时其友巢父牵犊欲饮之，见由洗耳，问其故。对曰："尧欲召我为九州长，恶闻其声，是故洗耳。"巢父曰："子若处高岸深谷，人道不通，谁能见子。子故浮游，欲闻求其名誉，污吾犊口。"牵犊上流饮之。

尧要把天下让给隐士许由，许由逃走，后来又来招他为九州长，许由觉得自己隐居一辈子还被别人这样误解，实在是深感屈辱，认为尧的这个建议污秽了他的耳朵，于是跑到河上去洗耳朵，但是，他的朋友巢父告诉他：你还洗什么耳朵？这难道不是你自我品性修养不够造成的吗？如果你不是到处招摇弄得名满天下，谁会知道你，请你去做什么天子九州长？你还洗耳朵，我还觉得你弄脏了河水，我的小牛犊子哪里能在你的下游喝水！

这三个故事，共同点是什么？

就是，别人给我出主意，提建议，做要求，不能贬我德性，伤我自尊！

但是，别人的主意，别人的建议，虽然不合道义，又不是我的，我为什么深感侮辱？

因为，别人之所以敢于给我提不合道义的建议，就说明，我在别人的心目中，就是这样无道义的人。

所以公输班会生气，田光甚至为此自杀，许由会去洗耳朵。而许由的朋友巢父甚至觉得许由的耳朵已经脏了河水，连牲口都不要喝了。

一个好人，绝不可以让别人把他看成坏人。

尤其不可以让别人利用他来做坏事。

富安、高衙内在谋划这样一个下流而邪恶的计划时，把陆虞候考虑进来，让他参与害人，甚至一点都不会考虑陆虞候有可能拒绝，这是对陆虞候的了解，这种了解里，包含着他们对陆虞候的道德蔑视和人格鄙视。

正如先秦法家韩非等人表现出来的那样，对道德的蔑视，乃是由于权力的自信。权力天然藐视道德。

权力凭什么自信？

权力凭着能让人做"道德选择题"而自信！

此刻，富安、衙内他们，给陆虞候的"权力选择题"是：

A：牺牲林冲；

B：牺牲自己。

陆谦其实没有选择，只能接受。

自由意志与圣贤选择题

要得到林娘子，必须借用陆谦。这是富安给高衙内出的主意。

并且，富安也好，衙内也罢，他们根本没想陆谦会拒绝这样肮脏的安排，他们有着权力自信。

那么，陆谦会像他们想象的那样，接手这样下流又缺德的事吗？

当富安把他的计策向陆谦和盘托出并要求他配合时，陆谦是答应，还是深感侮辱，愤怒地拒绝？

上一篇，我提到了三个古人的故事：田光的故事，公输班的故事，许由的故事。说这三个故事，其实是说一个概念：人格自尊。田光无法容忍自己的德性被人怀疑，以自杀自赎。公输班虽然逻辑不能自洽，但对墨子请他当杀手还是非常郁闷，因为这表明别人对他人品的误认。尧让天下于许由，许由洗耳，而许由的朋友巢父甚至觉得许由的耳朵已经脏了河水，连牲口都不要喝了，这是极度的道德自尊，不容一点亵渎。

有道德自尊才可能有对"权力选择题"的超越。这种超越，建立在牺牲自我的基础上。陆谦，有这种精神吗？

当陆虞候接到富安的建议时，他要面对两难选择。

选择配合富安、高衙内？他是林冲的兄弟，要牺牲友谊和义气。

选择拒绝富安、高衙内？他是高俅的下属，要牺牲前途和利益。

陆谦是人在家中坐，题从天上来。什么题？权力选择题。

陆谦被迫去做这道选择题。

他似乎没有选择。"权力选择题"的实质，其实是没有选择。

我们常说一句话：人是理性的动物。我要接着这句话补充一句：理性的本质是对自我利益的考量。说得直接一点，武断一点，理性就是自私。

所以，从自我利益的角度看，权力选择题，其实是没有选择。

趋利避害是人的基本理性。

但是，"权力选择题"不是让我们在利害之间选择，而是让我们在大害和小害之间选择，这是"权力选择题"的最大特点——让做题的人"两害相权取其轻"。

它无须奖赏，就能让人帮它作恶——因为对人不加伤害就是它给人的奖赏；

甚至它让人受害，人还是愿意帮它作恶——因为，权力可以选择一个更大的伤害加给对方。

到了这时，你会发现一个人性黑洞：那就是"斯德哥尔摩综合征"。受害者或做题者不但不会仇恨权力者，还会对加害他的权力满怀感激：因为权力有太多的进一步伤害可以选择，而它止于此了——权力把选择权给了受害者了。这被看作是权力的仁慈，从而获得受害者的感激涕零乃至肝脑涂地。

在田光、公输班和许由、巢父的故事里，我们看到：当别人希望你去做一件缺德之事的时候，虽然不是他故意侮辱你，但有自尊的人，有自由意志意识的人,仍然会觉得深受侮辱。富安、高衙内在他们陷害林冲的阴谋里,让林冲的好朋友好兄弟陆谦来做阴谋的主角,这是对陆谦品性的侮辱。或者,在他们心目中,陆谦就是这种毫无原则的小人,随时听从主子的呼唤去咬死任何人。

我们看高衙内的话:"好条计!就今晚着人去唤陆虞候来分付了。"

这句话,第一,暴露了高衙内自己的德性;第二,打了林冲的脸;第三,侮辱了陆虞候的人格。

暴露了自己的德性。你看,违背女子的意愿,谋得他人的妻子,本来就是缺德;用这种下三滥的手法去谋得他人的妻子,更是人品下三滥的体现。

打了林冲的脸。林冲不是说,如果衙内知道是他的妻子就不会发生这种事吗?现在衙内知道是林冲的妻子了,他住手了吗?

侮辱了陆谦的人格。听这口气:唤来吩咐了。

有没有商量的意思?有没有担心他不愿意的打算和预案?有没有顾及陆谦有可能残存的道德羞耻心?

没有!

这陆谦,好歹也是一个虞候,也是一个国家干部,他为国家所雇用,服务于国家,怎么就成了他高家的家奴、走狗?

但是,令我们吃惊的是,陆谦几乎没有一刻的犹豫就答应了富安、高衙内交给他的这样卑鄙下流的任务。

> 陆虞候一时听允,也没奈何,只要衙内欢喜,却顾不得朋友交情。

注意这个词:"顾不得"。

这世上多少忘恩负义,过河拆桥,落井下石,伤天害理,都是因为有了这三个字——顾不得!

但是,顾得顾不得,那是人禽之别!

很多人就从一声"顾不得"开始,走上了欺师灭祖、背亲卖友的不归之路!

有爱之人,总是放不下。鲁智深是也。

无爱之人,总是顾不得。陆虞候是也。

有义之人,总是有所照顾。山大王周通都能做到。

不义之辈,总是顾他不得。陆虞候陆谦就是这样。

后来林冲拿着柴进的书信上梁山,王伦当初深受柴进关照,按说,应该给柴进面子,留下林冲,但王伦却决意赶走林冲,他的心理活动,《水浒传》就是这样写的:

> 不若只是一怪,推却事故,发付他下山去便了,免致后患。只是柴进面上却不好看,忘了日前之恩。……如今也顾他不得!

小人转背忘恩,都是从"顾他不得"开始的!

而"顾不得",就是"权力选择题"的目的,"权力选择题",就是让你"顾不得"!

陆谦的表现,在高衙内、富安的意料之中。这就证明了一点:小人往往比君子更能判断人性,从而利用人性的弱点来达成自己的目的。

陆谦的官职是虞候,虞候有多种。陆谦的这个虞候(yú hòu),根据《水浒》的描写,显然不是"都虞候"这样级别较高的职位,而只能是将虞候、院虞候等低级武职,大概相当于正科到处长这样的级别,甚至只是官僚雇用的侍从。

在官言官,他要往上爬啊。

富安、高衙内知道,他们有着陆谦不能拒绝的东西,而林冲那边,不过是所谓的交情罢了。

所以,这条计的最高明之处,就是对陆谦的判断,就是对人性丑陋一面的充分利用。

李贽曾经这样说陆虞候:"富安可恕,陆谦必不可恕!可恨!可恨!"
为什么?因为陆谦是林冲的朋友!兄弟!
但就是这样的兄弟——
骗林冲出来,还把自己家让给高衙内来骗奸林冲的妻子;
帮高衙内出计策,引诱林冲持刀进入白虎节堂,然后名正言顺杀林冲;
衔高俅之命,千里奔赴沧州,火烧草料场,要烧死林冲,还要拿林冲的骨殖回去,讨太尉欢心!
这样的人,可杀!死有余辜!

陆虞候为什么这么卑鄙?一个人为什么会如此堕落?
陆谦临死之前,对林冲说:"不干小人事。太尉差遣,不敢不来。"
看到这句话,我吃了一惊。
因为我看到了一个词,一个林冲自己最常说的一个词。
这个词是:不敢。
我突然觉得林冲应该"理解"陆虞候——因为,林冲在此之前,也已经有了很多次面对太尉包括太尉养子高衙内时的"不敢"。
我们设想一下:假如高衙内看中的,是陆谦的娘子。假如高衙内,来让林冲骗陆谦,设计害陆谦,千里奔波来沧州杀陆谦,林冲敢拒绝吗?
面对高俅的"权力选择题",陆虞候选择抛弃朋友,这固然可恨。

但是，你想一想，面对高俅的"权力选择题"，林冲不是抛弃了自己的妻子吗？这不是更恶劣吗？

相对于陆虞候，林冲哪里有道德优势呢？

而且，我突然觉得我们读者也要"理解"陆虞候——我们面对我们的"太尉"的时候，我们的"太尉"让我们去做缺德的事，我们的命运前途甚至身家性命都捏在我们的"太尉"的手里时，我们敢拒绝吗？

不要只是觉得陆虞候是卑鄙的，下流的，堕落的。

在权力系统中苟活的人，都是潜在的卑鄙者，堕落者，下流胚。

所以，结论是：

是什么让陆谦如此卑鄙？是权力。

是什么还会让我们也一样卑鄙？是权力。

为什么我们都是潜在的卑鄙者？因为我们生活在权力社会里。

如何把我们从卑鄙的道德泥沼里解救出来？

——把我们自己从权力社会里解救出来。不用做"权力选择题"。

可是，话说到这份上，难道人类就只是如此功利、自私和善于算计吗？

难道人类都是这样：利益当前，就会放弃道义？那人类的尊严从何体现？

其实，除了"权力选择题"，我们还有"圣贤选择题"。

孔子的选择题是这样的：

无求生以害仁，有杀身以成仁。

孟子的选择题是这样的：

孟子曰："鱼，我所欲也，熊掌亦我所欲也；二者不可得兼，舍鱼而取熊掌者也。生亦我所欲也，义亦我所欲也；二者不可得兼，舍生而取义者也。生亦我所欲，所欲有甚于生者，故不为苟得也；死亦我所恶，所恶有甚于死者，故患有所不辟也。如使人之所欲莫甚于生，则凡可以得生者，何不用也？使人之所恶莫甚于死者，则凡可以辟患者，何不为也？由是则生而有不用也，由是则可以辟患而有不为也，是故所欲有甚于生者，所恶有甚于死者。"

孟子用两个设问："如使人之所欲莫甚于生，则凡可以得生者，何不用也？使人之所恶莫甚于死者，则凡可以辟患者，何不为也？"证明了如果我们在"权力选择题"里面打转，人类就会无止境无底线地堕落。而孔子、孟子的伟大，在于，他们把选择的权利交给了每一个人，交给了人的自由意志，但同时，他们也把堕落的责任落实到每一个拥有自由选择权利的个人：

虽然很多时候我们面临两难选择，但最终的选择权还是在我们自己手里，我们永远都有机会做自己的道德主体，也就是说，我们的好或坏，善或恶，最终还是我们自己的选择。我们永远都不可推卸自己的道德责任。

就如同陆谦陆虞候，虽然他被牵连进去并非出于他的本意，但是，他仍然可以选择！

毕竟，最后的选项还是由人自己圈定的。

我们平庸，但我们仍然有机会拒绝"平庸之恶"，关键是，我们能否有勇气承担代价。孔子、孟子把这种代价推到了极致：杀身与舍生。

人类的黑暗，在于"权力选择题"。

但，人类的希望，毕竟还有赖于人的自主选择。孟子说，人性善。那意思是说：人可以选择善，于是，善不善，决定权不在天，在人。

人性毕竟是有崇高的一面，有自我牺牲的一面。

在利害之外，大害小害之上，还有道义。

杀身成仁，也是一种选择！

舍生取义，也是一种选择！

一个鸡蛋，选择不去碰石头，那是理性的鸡蛋。

但是，假如一个正义的鸡蛋，选择去碰邪恶的石头呢？

那就是崇高的鸡蛋。就是打破"权力选择题"的鸡蛋。

这种个人独立意志和自由精神，是人类高贵的原因，也是人类救赎的希望。

所以，关于"权力选择题"，我们必须再提出一个相关的概念：自由意志。

人，不可以把一切罪恶都推给他人。

人，总有自己意志自由的一面，人，总该对自己的行为负责。

其实，人生常常处处会碰到"两难选择"，甚至碰到"权力选择题"。但是，人性的光辉还是让我们看到了很多人的不屈从。

鲁智深的意义，就在于，他一生率性而动——我用的是"率性"的原始意义——《中庸》里面的"天命之谓性，率性之谓道"。他一生的每一个选择，都出于自己的"天性"，出于自己的自由意志。他其实也是数次面临"权力选择题"，比如，当他面对林冲被陷害的时候，他就面临着"权力选择题"：

A：不救林冲，会损害德性；

B：救林冲，就得罪高俅，会招致高俅的陷害。

但他不是两害相权取其轻，他率性而动，选择"道义"，在林冲被押解的时候，一路暗中跟随，最后在野猪林救下林冲。

再比如林冲的妻子。

富安的这条计里，除了涉及对陆虞候的人性判断，还涉及对另一个人的品性判断：这个人就是林冲的娘子。把林冲娘子骗到陆谦家以后，林冲娘子愿意不愿意，便成了一个关键。而富安同样十分有把握："妇人家水性，见了衙内这般风流人物，再着些甜话儿调和他，不由他不肯。"

可是，林冲的娘子还就是不肯，哪怕你衙内长得如何风流，如何甜蜜，如何哀求，她就是不肯。她当然不是铁石人，但她还真的比铁石人还坚贞，让衙内束手无策。

可见，富安对小人的判断完全正确，对女人的判断却完全胡扯。林娘子以她自己的坚贞，挽救了所有女人的清誉，清算了富安对女性的侮辱和污蔑。

后来，在林娘子两次严词拒绝的情况下，陆虞候、富安知道了林娘子的坚贞不屈，但此时的他们，对高衙内表态是：

（陆虞候和富安）二人道："衙内且宽心，只在小人两个身上，好歹要共那人完聚；只除他自缢死了，便罢。"

你看富安、高衙内给林娘子也出了"权力选择题"了：
A：牺牲自我德性和操守，答应高衙内；
B：自杀。

而最后，这个弱小的女人，真的是以自缢的方式，表达了她对邪恶的决绝。

人性有弱点，但人性也有优点。小人之所以常常成功，很多时候，是因为他们特别能利用人的弱点；但小人也成不了大事，并最终失败，那是因为人性中还有优点。

权力看起来战无不胜，但人类的自由意志也并非全都雌伏废殆。很多时候，这种自由意志也会摧折权力意志，使之气馁。

可以这样说：人类历史的所有悲剧和卑鄙都是权力意志的产物，而所有正剧和崇高都是自由意志的光荣。

鲁智深不仅最后自己成了佛，甚至可以说，他是用自己的自由意志，证明了人性可以达到的高度。

而林娘子不仅保住了自己的贞操，甚至可以说，保护了我们对于人性的信心。

富安的一条计，成于人性的缺点，却最终失败于人性的优点。

人，除了有利害的考量，还有价值观。

除了趋利避害，还有居仁由义。

在权力给我们做"权力选择题"的时候，我们实际上还是可以做出体现自己独立意志的选择，当我们愿意付出生命的代价的时候，我们也才可能在污浊的世道中，拯救我们的道德生命。孔子、孟子都用生死来做假设，因为这确实是生死选择：事关人类道德生命的生死。

"权力选择题"副卷

上两篇,我讲了"权力选择题",讲了"圣贤选择题",由此讲到了人的"自由意志"。"自由意志"是人类伦理中道德命题能够成立的必要条件——假如人类社会只有服从以及服从以后的不遗余力,则人类与一切动物将无从分别。

人类社会的所有恶和恶德,都和权力有关——我这里讲的"权力",不仅仅是指政治学中的组织权力,还包含一切人在特定情况下获得支配性地位之后的权力——比如一个保安他也有相应的是否允许别人停车和通过的权力;一个人在特定时空里对于他人甚至小动物的生杀予夺的权力——这些个人权力和组织权力一样,在不受约束的情况下,都会产生各种各样的恶行和恶德。

与此相应,人类社会要走出权力之恶,除了相应的对权力约束的制度建设外,道德建设——类似"圣贤选择题"就必不可少。

"圣贤选择题"的实质,就是高扬人的主体性,激发人的"自由意志",以此抵抗"权力选择题"对人性的败坏。

我们回到《水浒传》，继续来研究和观察陆虞候这个个案，以此来看看人性的黑暗与权力的操控如何做到人性与权力的与狼共舞。

如果说，他加入对林冲的陷害，一开始还是出于被动——《水浒》用"没奈何"和"顾不得"来表示，但是，接下来，当他确定了自己在"权力选择题"中的选项之后，他就变得非常主动，甚至，很有创意。

下面，我们就来看看，好朋友好兄弟陆谦如何到林冲家里，有创意地把林冲骗走的。

那几日，林冲连日闷闷不已，懒上街去。突然——

> 听得门首有人道："教头在家么？"林冲出来看时，却是陆虞候，慌忙道："陆兄何来？"
>
> 陆谦道："特来探望，兄何故连日街前不见？"

双方口口声声都称对方为"兄"。二人果然是兄弟。何故连日街前不见——明知故问，作恶者第一需要的，是作恶时的心理素质。

> 林冲道："心里闷，不曾出去。"

既是兄弟，也不隐瞒。

> 陆谦道："我同兄去吃三杯解闷。"

问何故连日街前不见，却不问"因何而闷"，因为他心里明白。直接说去吃三杯解闷，一来已然透露出他知晓因何而闷，一来马上要拉林冲出门，调虎离山。他目标明确，不枝不蔓。纯粹的恶，往往没有繁文缛节。

林冲道:"少坐拜茶。"

两个吃了茶,起身。

陆虞候道:"阿嫂,我同兄到家去吃三杯。"

阿嫂叫得亲热,还特意说明:"到家去"。掘下一个大大的陷阱,却说得如此亲热。

一个人,在陷害自己的朋友时,在利用朋友的信任而加害他时,怎么能做得如此面不改色心不跳,如此从容,如此坦然,如此冷血,如此心安理得?

阿嫂叫得如此亲热,心里却是如此鬼魅,这是何等心理素质?

不是每个人都会作恶,作恶需要契机。

陆虞候如果不碰到高俅,不必作恶。但是,一旦必须作恶,他真有能力作恶。

一般人碰到高俅,未必不随之作恶。但未必有陆谦这样作恶的能力和素质。

林冲娘子赶到布帘下,叫道:"大哥,少饮早归。"

赶到布帘下,叫,可见林冲去得快,可见林冲对陆虞候的信任,还可见这几天他心里闷,闷坏了。

这就有两个问题了:

第一,如果真像他所说,高衙内只是因为不认识他的娘子,一时无礼,林冲不会如此耿耿于怀。可见,林冲对高衙内是了解的,对高衙内不放手是有预感的。所以，这种闷闷不乐，其实是深深的担忧焦虑。

第二，既然这几日如此憋闷，以至于陆虞候一来，他就几乎迫不及待出门，为什么这两天他不去找鲁智深呢？那天分别，鲁智深明明告诉他："明日再得相会。"

我前面说过：林冲其实是怕鲁智深的。

他为什么怕鲁智深？当鲁智深在岳庙前说不怕高俅时，林冲就怕鲁智深了。其间的道理，你参得透？

陆虞候出了林冲家门，就找了个借口，不去家里喝酒了，去樊楼喝酒——家里留给高衙内和林娘子呢。

林冲和陆虞候在樊楼喝酒。林冲一吐衷肠。

而他的娘子此时在陆虞候家的楼上。衙内百般纠缠。

幸亏锦儿跑脱了，幸亏锦儿得到别人指点，到樊楼来给林冲报信。

林冲赶到陆虞候家，救出娘子。林娘子再次逃过一劫。

林冲此刻已经成为高衙内要解决的第一对象，因为，只有解决了林冲，才有可能得到林娘子。

而且，即便得不到林娘子，现在也必须解决林冲：因为，一场已经暴露的阴谋，把他们和林冲置于你死我活的对立面。

陆虞候躲在太尉府不能回家，哪怕他就是为了回家，就是为了自己可以过正常生活，他也得让林冲死。

实际上，当陆虞候同意富安的计谋，不仅自己骗出林冲，还把自己的家当作高衙内的犯罪现场时，他就实际上把自己晾了出来，他已经是宣布与林冲绝交，并下定决心，与林冲你死我活，白刀子进，红刀子出了。他利用林冲对他的友谊，如此欺骗与伤害林冲，林冲很难宽恕他。问题还在于，哪怕他面对的林冲宽容他，他身后的高衙内也不允许他和林冲和解。因为高衙内不可能放过林冲娘子。

高衙内不放过林娘子，陆虞候和林冲就无法和解。

所以，只有林冲死了，他才会安全。

富安也是如此。那天，这两个先后进出林冲家门，一个骗出林冲一个骗出林娘子的歹徒，他们跨进林冲家门的那一刻，与林冲就已经是你死我活。

所以，现在，陆谦、富安已经不仅仅在帮衙内，他们更是在帮自己。衙内要活命，必须得到林冲老婆，而要得到林冲老婆，只有杀掉林冲。

陆谦、富安要活命，也只有杀掉林冲。

衙内和陆谦和富安，这三个人渣，终于目标一致利益一致生死与共了。

林冲在陆虞候家门前候了三天，不见人。当然不可能见到人。此人此刻只能在一个地方：太尉府。

这一点，林冲不可能不知道。但林冲不敢去太尉府门前逡巡。只有这个地方才是陆谦可以藏身而林冲绝无胆量闯入的地方。

陆谦知道，他个人的武力绝不是林冲的对手。所以，在林冲这只大虫被捆绑制服之前，他只能藏在这里并且绝不会出来。

而他出来之时，就是林冲死亡之日。

所以，在太尉府，他绝不会仅仅是消极地躲藏，保住自己的肮脏狗命；他一定会积极地谋划，要结果林冲的性命。我们接着往下看。

太尉府里，受到惊吓的高衙内，对陆虞候、富安说道：

实不瞒你们说。我为林家那人，两次不能够得他，又吃他那一惊，这病越添得重了，眼见得半年三个月，性命难保！

你听衙内的口气，分明是个长不大的孩子。是的，权力羽翼下长大的，基本上都是这类巨婴：生理上是成人，心理上、认知上是永远也不会再长大的婴儿！

再看富安、陆虞候如何回答：

二人道："衙内且宽心，只在小人两个身上，好歹要共那人完聚；只除他自缢死了，便罢。"

就凭这两句，风雪山神庙前，不割了"小人两个"狗头，天地不容！老天爷那一场雪白下了！

这两个恶毒的歹徒，他们已经从林冲老婆的两次表现中，看出这个女人是不可以引诱也不会屈从的。他们的潜意识里，内心里，已经预料到并谋划着这样的结局：杀死林冲，林娘子自杀。

而从这样的结果，高衙内和他们能获得什么呢？

什么也得不到。

那为什么他们还要这么做呢？

这是权力逻辑的最高境界：谁妨碍了权力意志，谁就得死。

对手的死，就是权力的最大收获！

这就是权力的非理性，权力的任性。权力的非理性和任性，是权力的基本属性。

但是，要杀死林冲，这三个小人还没有这样的力量，也没有这样的胆量。

小人是凶残的，但小人往往也是怯懦的。所以小人往往借刀杀人。借他人的手，来干脏活，是他们的拿手绝活。

这个干脏活的人，出现了。

我们往下看。

　　正说间，府里老都管也来看衙内病症。那陆虞候和富安见老都管来问病，两个商量道："只除恁的……"

太尉府里老都管——也就是太尉府的办公室主任——来了，去里面看视衙内。陆谦、富安两个在外面开始咬耳朵，谋划阴谋。

　　等候老都管看病已了，出来，两个邀老都管僻静处说道："若要衙内病好，只除教太尉得知，害了林冲性命，方能够得他老婆和衙内在一处，这病便得好；若不如此，一定送了衙内性命。"

他们谋划的是两条性命：林冲的和衙内的。
又是一个选择题：
林冲有命，衙内没命；
衙内要活命，必杀林冲命。
而要杀林冲，别人做不到，只有高太尉可以做得到。脏手只能是他。
只有高太尉害了林冲的性命，才可以救下高衙内的性命！

但是，一个堂堂国家太尉，能做得出这样的下流事吗？
而老都管，应该是老成持重之人，会认可这样下流无耻的主张吗？
即便他认可，他敢把这样下流的计谋告诉太尉吗？
但这只是我们的想法和担心。前面我说过：恶人都是有极高的心理素质的。我们往下看。

老都管至晚来见太尉，……又把陆虞候设的计备细说了。高俅道："如此，因为他浑家，怎地害他？我寻思起来，若为惜林冲一个人时，须送了我孩儿性命，却怎生得好？"

　　你看，高俅也有两难选择：于公不该害林冲命；于私必须救衙内命。为什么他有这样的两难？因为：于公，他是国家太尉，林冲是他部下，当然不可加害。而且，作为一个人的基本的道德底线和法律底线，就是素不相识的人，于理于法于情，也不能加害啊！

　　但是，于私，他是衙内养父，他要救衙内一命。

　　但我这样说，是有问题的，为什么？因为，林冲的命是林冲的命，衙内的命是衙内的命，两者没有关系——双方不存在互为条件的关系。

　　为什么必须害林冲的命才能救衙内的命？这对林冲公平吗？是什么东西让林冲命变成衙内命的前提的？

　　这是什么逻辑？这是权力逻辑！

　　有这样一个成语：怀璧其罪。

　　我本来没有罪，但你看上了我的东西，我就有罪了。

　　林冲本来有命，但衙内看上了林冲的老婆，林冲的命就没有了！

　　怀璧其罪是什么罪？

　　怀璧其罪不是法律意义上的罪，是权力罪！

　　这样的罪，不知从何而来，不知何时而来，不知如何规避，这是天下所有人无可逃乎天地之间的罪！

　　这种罪，不是你犯的罪，是罪犯的你！

　　"怀璧其罪"其实也可以还原成一个"权力选择题"：

　　你是要"璧"呢，还是要命呢？

　　现在，林冲的璧，就是他娘子。他是要命呢，还是要娘子呢？

我们接着往下看。

太尉在听了老都管的汇报后,马上选择:害林冲的命,救衙内的命。

没有道德感的人,一般都会有这样的几个特征:

第一,做坏事无愧疚。天下无不可做之事,做与不做,不在对不对,而在利不利;不在是与非,而在利与害,不在此事合不合乎正义,而在此事合不合乎利益。

第二,对他人无同情。所有的他者,都是他的利用物,在他眼里,任何人无人格,无人权,随时可以牺牲。

第三,对自己无羞耻。

你看这三条,高俅是不是这种人格?

缺乏道德感的人格,是一种病态人格,缺陷人格。

但很不幸,这种人格,却是最容易爬到权力顶峰的人格。

好,现在,老都管告诉高俅:

"陆虞候和富安有计较。"
高俅道:"既是如此,教唤二人来商议。"

毫不犹豫,马上唤人来商议。

老都管随即唤陆谦,富安,入到堂里,唱了喏。
高俅问道:"我这小衙内的事,你两个有甚计较?救得我孩儿好了时,我自抬举你二人。"

这是什么?这是开价啊!

我前面反复讲一个概念:"权力选择题"。

这里，我要讲"权力选择题"的副卷，或B卷。

"权力选择题"的正卷A卷是给对手的，题型是：

你是选择被砍掉一只胳膊呢，
还是主动奉献出一根手指呢？

在林冲这里就是：

你是选择先害了你性命再占有你老婆呢，
还是只牺牲老婆保全自己的性命呢？

"权力选择题"的副卷B卷是给走狗的，题型是：

你若听话照做呢，赏，封官加爵；
你若不听话不照做呢，罚，罚做A卷。

高俅给林冲的，是A卷；
给富安、陆虞候的，是B卷。
当然，B卷做不好，那就去做A卷。

如此，你就知道：不发"权力选择题"让你做，是多大的恩？为什么林冲见到高太尉，一口一声"恩相"？你可能不懂，你可能嘀咕，纳闷：这高俅，对林冲有啥"恩"呢？
我来说下权力感恩链：
没给您发卷子，感恩！——林冲在老婆被衙内纠缠上之前的状态。
给你发卷子了，你心胆俱裂，但一看是B卷，感恩！——此时陆谦、富安的心态。

发给你卷子了，是A卷，还是感恩！——为什么？因为他毕竟让你选择一个较小的伤害！而他本来可以给你任何伤害的！

说到这里，就又要说到"斯德哥尔摩综合征"了。其实，"斯德哥尔摩综合征"虽然被发现的时间是在1973年，但这种综合征病毒，却是人类几千年权力社会埋在人类精神的DNA里的！

在上述"感恩"链里，你会发现，在权力社会，每个人每天都要打开一个薛定谔的箱子：

今天发不发卷子，各半。

发下了卷子，是A卷还是B卷，各半。

无论哪一种，都是：生死各半。

可怕的是：箱子里死的不是薛定谔的猫，是你。

这样的权力游戏，玩到最后，世上只能剩下两种人：死人和死心塌地的人。

现在高俅给陆虞候、富安发的，是B卷，你看下文：

陆虞候向前禀道："恩相在上，只除如此如此使得。"

没错吧？B卷！没错吧？"恩相"！

还有——接下来林冲就是一个死人，而陆谦是一个死心塌地的人。

回到小说。感恩戴德的陆虞候这个对高俅所禀的"如此如此"，是啥呢？原来，他给高俅出了一个主意：要他在白虎节堂陷害林冲。

这个其实挺有意思。从陆虞候的角度说：我已经把我的家献给了这一杀人夺妻的伟大事业,你高太尉也得把白虎节堂献出来啊!

下面的情节我们略过,待另外文章来分析。现在我们讲到了"权力选择题"的副卷,那我们再来看看陆虞候怎么威逼董超、薛霸加入这个杀人夺妻工作小组的。

其实,要董超、薛霸在押送林冲的路上害了林冲,陆虞候是自信满满的,只要他亮出底牌——"太尉的钧旨",他不相信这两人会拒绝。将心比心嘛。

但这毕竟是杀人的勾当,非同小可,是严重犯罪,要掉脑袋的。所以,董超一听,有点抖嗦嗦,有些犹豫,但是薛霸则非常爽利地答应了。为什么?

薛霸这个小人,他非常明白两点:

第一,做高太尉要你做的事,杀人放火都没有问题。

第二,不做高太尉要你做的事,那倒真的会有大问题。

什么大问题呢?看看陆谦带来的"权力选择题"B卷:

选项一:听话,杀了林冲,有赏。

选项二:不听话,没杀林冲,做A卷。

这就是薛霸一下子就看清楚的大问题啊:给你B卷你不做,不知感恩戴德,那就做A卷啊。

你看薛霸怎么说的:

老董,你听我说,高太尉便叫你我死,也只得依他。

金圣叹在此句下批曰:"不知图个甚么,死亦依他也。"金圣叹本来是一个明白人,此时却不知怎么突然糊涂了:岂不闻"君要臣死,臣不得不死",死前还要谢恩的中国古代社会的规矩么?这种理念,在专制时代，是一级一级复制的，正如各级权力机构的权力运作机制是一级一级复制的一样！

但既然都死了，还有什么怕，为什么还怕，"也只得依他"？

我来回答：当高太尉叫你我死时，

第一，依了，死。

第二，不依，死。但还要搭上更多的：比如满门抄斩。

这就是"权力选择题"的A卷！

为什么选择死？

因为选项是这样的：

选项一：你一个人死。

选项二：你一家人死。

你是选择此时给你的B卷，还是选择如上的A卷？

薛霸比董超明白，所以，他反应比董超快，甚至比金圣叹还快。

他的话："高太尉便叫你我死，也只得依他。"意思就是：

高太尉便是叫你我做A卷，也只得做。

现在高太尉是叫我们做B卷，还不赶紧感恩戴德！

无家别

《水浒》是反家庭的,我们看到那些英雄好汉,没几个有家室,几个开始有的,后来也都灰飞烟灭了。所以,我们也基本看不到他们住家的情况(徐宁的家被一个偷儿偷窥,也顺带让我们看到室内情况和家庭生活细节,算是一个例外)。不过这也正常,《水浒》本来就不是写日常生活,《西游记》也没有家庭描写。但"没家庭""没写家庭"与"反家庭"还是不一样的。《西游记》就属于前者,而《水浒传》属于后者。

我在央视讲的《水浒》,讲了五个人,第一个鲁智深就是天孤星,一个家人都没有,孟子说,人生第一乐是"父母俱存,兄弟无故",他是父母不存兄弟无。他一辈子住的地方,在渭州就是一个"下处",他打死镇关西逃走前曾经急急忙忙回到下处:

> 回到下处,急急卷了些衣服盘缠,细软银两;但是旧衣粗重都弃了;提了一条齐眉短棒,奔出南门,一道烟走了。

真是简陋。后来他的住处就是五台山的禅房,就在禅床上睡觉,被禅和子制止和举报。再后来就是在东京大相国寺的菜园子里,一个简易的棚户,廨宇。再后来,无论是二龙山,还是梁山,都没写到他的住处,直到最后在杭州六和寺坐化——坐化前在僧房里睡半夜,被浙江潮弄醒了,但从此长睡不醒了。

李逵,在江州牢城做"牢子",宋江在江州时曾经去寻过戴宗、李逵和张顺的住处,我们看看这一段,他们的居处,何等萧条:

> 去州衙前左边寻问戴院长家。有人说道:"他又无老小,只在城隍庙间壁观音里歇。"宋江听了,直寻访到那里,已自锁了门出去了。
>
> 却又来寻问黑旋风李逵时,多人说道:"他是个没头神,又无家室,只在牢里安身;没地里的巡检,东边歇两日,西边歪几时:正不知他那里是住处。"
>
> 宋江又寻问卖鱼牙子张顺时,亦有人说道:"他自在城外村里住。便是卖鱼时,也只在城外江边。只除非讨赊钱入城来。"

其实,这种萧条冷落之感,几乎是《水浒》好汉的家居底色。石秀无处安身,住到杨雄家,不但自己没有找到安居的感觉,还把杨雄的家弄没了。《水浒》一百零八人中第一个出场的史进,倒是有一个父亲留给他的大庄园,但一回没完,他就一把火烧了这个庄园,住到少华山上,又觉得这样不是了,最终流落江湖。想想后来他与鲁智深在瓦罐寺旁边的树林里重逢,何等零落,他对鲁智深说:

> 自那日酒楼前与哥哥分手,次日听得哥哥打死了郑屠,逃走去了,有缉捕的访知史进和哥哥赍发那唱的金老,因此,小弟亦便离了渭州,寻师父王进。直到延州,又寻不着。回到北京住了几时,

盘缠使尽，以此来在这里寻些盘缠。

我读到这里，无端地废书而想：他晚上睡在哪里？
反正他本来也就是一个"单身狗"，随他睡哪里吧。
但是，有两个人，本来是有温馨的家庭的。
一个是武松，一个是林冲。
武松原先流落到沧州，住在柴进那里。我们不妨先看看他当时的寒凉——是的，从鲁达的简陋，到李逵、戴宗的萧条，写到武松，只能用寒凉了：

> 宋江已有八分酒，脚步趄了只顾踏去。那廊下有一个大汉，因害疟疾，当不住那寒冷，把一锨火在那里向。宋江仰着脸，只顾踏将去，正在火锨柄上；把那火里炭火都锨在那汉脸上。那汉吃了一惊，惊出一身汗来。那汉气将起来，把宋江劈胸揪住，大喝道："你是甚么鸟人！敢来消遣我！"宋江也吃了一惊。正分说不得，那个提灯笼的庄客慌忙叫道："不得无礼！这位是大官人最相待的客官！"那汉道："'客官！''客官！'我初来时也是'客官！'也曾最相待过。如今却听庄客搬口，便疏慢了我，正是'人无千日好！'"

读这样的文字，我们能感觉到武松当时的冷，那是从肌肤到内心的冷，是从自然天气到人伦关系的冷。正是有这样的漂泊流浪寄人篱下的经历，所以，在阳谷县，哥嫂一让他搬来同住，他当晚就搬到哥嫂家里了——哪怕他此时已经觉察到潘金莲对他的暧昧。
接下来，便是武松一生最为温馨的生活：

> 武松自此只在哥哥家里宿歇。武大依前上街挑卖炊饼。武松每

日自去县里画卯，承应差使。不论归迟归早，那妇人顿羹顿饭，欢天喜地，服侍武松。

顿羹顿饭——这一句看得我对潘金莲的所有厌恶都烟消云散。武松一生，自小父母双亡，与哥哥武大流落街头，他何曾吃过一顿热乎饭。这个嫂子，若无其他念头，是何等好的嫂子。有个哥哥，有个嫂子，若无其他变卦，是何等好的一个家。

不觉过了一月有馀，看看是十二月天气。连日朔风紧起，四下里彤云密布，又早纷纷扬扬飞下一天大雪来。
……
那妇人独自一个冷冷清清立在帘儿下等着，只见武松踏着那乱琼碎玉归来。那妇人揭起帘子，陪着笑脸迎接道："叔叔，寒冷？"武松道："感谢嫂嫂忧念。"入得门来，便把毡笠儿除将下来。那妇人双手去接。武松道："不劳嫂嫂生受。"自把雪来拂了，挂在壁上；解了腰里缠带，脱了身上鹦哥绿纻丝衲袄，入房里搭了。

这段描写，施耐庵施大爷已经用"那妇人"这个称呼来膈应我们，以免我们情绪迷糊，但我们还是被这个场景中的细腻、温柔、暖暖俘虏了。这时你想起什么？我想起的是：晚来天欲雪，能饮一杯无？

那妇人便道："奴等一早起。叔叔，怎地不归来吃早饭？"
武松道："便是县里一个相识，请吃早饭。却才又有一个作杯，我不奈烦，一直走到家里来。"

看到了吗？武松外面的饭不想吃了，不想应承应酬，就想回到自己的家,自己温暖的家。"一直走到家里来",你品,你细品。

  那妇人道:"恁地;叔叔向火。"武松道:"好。"便脱了油靴,换了一双袜子,穿了暖鞋;拨个杌子自近火边坐地。那妇人把前门上了拴,后门也关了,却搬些按酒果品菜蔬入武松房里来,摆在桌子上。

你看这写得好琐碎。但每一个琐碎的动作里,都有家的气息,家的温煦。
而且,果然有酒。有果品菜蔬。有雪的天气,咋能没有酒呢?
这样的嫂子,如果没有那样的念头,这日子,也是可以好好过下去的了。
潘金莲前门拴,后门关。把风霜关在门外,把温暖关在房内,如果潘金莲不是另有所图,等到武大归来,一家三口儿吃酒,晚来天大雪,家人饮三杯,则武大家里,是何等人间幸福!

当然你可以说这是武大的家,还不能算是武松的家。潘金莲可以邀请武松来家里同住,理由是亲兄弟比不得别人,不来住惹人笑话。但潘金莲也可以把武松赶出门去,不认这个兄弟。

  天色却早未牌时分。武大挑了担儿归来推门,那妇人慌忙开门。武大进来歇了担儿,随到厨下,见老婆双眼哭得红红的。武大道:"你和谁闹来?"那妇人道:"都是你不争气,教外人来欺负我!"武大道:"谁人敢来欺负你!"妇人道:"情知是有谁!争奈武二那厮……"

隔着一场雪,一杯酒,一个下午。是外人,是那厮了,不是亲兄弟了。潘金莲恼了,但有一个让人难过的细节你要注意到:武松温馨家已然没有了,但哭泣的潘金莲却还是忘了打开门栓。

前门还是拴,后门还是关,武松在房里,不胜那凄惨。

> 武大撇了老婆,来到武松房里,叫道:"二哥,你不曾吃点心,我和你吃些酒。"武松只不做声,寻思了半晌,再脱了丝鞋,依旧穿上油膀鞋,着了上盖,带上毡笠儿,一头系缠袋,一面出门。武大叫道:"二哥,那里去?"也不应,一直地只顾去了。

读到这里,你要不要放声一哭?

> ……正在家中两口儿絮聒,只见武松引了一个土兵,拿着一条扁担,径来房里收拾了行李,便出门去。武大赶出来叫道:"二哥,做甚么便搬了去?"武松道:"哥哥,不要问;说起来,装你的幌子。你只由我自去便了。"

只是,你是哭武松,还是武大?甚至,潘金莲,是不是也要让我们哭?人间苦啊。

潘金莲,大雪天,前门拴,后门关,关住武松,关住小小的心愿和幸福。可惜,武松走了,潘金莲哭红了眼,武大,腌臜混沌的武大怎么着?

我在《鲍鹏山新批水浒传》(岳麓书社)里,这样批此情此景:

> 我只要哭。一哭武二无处安身,一哭武大无处着落。
>
> 人都知武大无能,不知这种无能正是你我人生之大无奈也。
>
> 从头至尾,武二许多错,金莲许多罪,二人言行,造许多业。武大处其中,无罪无错,却独承业果而无怨无咎。武大者,受难天使也!

我还这样批：

武大家的门，总是关来关去的。

为什么批这一句？我被这门弄得有点迷糊。
这两扇门，最后是这样的：

武松……唤土兵先去灵床子前，明晃晃的点起两枝蜡烛，焚起一炉香，列下一陌纸钱，把祭物去灵前摆了，堆盘满宴，铺下酒食果品之类，叫一个土兵后面烫酒，两个土兵门前安排桌凳，又有两个前后把门。
……
原来都有土兵前后把着门，都是监禁的一般。
……
武松请到四家邻舍并王婆，和嫂嫂共是六人。武松掇条凳子，却坐在横头，便叫土兵把前后门关了。

这一关，就斩尽杀绝了。斩尽杀绝所有的温暖和温柔。
而那个曾经嘘寒问暖、曾经吃酒、曾经肴馔满桌、曾经火盆常热的家，最后是这样的：

小人此一去，存亡未保，死活不知。我哥哥灵床子就今烧化了。家中但有些一应物件，望烦四位高邻与小人变卖些钱来，作随衙用度之资，听候使用。

后来，武松刺配孟州牢城之前，"那原旧的上邻姚二郎将变卖家私什物的银两交付与武松收受,作别自回去了"。

家没了。变成了几两碎银子。从此武松属江湖。

讲家的温暖,我们看看前面说到的徐宁的家。这是《水浒》一部大书里唯一细致描写内部摆设和日常生活的家庭,真是咂咂有味:

>　　(时迁)趱到徐宁后门边,从墙上下来,不费半点气力,爬将过去,看里面时,却是个小小院子。
>
>　　时迁伏在厨房外张时,见厨房下灯明,两个娅嬛兀自收拾未了。时迁……张那楼上时,见那金枪手徐宁和娘子对坐炉边向火,怀里抱着一个六七岁孩儿。时迁看那卧房里时,见梁上果然有个大皮匣拴在上面;房门口挂着一副弓箭,一口腰刀;衣架上挂着各色衣服;徐宁口里叫道:"梅香,你来与我折了衣服。"下面一个娅嬛上来,就侧首春台上先折了一领柴绣圆领;又折一领官绿衬里袄子并下面五色花绣踢串,一个护项彩色锦帕,一条红绿结子并手帕一包;另用一个小黄帕儿,包着一条双獭尾荔枝金带;共放在包袱内,把来安在烘笼上。时迁多看在眼里。
>
>　　约至二更以后,徐宁收拾上床。娘子问道:"明日随值也不?"徐宁道:"明日正是天子驾幸龙符宫,须用早起五更去伺候。"娘子听了,便分付梅香道:"官人明日要起五更出去随班;你们四更起来烧汤,安排点心。"
>
>　　时迁……听得徐宁夫妻两口儿上床睡,两个娅嬛在房门外打铺。房里桌上却点着碗灯。那五个人都睡着了。两个梅香一日伏侍到晚,精神困倦,齁齁打呼。
>
>　　……四更左侧,徐宁起来,便唤娅嬛起来烧汤。那两个使女从睡梦里起来,看房里没了灯,叫道:"呵呀!今夜却没了灯!"徐宁

道:"你不去后面讨灯等几时!"

那个梅香开楼门下胡梯响。时迁……听得娅嬛正开后门出来便去开墙门,时迁却潜入厨房里,贴身在厨桌下。梅香讨了灯火入来,又去关门,却来灶前烧火。这使女便也起来生炭火上楼去。多时,汤滚,捧面汤上去,徐宁洗漱了,叫烫些热酒上来。娅嬛安排肉食炊饼上去,徐宁吃罢,叫把饭与外面当值的吃。时迁听得徐宁下来叫伴当吃了饭,背着包袱,拿了金枪出门。两个梅香点着灯送徐宁出去。……

两个娅嬛又关闭了门户,吹灭了灯火,上楼来,脱了衣裳,倒头便睡。

首先原谅我引这么多,盖因《水浒》写家庭内部摆设和家居日常生活的笔墨太少,所以,这一段珍贵。

时迁听,时迁看,在时迁的听、看里,我们也听到了宋代家庭的对话,看到了宋代家庭的内部布局。更重要的,是我们看到了徐宁平静安逸的生活。有太太,太太体贴;有孩子,孩子乖巧;有两个丫鬟,丫鬟懵懂而老实。老婆孩子热炕头的庸常,才是幸福呢。

我在《鲍鹏山新批水浒传》第五十五回《吴用使时迁盗甲 汤隆赚徐宁上山》的"回前总评"上,这样写:

徐宁的地位和生活方式,很像早年的林冲。林冲是八十万禁军枪棒教头,徐宁是御前金枪班教师。二人在东京时就相识,常常较量武艺,彼此敬爱。所以,徐宁的故事也和林冲的故事隐隐相对,暗中形成的对比值得注意。

时迁来到东京徐宁家。透过时迁之眼,小说展现了徐宁的日常生活。《水浒传》充满英雄故事，熙熙攘攘的江湖世界，似乎在平凡琐碎的常人生活之外。好汉们要么闯荡江湖，要么打熬筋骨，要么沙场征战，要么流浪四方，很少有对家庭生活的展示。林冲的娘子写得温婉可爱，但是林冲家庭生活到底怎么样，作者没有涉及，所以描写徐宁家庭生活的这一段文字非常珍贵。它像一幅风俗画，干净平实、细节繁复，将日常生活的场景和滋味清晰地凸显出来，给人历历在目之感。尤其丫鬟折衣服一节，是神来之笔。衣服色彩斑斓，每一种不同的服饰都暗示着主人日常生活的片段。显然，徐宁的生活很安宁，徐宁爱当下的生活，也在小心维护着这样的生活。徐宁的名字，充满反讽意味。也许意味着对安缓宁静生活的一种期待，但——梁山不允许徐宁有安宁生活。他被蒙汗药麻翻，醒来已在梁山上。

那么，他那个温馨的家呢？

汤隆笑道："好教哥哥欢喜：打发嫂嫂上车之后，我便翻身去赚了这甲，诱了这个娅嬛，收拾了家中应有细软，做一担儿挑在这里。"

"做一担儿挑在这里"，你品，你细品。
就这样还要叫徐宁欢喜。
徐宁欢喜不欢喜，你且别管。我只问你：你读到此处，欢喜不欢喜？

徐宁道："却是兄弟送了我也！"

徐宁道："兄弟，你也害得我不浅！"

类似的声音，我们在秦明、朱仝口中也听到过啊。

为了扩充实力，梁山必须网罗英雄。为了网罗英雄，梁山常常使用极为残酷的手段：设计陷害，彻底毁灭他们过去的生活，斩断他们回到主流社会的道路。江湖盛传的山东及时雨的"招贤纳士"，梁山自称的"聚义"，往往不过如此。梁山所谓的"大义"，与其卑下的动机、恶毒的手段、残酷的结果之间的冲突，在《水浒传》最后十几回中渐渐强烈起来。

徐宁的故事和林冲的故事，有很多有意义的对应。林冲的家我们下一篇说。他们的身份和生活方式，本来都是接近的。最终，他们都上了梁山。林冲被兄弟陆谦出卖，徐宁中了兄弟汤隆的圈套。陷害他们的幕后黑手，于林冲，是朝廷的高俅；于徐宁，是梁山。梁山和朝廷，既对立，又很有相似之处。这是徐宁的故事引人深思的地方。

再看看河北玉麒麟，大名府首富卢俊义家的最后结局：

> 却说李固听得梁山泊好汉引军马入城，又见四下里火起，正在家中有些眼跳，便和贾氏商量，收拾了一包金珠细软背了，便出门奔走。

先是被奸夫淫妇细软收拾了一包，接下来：

> 卢俊义奔到家中，不见李固和那婆娘，且叫众人把应有家私金银财宝都搬来装在车子上，往梁山泊给散。

这大财主家的家财，当然不是徐宁这样的一个国家公务员可以相比，一担肯定装不下，挑不起，必须要车载斗量，输于梁山泊。

上了梁山泊，意气扬扬不可一世的卢俊义，就呆了。呆板得可怜。

哦，写到这里，不能忘了另一个大财主，李家庄的庄主扑天雕李应。李家庄这个大庄园，有"每日拨万论千"（杜兴语）的家业：

杨雄看时，真个好大庄院。外面周回一遭阔港；粉墙傍岸，有数百株合抱不交的大柳树；门外一座吊桥接着庄门；入得门，来到厅前，两边有二十余座枪架，明晃晃的都插满军器。

最后呢？

李应禀宋江道："小可两个已送将军到大寨了；既与众头领亦都相见了；在此趋侍不妨，只不知家中老小如何，可教小人下山则个。"

吴学究笑道："大官人差矣。宝眷已都取到山寨了。贵庄一把火已都烧做白地，大官人回到那里去？"

李应不信，早见车仗人马队队上山来。李应看时，见是自家的庄客并老小人等。李应连忙来问时，妻子说道："你被知府捉了来，随后又有两个巡检引着四个都头，带三百来士兵，到来抄扎家私；把我们好好地叫上车子，将家里一应有箱笼牛羊马匹驴骡等项都拿了去；又把庄院放起火来都烧了。"

……宋江道："且请宅眷后厅耳房中安歇。"李应又见厅前厅后这许多头领亦有家眷老小在彼，便与妻子道："只得依允他过。"

上山后的李应，哪里还是翱翔的老雕，只是一个闷声不响的账房先生。算一算，除了上面说的，从九纹龙史进烧掉自家庄园开始，柴进的庄园没了，晁盖的庄园烧了，穆弘、穆春的庄园烧了，宋江的宋家庄烧了,孔亮、孔明的庄园没了,杨雄的家没了……

有江湖,就容不得家。毁了家,就进入了江湖。

一入江湖荒江冷,从此温柔在梦乡。

这一篇我啥也不想说,就只是一声叹息。

林冲的"门"

相比武松,林冲有自己的家,所以林冲更加珍惜——武松不会曲线救家,林冲却是委曲求全。当然,武松的家有个不良的嫂子,这个家迟早要散,内因决定的。而林冲的家有个贤淑的太太——并且漂亮而女人味十足——《水浒》对林娘子三言两语的描写让我们感受到这个女人的温煦,高衙内一见即不能释怀也是一个证明。这样的家若不是碰到外来的横祸,一定会白头偕老子孙满堂。

我们上一篇也专门讲到了武大家的门,总是关来关去的,让人恍惚,好像一关一开,就是不同时空。而林冲的故事里,也有"门"的意象,但不是像武松命运中的门那样让人感觉恻然,而是让人觉得凶险——一关一开之间,危机四伏。

我们来看看林冲的家:

> 巳牌时,听得门首有人道:"教头在家么?"林冲出来看时,却是陆虞候,慌忙道:"陆兄何来?"
>
> 陆谦道:"特来探望,兄何故连日街前不见?"

>　　林冲道："心里闷，不曾出去。"陆谦道："我同兄去吃三杯解闷。"
>　　林冲道："少坐拜茶。"两个吃了茶，起身。
>　　陆虞候道："阿嫂，我同兄到家去吃三杯。"
>　　林冲娘子赶到布帘下，叫道："大哥，少饮早归。"

也有门，也有帘子。关键是，有一个贤淑的娘子。

家的最核心要素就是要有一个女主人。我老家把某人的老婆称作"某人的家"，比如换到林冲这里，林娘子就被称作"林冲的家"。

林冲是真有家的人啊。可惜又可怕的是，高衙内看上了他的"家"——娘子。于是，陆虞候这么门外一喊，把林冲骗出了家门。然后，富安又去林冲家一喊，把林娘子骗出了家门。至此，林冲的家其实就没了。有意思的是，陆虞候这么一喊，他陆虞候自己的家，先没了。——林冲在陆虞候家门前也喊了一声，然后，陆虞候家就粉碎了。

我们往下看。

陆虞候骗出林冲，两个去樊楼喝酒。那边，林娘子被骗到陆虞候家，高衙内在那里等着她，纠缠不休，不达目的不休。

得到女使锦儿的报信，林冲急急忙忙慌慌张张三步并作一步，跑到陆虞候家，上了楼，面对着在里面拴死的门，他听到了里面两人的说话。

>　　只听得娘子叫道："清平世界，如何把我良人妻子关在这里！"
>　　又听得高衙内道："娘子，可怜见救俺！便是铁石人，也告得回转！"

然后，刚才还三步并作一步的林冲：

>　　立在胡梯上，叫道："大嫂！开门！"那妇人听得是丈夫声音，

只顾来开门。高衙内吃了一惊,斡开了楼窗,跳墙走了。

林冲上得楼上,寻不见高衙内,问娘子道:"不曾被这厮点污了?"娘子道:"不曾。"

林冲把陆虞候家打得粉碎,将娘子下楼,出得门外看时,邻舍两边都闭了门。女使锦儿接着,三个人一处归家去了。

这一段叙述里,你感觉到哪里有什么不对了吗?

听到自己的娘子被人关在房里调戏,是个男人都会怒发冲冠,不顾一切打将入去,连武大郎听说老婆和西门庆在门里,都横冲直撞火急火燎直接推门要入啊,更何况是林冲这样的豹子头?他此时却能笃定地站立在楼梯上,叫老婆来开门,而不是打烂门自己闯进去,显得太不正常吧?

要知道此前,他得到锦儿的报信:

林冲见说,吃了一惊,也不顾女使锦儿,三步做一步,跑到陆虞候家;抢到胡梯上,却关着楼门。

"三步做一步","抢到胡梯上",却只是为了"听"里面说话,"叫"里面开门?

接下来,他却又把陆虞候家打得粉碎。他为什么在老婆得救、坏人逃走以后把房间一切打得粉碎以泄愤,偏偏在仇人尚在,老婆尚在危险之中时,不一脚踹开门冲进去痛揍他一顿?

反过来看,既然他耳听老婆被人在房间调戏,他尚能如此克制,如此文明,要开门才进去,进去后却又砸门打烂一家,如此矛盾的行为,背后的心理是什么?

我们再回头看看岳庙前的那一幕。

林冲见到高衙内拦路调戏他的老婆,本待要打,一见是衙内,是他顶头上司的养子,马上手就软了。

那么,这次,他明知是高衙内在楼上调戏他的妻子,他能踢开楼门,上去把他痛打一顿吗?

当时手软,现在不软吗?

要他砸门,他手不软吗?要他踹门,他脚不软吗?要他撞门,他身不软吗?

为什么对着门他那么软?

高衙内,此刻对他而言,主要不是一个愤怒,而是一个烦恼。

他接连几天不上街去,一个人在家憋闷,闷什么?

他最大的愿望,是高衙内在知道是他林冲的娘子时,及时收手。

但是,他心里其实明白:按高衙内这种性格,不,按照权力的逻辑,这不可能!

果然,今天的一切,他最担心的,变成了冷冰冰的现实。

而此刻,就在他三步并作一步赶去的时候,他的心里,在想什么?

第一次,在岳庙,也是使女锦儿来报急,他"急跳过墙缺,和锦儿径奔岳庙里来",那时,他心里并无盘算,也无须盘算:欺负我老婆,揍他就是。

但是,这次,他不能不盘算:揍,还是不揍?

揍?不能,不,是不敢。他没有王进那样一走江湖的勇气。

不揍,这次不揍,有什么理由吗?

这次不揍人,自己以后还能做人吗?

就在这样的盘算中,他走到了楼梯上,楼门被从里面关住了。

对了!这个关住的门,救了林冲!

把他关在两难境地之外!

这是多么可爱的门啊！这扇门，是他的方便之门，是他的前程之门！

和高衙内抵上面，就必须打。

这样的情形，不打，是不行的；但是，打，却是万万不行的。

不打，男人的面子，不，底裤没了。

打，男人的前程，不，当下的一切没了。

打也不是，不打也不是。

那怎么才是？

很简单：两人不能抵上面。

可是娘子在高衙内手里，林冲三步并作一步抢来，就是要从高衙内手里救出娘子，怎么可以不抵上面？

这时候，这扇门出现了！出现在两者之间！

于是，你看到了这样的一幕——这一幕，既不符合一般常理，也不符合林冲此前三步并作一步这种行为逻辑，还不符合他接下来把陆虞候家打得粉碎的逻辑——林冲"立"在楼梯上，"喊"娘子开门。

你会问：娘子开门，就碰不到高衙内了吗？

我的回答：是。

为什么？我们往下看。

　　那妇人听得是丈夫声音，只顾来开门。高衙内吃了一惊，斡开了楼窗，跳墙走了。

林冲大喊娘子开门，就是报告高衙内：我来了。更是给高衙内时间，让他逃走，免得两人撞上，打又不是，不打又不是。

林冲怕高俅的权势，而衙内在这样的特定情形下，也怕林冲的拳头，西门庆听到武大郎在门外推门，还吓得钻到床底下了呢。这叫麻秸打狼——两怕。于是，林冲、高衙内二者共同演出了这出戏，配合得还很默契，蒙住了多少读者的眼睛！

不过这出戏还没演完。为了让林冲的形象更像丈夫一些，作者又安排他在得知自己的娘子不曾被玷污的时候，把陆虞候家打得粉碎。

为什么要打碎陆虞候的家呢？

打碎陆虞候家，那是因为：

一则是他不怕陆虞候；二则是他极恨这个欺骗朋友的败类；三则是为了自己的面子。

并且，这第三点是最重要的原因。

你想，自己被骗了，自己的老婆被衙内诱骗到陆虞候家欲行奸淫，又不敢打衙内，若再不把陆虞候家打碎，还像个男人吗？旁人会怎么看自己？还像个丈夫吗？自己的老婆在旁怕也看不懂了。

林冲能忍衙内之气，不能忍陆谦之气；

能忍耻辱，不能忍众人的眼光，不能忍娘子的眼光！

这眼光，会让他社会性死亡！

他若不甘心做一个缩头乌龟，不甘心被人看作是一个缩头乌龟，他必在放过衙内之后，打碎陆虞候家，以此向别人表明，自己是一条有血性的汉子。

在很多人看来，面子是最重要的，里子倒次之。林冲也是这样。

林冲此次救娘子，分三个阶段：救前，救时，救后。这三个阶段在逻辑上都是矛盾的。救前他火急火燎，三步并作一步；但是，到了陆虞候家门外，面对着关着的门和门里的娘子与高衙内，他却突然停止了脚步，立得牢，站得稳，把得住，这是第一重矛盾。等到衙内逃走，娘子无恙，得救，他却突然怒不可遏，砸碎了陆虞候家里的一切家当，这与刚才的理智冷静，又是一重矛盾。

为什么林冲一段行为，却分成三个不同阶段，有三种不同表现，互相矛盾？在不砸与砸之间，你看到了什么？

我看到了一个男人的可怜，还有，一群男人的窝囊。

我们前面说过"权力选择题"。

此刻林冲往陆虞候家里跑，他心里知道，等待他的，是一道"权力选择题"：

选项一：献出自己的娘子，包括自我尊严、面子等等。

选项二：牺牲此刻的生活和未来的前程，甚至生命。

这时，这扇门出现了。

把他挡在外面。

这时，他面临着这样的选择：

选项一：踹开门砸开门，去做"权力选择题"；

选项二：站在门外，喊娘子开门，暂时避开"权力选择题"。

请问，这两个选项，你让林冲怎么选？

如果是你，你怎么选？

所以，我说这不是林冲一个人的窝囊，是所有权力淫威之下男人共同的窝囊。

面对一个坏人的时候，你可能是勇敢的。

面对一个坏制度时，你的勇气还在吗？你的胜算在哪里？

人生艰难啊。

动物，在大自然中，艰难。难在哪里？难在环境恶劣。也难在天敌，难在食物链。

那么，人类世界呢？

人类，在社会中，其实更加艰难。难在哪里？难在政治险恶。难在制度不公，难在人心叵测，难在权力食物链。

所以，我对林冲，是矛盾的，一方面我觉得他不如鲁达，一方面我又觉得他无可奈何更加悲哀，更值得同情。

前面，我们说到，林冲其实还需要一个面子。哪一个男人在老婆被人欺负而自己还得忍气吞声之时，不一边觉得自己窝囊，一边又觉得自己成了别人眼中的笑料？

但是，别人还真不看他这个笑话。

因为，笑话不是拿眼睛看的，是在心里盘算的。

我们看看小说是怎么写的：

> 将娘子下楼，出得门外看时，邻舍两边都闭了门。女使锦儿接着，三个人一处归家去了。

这看似闲笔，却颇有意味。我说没人看他的笑话，你看，邻舍两边都闭了门。

又是门！

刚刚我们讲了陆虞候家关着的门，现在我们又看到了满大街人家关着的门！

大白天，青天白日的，清平世界的，繁华东京的，为什么都闭了门？

因为此事已闹得沸沸扬扬，人人皆知。

可是邻舍都闭了门。

作者正是要通过写邻舍都闭了门，来写人人皆知此事——不是大家不知此事，恰恰是大家都知此事。

都知此事，却又为何都闭了门？

那是大家都不想惹事。

一开始,林冲娘子被关,锦儿一路焦急寻找林冲。这时,他们若大门洞开,他们管还是不管?

不管,实在说不过去。

管,这可是花花太岁高衙内的事,能管吗?自己有几个脑袋?

花花太岁干这种事也不是一次两次了,谁管过?林冲都没管过。

于是,大家关上门,闭上眼,就当没看见,自欺欺人。

怎么个自欺欺人呢?

欺人:我没看见,我没听见。

自欺:安慰自己的良心。

接下来,高衙内从窗口跳下来,万一林冲在后面追杀而来,高衙内一定要找个地方躲藏。

这时,他们是窝藏,还是不窝藏?

他们是不愿窝藏,不敢窝藏,又不敢不窝藏。为什么?

不愿窝藏,谁愿意帮这个人渣?

这种人,人人都想杀而不敢杀,但又都盼着有人杀。

如果有人杀了他,人人晚上都会喝酒庆祝。

这样的人,谁会窝藏?

再说,也不敢窝藏。窝藏衙内,岂不得罪林冲?陆虞候家就是样子,一定是一家打碎。

但万一衙内跑到你家,你又不敢不窝藏。不窝藏衙内,得罪衙内,那会更惨:一定是一家打死。

既然如此,还是关上门,事不关己高高挂起。

再后来,林冲打碎陆虞候家,带着娘子和使女下来,众邻舍也是不能当面看见。

为什么？

碰上这种烂事，林冲很没面子，你走上前去，不是正好扫他的面子？

见了，打招呼还是不打招呼？

打招呼，怎么个打法？是祝贺他救出娘子还是同情他被人欺辱？

不打招呼，像个什么样子？装作不认识，那多怪？

再说，刚才大家见林冲娘子被关，林冲眼看就要做了乌龟，两边邻舍不敢管，一个个先都做了缩头乌龟。

大家都关上门，缩了头，没有一个见义勇为出手相救的，没有一个路见不平拔刀相助的。现在，即使林冲不说，不骂，他们自己又有什么脸面见林冲？

于是，东京大街上，就出现了这样情景：

青天白日，却阴森可怕；

街衢宽阔，却空无一人。

林冲一家三口，孤零零走过。

林冲一家走在这样的大街上，是否会感受到彻骨的寒意？

这是大宋的东京城，物华天宝、人杰地灵之处吗？这是四方辐辏、人物繁盛之区吗？这是泱泱华夏的首都吗？

这里走过晏殊，走过范仲淹，走过欧阳修，走过司马光，走过三苏、王安石。

现在，走过林冲一家三口孤落的身影。

没有诗，没有词，没有清明上河图。

只有荒凉，寒冷，苍白。

当权力肆虐时，人间定是如此荒凉。人间就如同鬼街。

一直沉湎自己的温馨日子，一直相信岁月静好，一直相信清平世界的林冲一家三口，此刻，是不是感受到崩溃，感受到坍塌，感受到绝望？

林冲，此时一定觉得从未有过的孤独。

他一定体会到，在这样的世界，如果你落入陷阱，你只能一个人绝望地攀爬。无所依赖。

所以，林冲的人生里，有一个关键词：门。

是陆虞候家里的门。是满大街街坊邻舍的门。

陆虞候家的门关着，是他们白日闹鬼；

街坊邻舍的门关着，是大家白日见鬼。

陆虞候，当面是人背后是鬼；

满大街的居民，有时是人有时是鬼。

林冲的人生，真是怕鬼有鬼一步一鬼！

这世界，都有些什么鬼！这大宋世界，就是鬼域！这繁华东京，就是鬼城！

坐落在鬼城的林冲的家，最后如何呢？

晁盖主政梁山后，林冲请晁盖派人下山，搬取娘子上山。晁盖派了小喽啰去了，将近两个月，小喽啰回来了，报告说：

> 直至东京城内殿帅府前，寻到张教头家，闻说娘子被高太尉威逼亲事，自缢身死，已故半载。张教头亦为忧疑，半月之前染患身故。止剩得女使锦儿，已招赘丈夫在家过活。访问邻里，亦是如此说。打听得真实，回来报与头领。

亲人成了鬼，家成了别人的家。连张教头的家都没了。

林冲见说了，潸然泪下；自此，杜绝了心中挂念。

那一份锦绣，那一场温柔，真的能在心中杜绝？
写到此处，我无法再下笔，却无法杜绝心中嗟叹。

林冲的钥匙

金圣叹这样评价林冲：

算得到，熬得住，把得牢，做得彻。

我这样评林冲：

林冲一生，就是一个"怕"字。作为对比，可以看看鲁智深。鲁智深一生，就只是不怕。

当然，怕与不怕，内涵都丰富。比如，林冲的怕，很多时候是出于对现有一切包括秩序的珍惜，这里面不能说全无意义；而鲁智深的不怕里，却往往有着深切的怕。比如他听闻林冲遭到陷害之后，"放你不下"，"越放你不下"，以至于千里尾随，保护林冲，这其实是出于惧怕：怕好兄弟遭到毒手。

怕，往往是安全感匮乏。林冲就是一个安全感匮乏的人。也许他以前不是这样，但是，自从碰上高衙内，自从他领教了一个比他强大得多的对手，感受到一种无比坚硬的存在，他的安全感就崩塌了。

而丧失安全感的人，为了获得安全感，会变得什么都能忍受：不论什么样的秩序和环境，哪怕极其恶劣，对自己而言极其凶险，但只要稳定，可预期，他都会忍受。这也就是鲁迅先生曾经描述过的国民的心理特点："坐稳了奴隶"，就踏实了。

我们来看看第九回《林教头风雪山神庙　陆虞候火烧草料场》。

陆虞候带着富安，追杀林冲到沧州牢城营。牢城营的管营差拨与他们密谋了一场大阴谋：假装好意，调林冲去看守草料场，然后放火焚烧草料场，烧死林冲。即使林冲侥幸逃脱，烧了草料场的罪名，也可以名正言顺将他置之死地。

而林冲对此茫然无知。

其实林冲收到过预警，并且也警觉过一段时间。但时间长了，他也就忘了。

其实，忘记也是一种心理现象：人们对自己无法预料、无法防御和抗拒的危险，往往会选择忘记，视而不见听而不闻——这种心理，其实是为了让自己获得安全感——安全感其实确实更多时候来自自欺欺人和不愿面对。这是人类自身软弱无力时的自然选择。

所以，当管营告诉林冲，给他一个更好的差事时，林冲不但不警觉，反而有一种获得关照甚至被恩宠的喜悦。

> 林冲自到天王堂，取了包裹，带了尖刀，拿了条花枪，与差拨一同辞了管营。两个取路投草料场来。正是严冬天气，彤云密布，朔风渐起；却早纷纷扬扬，卷下一天大雪来……

这场大雪的描写，是《水浒》中最具有诗情画意的文字。偏偏还和一场大阴谋与大屠杀联系在一起，于是这段文字就有了独特的韵味：淹蹇的人生，常遇到美丽的风景。到了大军草料场——

林冲的钥匙

老军拿了钥匙,引着林冲,分付道:"仓廒内自有官府封记。这几堆草,一堆堆都有数目。"老军都点见了堆数。

老军的态度,不仅看出他交接之时的恪守流程,更体现出他对自己职守的谨慎——一个犯人,都知道大军草料场的重要,不可大意。而一国的太尉,为了自己养子要霸占他人老婆,竟然要烧毁如此重要的战备物资。

又引林冲到草厅上,老军收拾行李,临了说道:"火盆,锅子,碗碟,都借与你。"

注意到了吗?大雪与火盆,锅子与碗碟——冷酷的世间,又常有暖人的温情。

但是,我们清点一下这些什物:火盆、锅子、碗碟——我们从现在开始,就要特别注目这些什物——因为,它们让我们体味出英雄的可怜。

火盆、锅子、碗碟,就是林冲此时的坛坛罐罐,就是林冲与这样黑暗无道的世界妥协并委屈暂住的栖身之所的仅有之物。只要有这些简陋的坛坛罐罐,林冲就愿意妥协,就愿意屈服。

林冲曾经拥有过繁华,拥有过温柔之家小康之家富足之家(他一下子就能拿出一千贯买一把宝刀)。此刻,面对这些,他情何以堪!

但是,林冲仍然能够忍耐,只要这个世界还能允许他拥有这样的坛坛罐罐,他就绝不会反!他就会在这寒凉的世界自寻温暖。

只说林冲就床上放了包裹被卧,就床边生些焰火起来;屋后有一堆柴炭,拿几块来,生在地炉里;仰面看那草屋时,四下里崩坏了,又被朔风吹撼,摇振得动。林冲道:"这屋如何过得一冬?待雪晴了，去城中唤个泥水匠来修理。"

你是从漫天大雪读出几根柴炭的温暖，还是从几根柴炭的焰火里感受到彻骨的寒冷？你读到这最后一句，是不是要放声一哭？就这样的破败世界，就这样的阴险世界，林冲还在想着修理！他不知道这世界一直在修理他并正要毁灭他吗？

向了一回火，觉得身上寒冷，寻思"却才老军所说，二里路外有那市井，何不去沽些酒来吃？"便去①包裹里取些碎银子，②把花枪挑了酒葫芦，③将火炭盖了，④取毡笠子戴上，⑤拿了钥匙出来，⑥把草厅门拽上；出到大门首，⑦把两扇草场门反拽上锁了，⑧带了钥匙，信步投东，雪地里踏着碎琼乱玉，迤逦背着北风而行。

——这文字中间的阿拉伯数字序号，是我加的，我要你注意林冲出门前这一连串八个动作。你能不能看出林冲的心细和对生活的小心呵护？虽然生活早已不是生活了，虽然他的世界早已破碎了，但林冲仍然小心维护着生活，维护着这个破败而又险恶的世界：他的坛坛罐罐，漏风灌雪的破屋子，几根柴炭撮起来的一丝温暖，还有，漫天大雪，以及大雪掩护下正赶来的仇人和他们的阴谋……

他出门前，"将火炭盖了"，林冲很担心这世界再出什么意外，他希望它平安，希望这秩序延续，哪怕这秩序对他很不公平。

林冲买了酒肉，又踏雪回到草料场，结果那两间草厅已被雪压倒了。

林冲寻思："怎地好？"放下花枪，葫芦；恐怕火盆内有火炭延烧起来，搬开破壁子，探半身入去摸时，火盆内火种都被雪水浸灭了。

四个"火"字,不见半点火星。

这样写,是反复强调林冲的精细,绝对不可能失。

这段话,以及上面的那些描写,我们可以想一个问题:

林冲如何对待世界?

而世界又将如何对待他?

不,这个问题应该是这样的顺序:

世界如何对待林冲的?

而林冲又如何对待世界?

林冲如此对待世界,

而世界又将如何对待他?

是的,林冲的故事,其实是:人和这个世界的故事。一个荒谬的故事。

林冲把手床上摸时,只拽得一条絮被。林冲钻将出来,见天色黑了,寻思:"又没打火处,怎生安排?"——想起离了这半里路上有个古庙可以安身,——"我且去那里宿一夜,等到天明,却作理会。"①把被卷了,②花枪挑着酒葫芦,③依旧把门拽上,④锁了,望那庙里来。入得庙门,⑤再把门掩上。傍边正有一块大石头,⑤拨将过来靠了门。

——还是写动作,我也加上了序号。林冲是什么性格?谨慎?不仅如此。是追求稳妥,是向往安定。还有,不慌不忙。即使到了这个时候,他还是不慌不忙。

入得里面看时,殿上塑着一尊金甲山神,两边一个判官,一个小鬼，侧边堆着一堆纸。团团看来。又没邻舍，又无庙主。①林冲把枪和酒葫芦放在纸堆上；②将那条絮被放开；③先取下毡笠子，④把身上雪都抖了；⑤把上盖白布衫脱将下来，早有五分湿了，⑥和毡笠放供桌上；⑦把被扯来，盖了半截下身；⑧却把葫芦冷酒提来慢慢地吃，⑨就将怀中牛肉下酒。

——这是写山神庙里面。写出一种破败，一种阴森。更重要的，是写在这样的环境里，林冲的安顿感。

我们不妨啰唆一点，把林冲进庙以后的一连串动作再叙一遍：

1. 把枪和酒葫芦放在纸堆上。
2. 将那条絮被放开。
3. 先取下毡笠子。
4. 把身上雪都抖了。
5. 把上盖白布衫脱将下来，早有五分湿了。
6. 和毡笠放在供桌上。
7. 把被扯来盖了半截下身。
8. 却把葫芦冷酒提来便吃。
9. 就将怀中牛肉下酒。

一般而言，细节描写有两个目的：
一、为下文埋下伏笔。
二、暗示人物心理，体现人物性格。

在这一段八个动作的细致耐心描写中，我们体会到：
一、林冲有力量。
一个人，如此狼狈之时，还如此从容不迫，这是何等强大的内心？

一个人，如此慌张之时，还这样有条有理，这是何等镇定的自制力？

一个人，如此紧迫之时，还能如此安详，如此稳重，不慌不忙，这是何等的内在力量！

在这样的孤寂和绝望里，仍然有条有理，仍然从容不迫，稳得住，把得牢，心不烦，意未乱，仍从容，有定性。林冲，有一种深藏不露的力量。

二、林冲无反心。

即便如此荒寒，他也没想铤而走险，没想绝地反击，没想破罐子破摔。不，越是破罐子，他越是要呵护。

但是，谁呵护他？

在这荒村野庙大雪夜，一个绝望的英雄，在小心呵护着他已经破碎的世界。如果你有上帝的视角——谢谢施耐庵，他给了我们上帝的视角，让我们在林冲看不见我们的时候，我们俯视着他——你看到了什么？你看到这一切，你是悲是慈是怜是痛？

你是觉得林冲伟大，还是觉得他渺小？是觉得他坚韧，还是觉得他已经被碾碎？

你看他在这里，在黑漆漆的庙里鬼饮，自己都看不见自己，有没有想到，他，曾经在东京繁华中，红袖添香？

有一点是真实的：在这个世界上，几乎已经一无所有的林冲，还如此珍惜并牢牢守住他此时拥有的这些破烂：

①花枪②酒葫芦③絮被④毡笠子⑤白布衫

⑥当然，顶顶重要的，还有一把钥匙。

这就是他的全部。就这些东西，他也愿意守。是的，林冲是一个有着强烈庸人气息的大英雄，也是一个具有英雄气质的圣徒——他接受这个无道的世界给予他的所有苦难。

问题在于，这个世界，是要他做一个温驯的安分守己的庸人，还是逼着他去做一个叛逆的刀刀见血的英雄？

是要他做一个吞咽苦难的圣徒，还是逼着他去做一个杀人放火的豪侠？

就在他一人在破庙里，在黑漆漆的夜里独自饮酒之时，大军草料场火光冲天。而他，就在破庙的门里面，听到了一场谋杀他的大阴谋。

世界如何对待林冲？

一切都在破碎。一切都要到此时才破碎。一切必然破碎的一定要破碎。

天意安排的时间，总是最好的时间。

……林冲自思道："天可怜见林冲！若不是倒了草厅，我准定被这厮们烧死了。"轻轻把石头掇开，挺着花枪，左手拽开庙门，大喝一声："泼贼那里去！"

林冲，终于开戒了，杀人了。他最后手刃陆虞候时，说了一句话：

杀人可恕，情理难容！

一直到最后，林冲还是坚持情理的。董超、薛霸杀他，他反而救了这两个人渣，这叫杀人可恕吧。而陆虞候与他自幼相交、兄弟相称，却一而再再而三来害他，这是情理难容吧。

林冲，有些东西他是坚持到底的。

再穿了白布衫，系了搭膊，把毡笠子带上，将葫芦里冷酒都吃尽了。被与葫芦都丢了不要，提了枪，便出庙门投东去。

林冲至此方知，苟且不能偷安。上文白布衫、毡笠子、葫芦、被、酒一一再叙一遍，意味不同：上文为安顿计；此处为出走计。上文一一解下，安放，苟且偷安；此处一一穿上，弃了，喝尽吃光，铤而走险。

——第一，写到被子与葫芦。但却是"被与葫芦都丢了不要"，是否定式的写。为什么这样写？那是为了写出林冲心中了无牵挂，身外一丝不挂，身如飘蓬，心如死灰，曾经的小心在意，曾经的委曲求全，曾经的逆来顺受，都灰飞烟灭。

我前面说，林冲有一种安顿感，他到哪里，都要安顿一番，做出把日子过下去的打算。就是在大军草料场，面对着风雨飘摇的草厅，他的第一想法不是逃离，而是找个泥水匠来修理。但此时，他终于知道这个世界容不得他修理了，他也无法安顿了，所以，这些能让他安顿的东西，被子与葫芦，不要了。这是一个很有象征意义的动作，你要看仔细了。

——第二，写到了"枪"，而且是"提了枪"，是肯定式的写法。与"被与葫芦"的否定式写法做明白对比："被与葫芦"是安寝与享受，这两样象征他与这个世界和谐共处的东西被丢弃；"提了枪"，"枪"是冲突与决杀，这一象征他与这个世界决绝为仇的东西却被握在手中。从此，花枪上挑着的，就不再是酒葫芦，而是人头了。

——第三，写到了白布衫，褡膊，毡笠子，这些是穿了，系了，戴上，也是肯定式写法，并且也与被子、葫芦形成对比：被与葫芦，是安居的安顿的，这些则是出行的漂泊的。它让我们想起汉乐府《东门行》中的拔剑东门去的铤而走险。

如花美眷的温柔乡住不成了，住到牢城营的天王堂；天王堂住不成了，住到草料场；草料场住不成了，住到荒郊古庙。只要还能下有立锥之地，上有片瓦遮身，林冲都会苟且，林冲都会妥协，林冲都能安顿。但是，现在什么也没有了，厚地高天，茫茫大宋，就是没有林冲的安居之所！既然这样，他也就只能人在路途，漂泊江湖，浪迹天涯了。

——第四，写到了酒，而且特别注明是"冷酒"，并以此煞尾，既是印证那人间的寒凉，又让我们读着感同身受。

酒是我们和这世界妥协的又一理由和条件。酒调动的是我们自身的体温，却让我们感谢世界的温暖。林冲买这个酒时，就是要用酒来给自己取暖，甚至以酒来麻痹自己，让自己好过一些。酒让我们的理智麻木，眼神迷离，精神萎靡，好让我们看不清世界的狰狞，看不清自己的狼狈，从而能够和这个世界苟且。

那么，除了写到的上述几种身旁之物，没写到的是什么呢？

钥匙！

此前郑重其事的钥匙在描写中消失了。

为什么没有钥匙了呢？因为钥匙已经无用：

这个世界不是对林冲关上了门，而是这世界根本就没了门，没了房子。

林冲要做的事，不是去找一把钥匙，然后紧紧捏住它，像握住自己的命运，然后试着打开某扇门。

林冲要做的，是在这个世界之外，另辟一片天地，然后安身立命。

这个地方，不在"率土之滨"，不在"溥天之下"，而在"水浒"，在王化之外。

一部叫作《水浒传》的大书，一直到林冲的故事里，到林冲人生绝境时，才在第十回，让柴进对林冲道出"梁山泊"三个字，其间奥妙，你可参得透？

说一个有关钥匙的故事。

法国存在主义思想家,让-保罗·萨特,因为反对当时的法国戴高乐政权,他的住房被人在夜里炸了。好在那天晚上他不在家,因此逃过一劫。(像不像林冲在大军草料场?)当他清早赶到时,房子四壁都炸飞了,只剩下一架楼梯无依无托地立在那里。周围已布满了警察和看热闹的人们。

萨特挤上前对警察说:"我是这里的主人,我有钥匙。"

警察说:"噢,你不必要什么钥匙了,萨特先生。"

当你的世界都没有了四壁,当你的庇身之所已经成为废墟,先生,你已经不需要什么钥匙了。

林冲拿着钥匙,但林冲的门在哪里呢?

东京,已经没有一扇门属于他。

天王堂,已经住进了别人。

大军草料场,现在火光冲天。

这个时候,你拿着一把钥匙,彷徨四顾,是世界的错,还是你的错?

是世界太残忍,还是你太天真?

是你太可笑,还是这个世界太荒诞?

再说一个关于钥匙的故事。

有意思的是,刚才的故事是萨特经历的,而下面这个故事是萨特讲的。

一个人,在半夜的大街上,路灯下,寻寻觅觅。

警察觉得奇怪,走上前去,问他:你在干什么呢?

这个人回答:我在找我的钥匙。

警察帮他一起找。什么也没找到。

警察问：你确定你的钥匙是在这里丢失的吗？

这个人回答：不确定。

警察很奇怪，也很生气，说：不确定丢在这里，为什么在这个地方找？

这个人回答：因为只有这个地方有光。

假如，这个世界到处都是黑暗，而我们却又只能借助光才能找到钥匙，你觉得我们有多少找到钥匙的可能呢？

更重要的是：
你是否觉得这种依赖于光的寻找，是荒谬的呢？

还有，对于寻找不知道丢在哪一片黑暗中的钥匙，这片光，是不是更深的黑暗？

那么，林冲，他当初在东京岁月静好的生活，是繁花似锦，阳光灿烂；还是一片漆黑，昏天黑地？

原版后记

收在这本书中的，是《中国周刊》上专栏文章的结集。

当年《中国周刊》改版，朱德付任总编辑，约我写专栏。一开始不知道写什么，就东扯西拉写了几期，觉得每期想主题很烦，为了省力，开始专门写《水浒》。

后来朱学东接任总编辑，来电话说，总编换了，但是我的专栏还是希望写下去，就写下来了，写了好几年吧，写成这样的规模。

后来朱学东也不做总编辑了，来电说：我不做了，你的专栏也算了吧。也就算了，于是，就这样的规模了。

这组文章本来就这样随着杂志去了。但是，不断发现一些微信公众号和网站在转发这些文字，有些署了我的名，有些不署我的名。

于是，想着，干脆结集出版吧，也以此纪念我和两任朱姓《中国周刊》总编辑曾经的友谊，祝他们在未来的日子里，心旷神怡。

于是，就有了这个集子。

2018.5.12于偏安斋

增订本后记

《江湖不远》原在学林出版社出版。现交由商务印书馆出版,增加了大约七万多字。

这增加的字数,是十二篇文字的总和。这十二篇,是应《名作欣赏》副总编、主编张勇耀女士之约,开设的专栏文章。张勇耀女士是一位优秀学者,她曾经刊发过我的《孔子与中国知识分子》和《在现代中国的孔夫子》两篇文章,后来约我写一个评读《水浒》的专栏,正好我不久前在"得到"上用三百讲的规模,逐篇讲过金圣叹的七十回本《水浒传》,就答应了她。一年十二篇完成后,张勇耀女士准备离开编辑部,去安徽师大文学院任教,她代编辑部问我还能不能接着写,我说,你离开了,我也不写了吧。就不写了。

两次专栏,都是随着主编的离去而结束,我算是从一而终呢。

非常感谢商务印书馆上海分馆,使《江湖不远》增补版得以出版。每次在商务印书馆出书,我都感觉到一种荣耀。

2022.6.20于上海浦东偏安斋

魯智深 武松